U0570694

读宋词

品人生

DUSONGCI PINRENSHENG

殷旭◎编著

应急管理出版社

·北京·

图书在版编目（CIP）数据

读宋词　品人生/殷旭编著. - - 北京：应急管理
出版社，2020

ISBN 978 - 7 - 5020 - 8403 - 5

Ⅰ.①读…　Ⅱ.①殷…　Ⅲ.①宋词—诗词研究　Ⅳ.
①I207.23

中国版本图书馆 CIP 数据核字（2020）第 206047 号

读宋词　品人生

编　　著	殷　旭
责任编辑	郭浩亮
封面设计	李　玉

出版发行	应急管理出版社（北京市朝阳区芍药居 35 号　100029）
电　　话	010 - 84657898（总编室）　010 - 84657880（读者服务部）
网　　址	www. cciph. com. cn
印　　刷	北京市通州大中印刷厂
经　　销	全国新华书店

开　　本	710mm×1000mm$^1/_{16}$　印张　17　字数　214 千字
版　　次	2021 年 1 月第 1 版　2021 年 1 月第 1 次印刷
社内编号	20200895　　　　　定价　58.00 元

版权所有　违者必究

本书如有缺页、倒页、脱页等质量问题,本社负责调换,电话:010 - 84657880

前　言

　　繁花似锦的宋王朝在烟波浩渺的历史长河中早已渺不可寻，但它承载着一代人心灵的智慧。被称为"一代文学"的宋词却在大浪淘沙的时间洪流中历经岁月的洗涤而不褪色，反倒愈益散发出灿烂夺目的光芒，以其特有的馨香与魅力感染了一代又一代的读者。

　　说到宋词，我们会想到晏殊，想起他的"无可奈何花落去，似曾相识燕归来"的淡淡哀伤；想到欧阳修，想起他的"人生自是有情痴，此事不关风与月"的爱情自白；想到柳永，想起他的"衣带渐宽终不悔，为伊消得人憔悴"的无悔相思；想到苏轼，想起他的"但愿人长久，千里共婵娟"的诚挚祝福；想到秦观，想起他的"两情若是久长时，又岂在朝朝暮暮"的美好愿望；想到贺铸，想起他的"一川烟草，满城风絮，梅子黄时雨"的无边愁绪；想到李清照，想起她的"莫道不消魂，帘卷西风，人比黄花瘦"的满腹愁思；想到陆游，想起他的"山盟虽在，锦书难托"的难言之隐；想到辛弃疾，想起他的"众里寻他千百度，蓦然回首，那人却在灯火阑珊处"的突发狂喜……宰相也罢，白衣也罢，人人都在宋词的音乐与文字中狂欢。这里有喜悦，有悲伤，有纯粹的欢喜，有凄凄的别离，亦有寥寥文字背后的历史故事。这些脍炙人口的词句，穿越千年时光隧道，萦绕在当代人的耳边，为我们的生活平添一份诗情画意。

　　宋词中所包含的情感体验、理性智慧，其对爱情的品味，对人生的感悟，对苦闷的超脱，对个体生命的忧患，对功名事业的感触，对社会现实的深刻体会，对人生不同阶段的认识，这些历经千年的智慧果实，饱经风吹雨打而历久弥新，准确地抚摸着人类心灵柔软而脆弱的部分，化养着我们的灵慧，使飘荡无依的情感、焦躁骚动的心灵找到了宁静的港湾与归宿。从前的宋词是用来唱的，青楼歌女、文人雅士，把那满腹的心事、幽怨的情思、不平的牢骚，一丝丝地抽发出来，毫不避讳地宣泄。现在的宋词是用来品的，一个人，一杯茶，抖落一身红尘，远离外边的世界，沉下心听一听宋词的浅吟低唱，读一读千年前文人墨客欲说还休的心事，焦虑的心情便安静下来，疲惫的身体也不再劳累，世间的悲欢离合仿佛化作历史的青烟，平和而翩然远去。

宋词所记录的就是宋人的种种生活琐事、绵绵离情别绪、殷殷爱国热血、脉脉儿女情长。这就是他们真实的内心、情感与爱恨情仇。宋词宛如一条河，裹挟着宋人的慷慨激昂、悲欢离合流到我们面前。我们用真心、真情走近他们，理解他们。我们喟叹着相似的境遇，抒发着相似的情感。他们经历过的，我们正在经历着；他们感怀过的，我们正在感怀着；他们遭遇过的，我们正在遭遇着。他们的人生，便是我们的人生。所以，品读宋词，就是品读我们的人生。

在尘世幽静的一隅，在清香馥郁的香茗萦绕下，品味宋词，感悟人生，你会在美的洗礼中得到心灵的净化与升华，得到智慧的提升与飞跃。本书从认识人生、奋斗人生、体验人生、爱满人生、幸福人生、完美人生、洒脱人生、珍惜人生等几方面提炼出宋词穿越时空的人生智慧，以轻松愉快、通俗易懂的文字呈现出饮食男女、爱情婚姻中的智谋，日常生活、人生百态中的哲理，社会环境中为人处世的谋略以及工作事业中运筹帷幄的策略，让你在愉快的阅读中，增添智慧。

编　者

2020年8月

目 录

第一章 一点浩然气，千里快哉风
——积极进取，认识人生

在人生的道路上，有顺途，有歧路，更充满了挑战和困难。苏轼以"一点浩然气，千里快哉风"这一豪气干云的惊世骇俗之语昭告世人：一个人只要具备了至大至刚的浩然之气，就能超凡脱俗，刚直不阿，坦然自适，任何境遇中，都能处之泰然，享受使人感到无穷快意的千里雄风。这种逆境中仍保持浩然之气的坦荡的人生态度，具有积极的社会意义。

第二章　人生唏嘘云亡，好烈烈轰轰做一场
——壮怀激烈，奋斗人生

> 文天祥说："人生唏嘘云亡，好烈烈轰轰做一场。"人的生命如一呼一吸之间的时间一样短促，要轰轰烈烈干出一番事业来。人生的起点我们无法选择，人生的终点我们无法阻止，但是人生的过程却牢牢地掌握在我们自己手中，走什么样的路，成为什么样的人完全由我们自己决定。因此，努力奋斗，有所作为，这样我们就可以说我们没有虚度年华，并有可能在时间的沙滩上留下我们的足迹。

第三章　今年花胜去年红，可惜明年花更好
——宁静乐观，体验人生

　　　人生就像一扇门，有人悲观于门内的黑暗，有人却乐观于门内的宁静；有人忧愁于门外的风雨，有人却快乐于门外的自由。有些人，有些事，是可遇不可求的，强求只有痛苦。既然这样，就放宽心态，顺其自然。无论何时何地，都要拥有一颗宁静安闲的心，保持乐观豁达的心态。

第四章　人生自是有情痴，此恨不关风与月
——理解尊重，爱满人生

　　爱情，历来是文学的永恒主题。词作为一种心绪之文学，最适合言情，它将古人缠绵婉转的幽约情感演绎得醇香醉人，沁人心脾，有如一坛老酒耐人品味，千古流芳。"人生自是有情痴，此恨不关风与月"，这两句更是把古今多少情愁苦、为情痴迷的心事一语道尽，成了写情的千古名句。

第五章　平芜尽处是春山，行人更在春山外
——快乐愉悦，幸福人生

　　"平芜尽处是春山，行人更在春山外"，我们将这两句词所写的情景比喻为人生的旅途。在人生漫长的旅途中，也一样充满春意，令人陶醉。当然，也有所思所爱，又使人眷恋不已。但向远处望去，在无垠的原野尽处还有更令人神往的美好所在值得去追求。春山之外不只是行人，更是快乐、愉悦、幸福的人生。

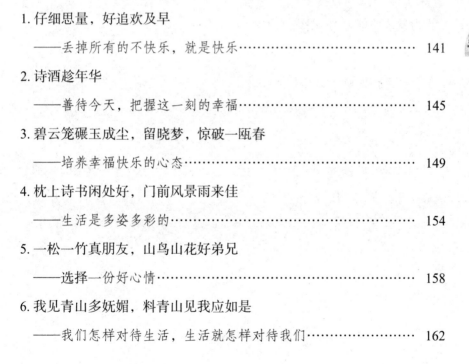

第六章　但力行好事，休问穷通

——充实自我，完美人生

　　"但力行好事，休问穷通"是一种积极的人生态度。不管人生的道路是多么崎岖，遇到什么挫折困难，我们都必须珍爱生命，完善自我，把磨难看成人生宝贵的财富，把追求真善美的完美人生当成自己前进的动力，努力奋斗，有所作为，就一定能成为一个快乐而幸福的人。

第七章　人有悲欢离合，月有阴晴圆缺

——胸怀旷达，洒脱人生

> 世间道路坎坷曲折，人生之路也不会一帆风顺，有得就有失，面对得失人们总是患得患失，在得与失的选择中彷徨不已。有人说，生活需要智慧，是的，面对生活中得失带来的困扰，真正明智的做法就是要学会旷达和洒脱。胸怀旷达，洒脱人生，这就是一种大智慧。

第八章　人生如逆旅，我亦是行人

——时光易逝，珍惜人生

> 人生就是一场修行，就是一场艰难的旅程，每个人都只是一个匆匆的过客，或走或停，就这样慢慢走完人生征途。人生短暂，时光易逝。时间是组成生命的材料，浪费时间就是对生命的亵渎。只有珍惜时间，才是对生命的最大信仰，才是生命的主宰！

第一章

一点浩然气，千里快哉风——积极进取，认识人生

在人生的道路上，有顺途，有歧路，更充满了挑战和困难。苏轼以"一点浩然气，千里快哉风"这一豪气干云的惊世骇俗之语昭告世人：一个人只要具备了至大至刚的浩然之气，就能超凡脱俗，刚直不阿，坦然自适，任何境遇中，都能处之泰然，享受使人感到无穷快意的千里雄风。这种逆境中仍保持浩然之气的坦荡的人生态度，具有积极的社会意义。

1. 会挽雕弓如满月，西北望，射天狼

——播种积极的种子，收获成功的果实

【出处】

苏轼《江城子·密州出猎》

【原文】

老夫聊发少年狂，左牵黄，右擎苍，锦帽貂裘，千骑卷平冈。为报倾城随太守，亲射虎，看孙郎。

酒酣胸胆尚开张。鬓微霜，又何妨！持节云中，何日遣冯唐？会挽雕弓如满月，西北望，射天狼。

【译文】

我姑且抒发一下少年人的狂傲之气，左手牵着黄狗，右手托着苍鹰。随从的将士们头戴华美艳丽的帽子，身穿貂皮做的衣服，率领随从千骑席卷平展的山冈。为报答全城的百姓都来追随我，我一定要亲自杀一头老虎，像孙权一样给大家看看。

喝酒喝到正高兴时，我的胸怀更加开阔。即使头发微白，又有什么关系呢！什么时候皇帝会派人下来，像汉文帝派遣冯唐？那时我定当拉开弓箭，使之呈现满月的形状，瞄准西北，把代表西夏的天狼星射下来。

【赏析】

这首词是苏轼较早创作的豪放词，作于公元1075年（熙宁八年）冬，此时苏轼三十八岁，因为与新政不合，主动要求外放，任密州知州。虽然仕途上遭受挫折，心理上产生疲惫之感而自称"老夫"，但实际上他正处盛年，所以充满少年豪壮之情，且心态非常年轻积极。年轻的心让他一洗坎坷的人生带来的暮年老朽之气，让他淡定了个人仕途的挫折；年轻的心让他对未来充满向往，盼望着得到像冯唐那样的使臣持节密州，盼望着得到朝廷重新重用，盼望着能"西北望，射天狼"，

一点浩然气，千里快哉风——积极进取，认识人生

为国尽忠；年轻的心消除了他各种消极悲观的心理，焕发出蓬勃的生机和跃动的活力，果敢坚定，无所畏惧。人生的道路上需要这样积极的心态。

众所周知，在这个世界上，成功而卓越的人毕竟是少数，而失败平庸的人占据多数。那么，情况为什么会是这样的呢？我们不妨仔细地比较一下他们的心态，特别是他们在关键时刻的心态。你将会十分惊讶地发现：在关键时候，由于每个人心态不同，其各自的命运与面对事情的结果不同。

在推销员中一直广泛流传着这样一个故事。

欧洲的两个推销员到非洲去推销皮鞋。由于天气炎热，非洲人一直都是赤着脚。第一个推销员看到非洲人这个样子，立刻失望起来，他想：这些人都赤着脚，怎么会买我的鞋呢？于是他放弃了。而另一位推销员看到非洲人都赤着脚，不禁惊喜万分，在他看来：这些人都没有皮鞋穿，这皮鞋市场就大了。于是他想尽一切办法，引导非洲人购买皮鞋，最后成功归来。

我们不难看出，不同的心态导致不同的结果。同样是非洲市场，同样面对赤着脚的非洲人，由于不同的心态，一个人灰心失望，不战而败；而另一个人则满怀信心，大获全胜。

面对同样的机会，积极心态有助于人们克服困难，发掘自身的力量，最终踏上成功的彼岸。消极思维的人则会看着机会渐渐远去，却不会采取行动。消极心态会在关键时刻散布疑云，使人错失良机。

消极心态与积极心态一样，也能产生巨大的力量。有时候，消极心态的力量还有可能大于积极心态的力量。因此我们不仅要最大限度地发挥和利用积极心态的力量，也应该打消消极心态的力量。

有一个一文不名的年轻人，有一天对他的所有朋友大胆地说："总有一天，我要到欧洲去。"坐在他旁边的朋友一听此话便笑了起来："听听，这是谁在说话呀？"

但是，到了20年之后，这个年轻人果然带着自己的妻子去了欧洲。

年轻人当时并没有像其他人那样说："我非常想去欧洲，但我恐怕永远都花不起这笔钱。"他的心里抱着积极的、坚定的希望，这希望给了他极大的动力，促使他为了去欧洲而努力行动。

如果你首先放弃了，你一开始就说"不行，我花不起，那笔费用对我来说太昂贵了，我恐怕永远都做不到"，那么，事情一定会像你所想的那样，一切都会停顿下来。你的希望没有了，你的心智迟钝了，你的精神也消失了，久而久之，真的就会让自己相信事情无法办到。

障碍与机会之间有什么区别呢？关键在于人们对待事物的态度有所差别。被誉为美国历史上最伟大的总统之一的亚伯拉罕·林肯说过："成功是屡遭挫折而热情不减。"积极的人视挫折为成功的踏脚石，并将挫折转化为机会。消极的人视挫折为成功的绊脚石，让机会悄悄溜走。

拥有积极心态，看见将来的希望，就会激发起现在的动力。而消极心态会摧毁人们的信心，使希望泯灭。消极心态像一剂慢性毒药，吃这服药的人会慢慢地意志消沉，失去动力，远离成功。

消极心态不仅想到外部世界最坏的一面，而且还会想到自己最坏的一面。他们不敢企求什么，因而往往他们的收获也很少。遇到一个新的想法或观念，他们的反应往往是："这是行不通的，从来没有这么干过。没有这主意不也过得很好嘛？我们承担不起风险，现在条件不成熟，这不是我们的责任。"

事实上，在我们的日常生活中，平庸的人占多数，其主要原因就是心态有问题。一碰到困难，他们总是挑选最容易的办法，甚至退缩，总是说："我不行了，我还是退却吧。"结果使自己陷入失败的深渊。成

一点浩然气，千里快哉风——积极进取，认识人生

功者正好相反，他们一遇到困难，总是始终如一地保持积极的心态。以"我要！""我能！""我一定行！"等积极的态度不断鼓励自己。于是他们便能尽一切可能，不断前进，直至走向成功。

成功的人大都以积极心态支配自己的人生，他们始终以积极的思考、乐观的精神和辉煌的经验来支配和控制自己的人生。以积极心态支配自己人生的人，总能积极乐观地正确处理人生遇到的各种困难、矛盾和问题；以消极心态支配自己人生的人，总不愿也不敢积极地解决人生所面对的各种问题、矛盾和困难。

我们经常听人说，他们现在的境况是别人造成的，环境决定了他们的人生位置。这些人常说他们的想法无法改变。但事实上不是这样的，他们的境况根本不是周围环境造成的。说到底，如何看待人生，完全由我们自己决定。

总而言之，成功与否掌握在我们自己的手中。成功是积极心态的结果。我们究竟能飞多高，并非完全由我们的某些其他的因素决定，而是由我们自己的心态所制约的。我们的心态在很大程度上决定了我们人生的成败。比如：

（1）我们怎样对待生活，生活就怎样对待我们。

（2）我们怎样对待别人，别人就怎样对待我们。

（3）我们在一项任务刚开始时的心态，就决定了我们最后将有多大的成功，这是最重要的因素。

（4）在任何重要组织中，我们的地位越高，我们就越能找到最佳的心态。

当然，积极心态并不能保证事事成功，但一直持消极心态的人则一定不会成功。

让我们用积极的心态来对待自己的生活和事业吧！播下积极的种子，必定会收获成功的果实。

2. 莫辞醉，此花不与群花比
——保持自信的人生态度

【出处】

李清照《渔家傲·雪里已知春信至》

【原文】

雪里已知春信至，寒梅点缀琼枝腻。香脸半开娇旖旎，当庭际，玉人浴出新妆洗。

造化可能偏有意，故教明月玲珑地。共赏金尊沉绿蚁，莫辞醉，此花不与群花比。

【译文】

大地一片银装素裹，一树报春的红梅点缀其间，梅枝犹如天工雕出的琼枝，别在枝头的梅花，丰润皎洁。梅花含苞初绽，娇美可怜，芳气袭人，就像庭院里刚刚出浴，换了新妆的美人。

上天可能也对梅花有所偏爱，所以让月色皎洁清澈，玲珑剔透。让我们举起金盏畅饮，一道来欣赏这月色里的梅花吧，请不要推辞酒量不胜。要知道，群花竞艳，谁也逊色于梅花呀。

【赏析】

《渔家傲》是李清照的一首雪里赏梅词，在冰雪覆盖的寒冷冬季，一枝梅花透露出春的气息，它美丽、高洁，就像美人出浴，连大自然都为它的美沉醉，于是唤出皎洁的月光，让天地间一片玲珑剔透。梅花超然于群芳之上，"此花不与群花比"，这是李清照对寒梅的礼赞，更是她对自己才华绝代、无人能敌的强烈自信。

我们在人生中就应该像李清照这样保持自信的人生态度，充满自信地生活。人人都希望成功，成功的要素之一，就是"坚定不移的信心"。可是真正相信自己的人并不多，结果，真正做到的人也不多。

第一章

一点浩然气，千里快哉风——积极进取，认识人生

一个人放弃了信心，等于放下了手中的武器，而甘认失败。信心就是相信自己的理想，自信就是相信自己的能力，从而达到自己的理想。信心，就是把有限生命的脆弱性与无限生命中的坚强精神糅合在一起，从而产生一种内在的无比巨大的力量，指引我们可以无休止地走下去，一直要达到自己理想的目的地才终止。有了自信心，就有了战胜困难的勇气；有了自信心，才能在最佳心态下去从事前人没有从事过的伟大事业。

哈佛大学的一位教授主持了一个有趣的实验，实验对象是三群学生与三群老鼠。

他对第一群学生说："你们很幸运，你们将和天才小白鼠同在一起。这些小白鼠相当聪明，它们会到达迷宫的终点，并且吃许多干酪，所以要多买一些喂它们。"

他告诉第二群学生说："你们的小白鼠只是普通的小白鼠，不太聪明。它们最后还是会到达迷宫的终点的，并且吃一些干酪，但是不要对它们期望太高，它们的能力与智能都很普通。"

他告诉第三群学生说："这些小白鼠是真正的笨蛋。如果它们能找到迷宫的终点，那真是令人意外。它们的表现会很差，我想你们甚至不必买干酪，只要在迷宫终点画上干酪就行了。"

以后六个星期，学生们都在精心地从事实验。天才小白鼠的行动就像天才人物一样，它们在短时间内就到达了迷宫的终点。你期望从一群"普通小白鼠"那里得到什么结果呢？它们也会到达终点，但是在这个过程中并没有写下任何速度记录。至于那些愚蠢的小白鼠，那更不用说了，它们都有真正的困难，只有一只最后找到迷宫的终点，那可以说是一个明显的意外。

有趣的事情是，根本没有所谓的天才小白鼠和愚蠢小白鼠之分，它们都是同一窝普通的小白鼠。这些小白鼠的成绩之所以不同，是参

加实验的学生态度不同而产生的直接结果。简而言之，学生们因为听说小白鼠不同而采取了不同的态度，而不同的态度导致不同的结果。学生们并不懂得小白鼠的语言，但是小白鼠懂得态度，因而态度就是语言。

毛主席曾有诗云："自信人生二百年，会当水击三千里。"自信是事业成功的第一秘诀。梁启超也曾说过："凡任天下大事者，不可无自信心，每处一事，既看得透彻，自信得过，则以一往无前之勇气赴之，以百折不挠之耐力持之。虽千山万岳，一时崩溃而不以为意。虽怒涛惊澜，蓦然号于脚下，而不改其容。"由此，我们可以看出，自信心对于一个立志想成就大事业的人来说是多么重要啊！

古之成大事者没有一个是缺乏信心的懦夫之辈。秦皇汉武，唐宗宋祖，都充分表现出天之骄子的自信。李贺对秦王那不可一世的气魄作诗云："秦王骑虎游八极，剑光照空天自碧。"卢纶对李广将军那镇定自若、箭出虎倒的气势描写说："林暗草惊风，将军夜引弓，平明寻白羽，没在石棱中。"秦王、李广虽不属同一类型的历史人物，但是他们都拥有扭转乾坤与力挽狂澜的自信。

要拥有自信，必须提高自我评价，正确认识自我。李白在《将进酒》中写道："天生我材必有用。"即是说，我能生临人世间，必定是人世间需要我，我能发挥出对人世有益的作用，甚至能做出一定的贡献。

有的人在一帆风顺的条件下，慷慨陈词，信心百倍。可是一遇到逆境便萎靡不振，如霜打秋荷一般。须知："战胜自己的自卑和怯弱，是对事业的最好祝福。"在逆境中，应该"手提智慧剑，身披忍辱甲"，更需要有自信，更需要励精图治。

能够成就大事业的人，永远是那些信任自己的人，敢于想人之所不敢想，为人之所不敢为的人，那些不怕孤立的人，勇敢而有创造力的

一点浩然气，千里快哉风——积极进取，认识人生

人。普通平凡的人，因为他们没有发觉到自己沉睡着的"神圣潜能"，而不能把它唤起，从而失去了人人是英雄豪杰的自信力，而安然于普通平凡之中。英雄豪杰之士就有所不同，他们有远大的理想，崇高的目标，宏大的意志，强大的信心，昂首阔步，永远向前，永远向上，坚持着要发展自己的生命力，创造出伟大的奇迹。

自信才是人生最有力的加油站。天下没有克服不了的障碍，只要你能勇往直前，深信生命中的每件事情都能刺激你实现目标。让自信成为我们前进的动力吧！

3. 自家肠肚自端详

——走自己的路不后悔

【出处】

朱敦儒《临江仙·信取虚空无一物》

【原文】

信取虚空无一物，个中著甚商量。风头紧后白云忙。风元无去住，云自没行藏。

莫听古人闲语话，终归失马亡羊。自家肠肚自端详。一齐都打碎，放出大圆光。

【译文】

既然大千世界不过是廓然无物的空幻之象，那么尘世上的是非功过又有什么值得计较的呢？风儿一阵猛吹，白云随风飘荡，看来好不热闹。殊不知这风和云并没有动和静、行和止的变化，人们眼中所见的不过是众生所妄见的幻象而已。

不要把古人昔贤的言语奉为神明，羊毕竟丢了，马毕竟跑了，一切雄辩，无济于事。自己的心腹事，应由自己来审度处置，不要被古人的议论所桎梏，不要到圣贤的书籍中去寻求慰藉。只有打翻一切陈言与说教，跳出三界外，不五行中，才能悟得真知，超凡成佛。

【赏析】

"莫听古人闲语话，终归失马亡羊"意思是说不要把古人昔贤的言语奉为神明，视为至理名言。马跑了，羊丢了，心情非常难过，便到圣贤书中寻找慰藉，《淮南子》中"塞翁失马，焉知非福"，《战国策》里"亡羊而补牢，未为迟也"，都饱含着深刻的哲理，但又有什么用呢？马和羊终究都丢失，无处可寻，难以弥补。还是"自家肠肚自端详"的好，走自己的路，自己的事情由自己来审度处理，不在古书中寻求至理名言慰藉心灵，不被古人的议论左右，影响自己的判断。

走自己的路，这是词人人生经验的总结和人生智慧的结晶。走自己的路，我们才不至于一味模仿别人，被别人左右，忘记自己的真正需求；走自己的路，不跟在别人身后，才能走出一条属于自己的新路、好路；走自己的路，不按照别人的设计生活，才能做到令人耳目一新。

《伊索寓言》中有这样一个故事：一个老头和一个小孩子用一头驴驮着货物去赶集。赶完集回来，孩子骑在驴上，老头儿跟在后面。路人见了，都说这孩子不懂事，让老年人徒步。孩子就忙下来，让老头儿骑上。于是旁人又说老头儿怎么忍心，自己骑驴，让小孩子走路。老头儿听了，又把孩子抱上来一同骑。骑了一段路，不料看见的人都说他们残忍，两个人骑一头小毛驴，把小毛驴都快压死了，两人只好都下来。可是人们又都笑他们是呆子，有驴不骑却走路。老头儿听了，对小孩子叹息道："没法子了，看来我们只剩下一条路：两个人扛着驴子走吧！"

正因为老头儿不能坚持自己的原则，总是被路人的言行左右，最终不知所措，徒增烦恼。

一点浩然气，千里快哉风——积极进取，认识人生

我们毕竟不是孤立存在的个体，一言一行总会对周围的人、周围的世界产生影响，也就必然会受到周围世界的评论。这些评论可能是褒扬，也可能是非难。但不论是褒扬还是非难，都有理解与不理解、公正与歪曲的成分。所以，对于这些评论，不能一概地接受。

许多人做起事情来就像上述故事中所讲的老头儿和孩子，总想做得面面俱到，别人叫他怎么做，他就怎么做，谁有意见，就听谁的。可是面面俱到的结果呢？却是没有人满意，反而也将自己置于无所适从的境地。

凡事面面俱到，那是绝对不可能的。因为我们不可能顾及每一个人的面子和利益，你认为顾到了，别人却不一定这么认为，甚至有的人根本不领情。再者，每一个人对同一件事的感受和看法都有所不同，你让这个人满意，就会有人不满意。你面面俱到的结果只有两种可能：要么自己累得半死；要么被人捏住软肋，任人摆布。与其这样，我们何不明智一点，快乐地做我们自己。按照自己的意愿做人做事，不必勉强改变自己，不必费心掩饰自己。这样，就能少一些精神的束缚，多几分心灵的舒展，就能少一点不必要的烦恼，多几分人生的快乐与轻松。

相反，忘记了"我是谁"，硬要逼迫着自己去改变，戴着面具去应付人生，所有的烦恼就会接踵而至。设法掩饰自己本就要付出许多的心力，而一旦没有掩饰好，便会更糟。对于做人来说，与其把精力花在这上面，还不如索性令人识我真相、见我真人，知我真本色。

爱默生在散文《自恃》中说：

"每个人在受教育的过程当中，都会有段时间确信：物欲是愚昧的根苗，模仿只会毁了自己；每个人的好坏，都是自身的一部分；纵使宇宙充满了好东西，不努力你什么也得不到；你内在的力量是独一无二的，只有你知道自己能做什么。"

查理·卓别林刚刚拍电影的时候，导演让他模仿当时德国一名著名

的喜剧演员，可他表演一直都不出色，直到找出了属于他自己的戏路，才成为举世闻名的喜剧大师。在欧文·柏林与乔治·葛希文两人相识的时候，柏林已是有名望的作曲家，而葛希文还仅是每星期只能赚35块钱的无名小卒。柏林非常欣赏葛希文的才华，愿付三倍的价钱聘请他为音乐助理。但后来柏林却说："你最好别接受这份工作，否则你可能会变成一个二流的柏林；假如你秉持本色努力奋斗下去，你会成为一个一流的葛希文。"葛希文牢记柏林的忠告，努力奋斗，最终成为美国当代著名的音乐家。

我们应庆幸自己是世上独一无二的，应该发挥自己的禀赋。不管是好是坏，你都得耕耘自己的园地；不管是好是坏，你都得弹奏自己生命的琴弦。

4. 藏白收香，放他桃李，漫山粗俗
——与众不同才能成功

【出处】

杨无咎《柳梢青·为爱冰姿》

【原文】

为爱冰姿，画看不足，吟看不足。已恨春催，可堪风里，飞英相逐。只应自惜高标，似羞伴、妖红媚绿。藏白收香，放他桃李，漫山粗俗。

【译文】

为了所爱的高贵淡雅的梅花，即便朱笔丹青、吟诗作赋，也无法体现出它的美。可惜春天已到，它又怎禁得住那风中飘舞的雪花。

也只好珍惜自己的高枝，像一位羞羞怯怯、身穿妖红媚绿的高雅女

一点浩然气，千里快哉风——积极进取，认识人生

子那样，将自己的洁白无瑕与沁人香气掩藏起来，让那些庸俗的桃花李花开遍满山吧。

【赏析】

杨无咎曾画墨梅图十幅，每幅上题《柳梢青》词一首，这是其中的一首。梅花只在冰天雪地里傲然绽放，一枝独秀。春天来了，红花绿叶满山遍野，妖桃李葩烂漫盛开，它就在东风的吹拂下，藏白收香，片片飞花相逐，主动退出春天。这就是梅花与众不同之处，春暖花开，百花争艳，它不趋之若鹜，而是保持自己独特的个性，选择在百花凋谢、孤寂寒冷、冰天雪地中开出鲜艳的花朵。

与众不同才能成功，在人生中如果我们能够学会梅花的与众不同与出奇制胜，定然也能无往而不胜，早日取得成功。

在象牙塔里，在艺术创作领域，"成功"似乎与在其他领域里的成功不完全相同。尽管世界上没有两片相同的树叶，也没有两次不同的创业，但是，就创业而言，确实还有一些共同或共通的东西可以遵守，前人的或别人的，等等。而艺术创作则不同，一位作家，一位画家，一位音乐家，他们的价值其实就在于他们的"与众不同"。

我们可以想象一下，如果世界上的作家们写的东西都是同样的体裁，同样的手法，同样的故事情节，那将是多么无趣的一件事情呀！还有，如果世界上的画家画的画都是一个样子，那我们这个世界要缺少多少色彩呀。所以说，在艺术创作领域里的成功，一个重要的标准就是与众不同，只有这样才能充分体现出个人的价值！

要在艺术这座象牙塔里取得成功，每一个人都应该将"与众不同"作为自己追求的目标，也只有这样，你才有可能取得令人瞩目的成就！

翻开西方任何一本著名的美术词典，我们不难发现这样一个现象：毕加索总是占据着最多的篇幅。毕加索能获得这样高的评价，证明了这

样一个共识：他是20世纪全世界最重要的美术家。说他是最重要的而不说他是最伟大的，是由于人们不管爱他恨他，都不得不承认毕加索在美术史上的巨大作用，以及他在20世纪西方美术领域无人替代的地位。

的确，要选出一个人代表20世纪西方美术乃至世界美术，哪怕觉得为难，或许最后还得投他一票。

关于毕加索的生平，这里不再赘述，我们以一幅被称为"划时代的作品"题为《阿维尼翁少女》（1907年）的裸女画为例予以说明。

《阿维尼翁少女》仅从选材来说，承继于西方绘画史上女裸体这个极为重要和古老的样式，但是在实质上，这幅画却对这一样式的"优美"传统发出了致命的一击，它那狂野怪异的形态，有力地喊出了一种新的艺术追求："让风雅灭绝吧！"

在这幅画里，画家在近似完全正方的大画面上，展现了五个超过真人大小的裸体姑娘，她们挤在前景上（严格地说，这幅画并无什么空间深度），仿佛要闯出画面一般。她们的形体好像由一些几何形碎片拼凑起来的，谈不上什么动人的曲线，也没有什么匀称的比例。右边两个人的面孔更背离实情和常规，丑怪得令人害怕，同非洲奇特的面具没多大区别。整个作品，从形象塑造到空间处理，根本无视古典遗训，就像大象进入瓷器店，把一切传统绘画的神圣法则踩得粉碎。但毕加索绝非没有艺术修养的大象，他貌似"胡来"的处理，是学习和探索的成果，其中蕴含着真正的艺术修养。

我们知道，不断发展、不断变革、不断创新是西方文明进步不可或缺的条件，它的美术轨迹也证明了这一点。19世纪末期，反再现性美术传统和古典风范的精神日盛，那些长久受到西方人忽视的异域异质美术，在寻求推翻压在身上的传统规范的革新者这里，受到了热烈的欢迎，给他们提供了精神上的帮助和形式上的启迪。

《阿维尼翁少女》刚出现时，就连毕加索那些最为前卫的朋友也有

一点浩然气，千里快哉风——积极进取，认识人生

些难以适应，但是它的影响不知不觉扩展开去。今天，这幅应和了新审美要求和趣味的作品，已是现代主义公认的少数经典之一。美术史书，通常把它诞生的时期当作"立体主义"出现的标志。

有一位毕加索的传记作家，曾经用"光荣与孤独"来概括他生活的最后阶段，这一概括不无道理。因为正是他与众不同的"光荣与孤独"，才使他从20世纪50年代中期到70年代初期，始终享受着世人的崇敬，几乎被奉为神一般的人物；另一方面，他日益回到自我的天地，沉醉于随心所欲的创作中，跟风赞美他的许多人，并不能真正与他的心灵沟通。尽管受着种种家庭纠纷的困扰，尽管身体状况不如以前，可他的创作活动仍丰富多彩，并且带上了更多"游戏"的色彩，仍然表现着他这位艺术家的"与众不同"。

从毕加索的《阿维尼翁少女》，我们可以清楚地看出，一位艺术家，正是由于卓尔不群，与众不同，才达到了一位艺术家所能达到的最高度！

5. 功名机会，要须闲暇先备

——机会偏爱有准备的人

【出处】

刘仙伦《念奴娇·送张明之赴京西幕》

【原文】

舣艭东下，望西江千里，苍茫烟水。试问襄州何处是？雉堞连云天际。叔子残碑，卧龙陈迹，遗恨斜阳里。后来人物，如君瑰伟能几？

其肯为我来耶？河阳下士，差足强人意。勿谓时平无事也，便以言兵为讳。眼底河山，楼头鼓角，都是英雄泪。功名机会，要须闲暇先备。

【译文】

舻艎大船东流下，远望千里西来的大江，只见一片烟水苍苍茫茫。若问襄州究竟在哪里？应是在雉堞一直与天边云霞连接的地方。羊祜的残碑，诸葛亮的遗迹，都满载遗恨浴着残阳。后来的人物，有几个能有您这样卓伟超常。

"其肯为我来耶？"说这话的乌重胤的礼贤下士，才能够使人们精神振奋，意志增强。不要老是认为现在太平无事了，便避讳讨论军备武装。眼前的江山，楼头的鼓角，都流露着英雄的慷慨悲凉。要想得到取功名的机会，在闲暇时就应该准备停当。

【赏析】

这首词写于词人送友人奔赴襄阳任职之时。当时宋金两国对峙于襄阳，暂时的平静麻痹了世人，甚至让人忘记了收复失地的重任。词人恐怕友人也被同化，所以写下该词，鼓励友人张明之要事先做好准备，不要"以言兵为讳"，认为现在太平无事，便避讳讨论军备武装。"功名机会，要须闲暇先备。"意为要想得到取功名的机会，在闲暇时就应该做好准备。

机会偏爱有准备的人。蜘蛛为了捕获猎物，总是先织网，等待猎物到来，这是把成功的机会掌握在自己的手中。这就是"蜘蛛精神"。

一位老教授退休后，巡回拜访偏远山区的学校，传授教学经验与当地老师分享。由于老教授的爱心及和蔼可亲，受到老师及学生的欢迎。

有一次，当他结束在山区某学校的拜访行程，而欲赶赴别处时，许多学生依依不舍，老教授也不免为之所动，当下答应学生，下次再来时，只要谁能将自己的课桌椅收拾整洁，老教授将送给他一件神秘礼物。

在老教授离开后，每到星期三早上，所有学生一定将自己的桌面收

一点浩然气，千里快哉风——积极进取，认识人生

拾干净，因为星期三是每个月教授例行前来拜访的日子，只是不确定教授会在哪一个星期三会来。

其中有一个学生的想法和其他同学不一样，他一心想得到教授的礼物留作纪念，生怕教授会在星期三以外的日子突然带着神秘礼物到来，于是他每天早上都将自己的桌椅收拾整齐。

但往往上午收拾妥当的桌面，到了下午又是一片凌乱，这个学生又担心教授会在下午到来，于是在下午又收拾了一次。想想又觉不安，如果教授在一个小时后出现在教室，仍会看到他的桌面凌乱不堪，便决定每个小时收拾一次。

到最后，他想到，若是教授随时会到来，仍有可能看到他不整洁的桌面，终于小学生想清楚了，他必须时刻保持自己桌面的整洁，随时欢迎教授的光临。

老教授虽然并未带着神秘礼物出现，但这个小学生已经得到了另一份珍贵的礼物。

假如你希望获得成功，就要为它创造条件。许多人终其一生，都在等待一个足以令他神往的机会，而事实上，机会无处不在。关键在于，你应该时刻保持心灵桌面的整齐，为把握机遇做好准备。

查理在被问及"是什么导致了你的成功？你怎样取得成功"的问题时，他这样回答："我能确切地告诉你，因为这似乎就发生在昨天。在大学读书期间，我与一个从艾奥瓦州来的同学同住一间寝室。一天晚上，当我们一伙人团团围坐谈论生活时，他走了进来。我敢说他很兴奋，但是在大家离开前他没说什么。人们刚走，他就禁不住脱口而出："我家发财了！我的母亲今晚打电话给我，说今天早晨，她去信箱取邮件时，发现一张票额89000美元的支票。"

"惊奇之后，我的反应是难以掩饰的嫉妒。我向他了解事情的全部经过。

他说："我了解得也不够确切，但是我猜测是这么一回事：我父亲在30年代经济萧条时买了一些股票，后来全忘了。最近这家公司正好拍卖了，这钱就是他的份子。"

这位成功人士继续说："那个晚上我躺在床上，很久睡不着，在想：'为什么这事发生在他家里，而不是我家里？为什么是他得到了钱而不是我得到了钱？'最后，我试图系统地分析这件事。我想：在我的生活中有什么机会可能给我带来一笔横财呢？我悲哀地意识到什么机遇也没有。我没有能涨值的股票，而且，据我所知，我家也没有。我既没有一块会突然发现储藏石油的土地，也没有可能被证明是名作的藏画；我也没有什么才能让自己一举成名——我没有任何能使我马上发迹的东西。躺在床上，我默默告诫自己：'查理，假如你希望在你的生活中也获得那样的机遇，你必须播种，而且最好多播种，因为你尚不清楚哪一粒种子会发芽。'从那以后，我一直在播种。有几粒种子已发芽了。因此我才有今天这样的境况。"

这就是计划者。他们通过播种，在自己的生活中取得成功。俗话说"种瓜得瓜，种豆得豆""一分耕耘，一分收获"，如果你想体验收获的惊喜，那么不要徒羡别人的运气，以后你想得到什么，现在就开始为将来的收获播种吧。常言道："与其临渊羡鱼，不如退而结网。"播种机会就像蜘蛛布下八卦阵般的蛛网一样，捕捉到飞来的猎物将指日可待。

一点浩然气，千里快哉风——积极进取，认识人生

6. 莫将一片广长舌，博取封侯

——说大话不如有真才实学

【出处】

吴泳《上西平·送陈舍人》

【原文】

跨征鞍，横战槊，上襄州。便匹马、蹴踏高秋。芙蓉未折，笛声吹起塞云愁。男儿若欲树功名，须向前头。

凤雏寒，龙骨朽，蛟渚暗，鹿门幽。阅人物、渺渺如沤。棋头已动，也须高著局心筹。莫将一片广长舌，博取封侯。

【译文】

跨上战马，横持着战槊，赴襄州上任。正值秋天，驰骋战场。荷花没有衰败，笛声吹动边界的愁绪。希望你奋发向上，努力树立功名。

襄阳的著名人物凤雏。卧龙早包作古，尸骨已朽；蛟渚、鹿门等遗迹也已色彩暗淡，不似当年了，历史名人像水泡一样地消逝了。树立功名，就像在棋局中筹划高招一样。不要凭着一条长舌，去博取官爵厚禄。

【赏析】

此词作于宋宁宗嘉定十四年（1221年），当时宋金之间战事不断，川陕和弗襄一带局势紧张，祸患频繁。此时陈赅继赵方为京湖安抚使，即将赴襄阳任所，于是词人赋此阕相赠，对友人进行慰勉和鼓励。

在这首送友人上任的词作里，吴泳勉励友人努力向前，杀敌报国，建功立业，还语重心长地说"莫将一片广长舌，博取封侯"，谆谆叮嘱友人，不要巧言利舌，靠说大话登上高位。言过其实，说浮夸虚假的话，可能一时投机，获得功名，但却让人瞧不起，而且不会长久。有真

才实学，脚踏实地，凭借聪明才智和高明的招数去对付敌人，建功立业，才是最好的选择。

说大话不如有真才实学。真才实学是走向成功的敲门砖，那种仅仅拥有一张徒有虚名的文凭，只能是摆摆花架子罢了，是难以适应社会的发展的。

高尔基曾说："社会——是一所最好的大学"。社会这所大学很务实，能给你实用的知识，能给你鲜活的资料，如果你真的需要，它什么都可以提供给你。爱上这所学校吧，它将是使你一生受用的学校。

渴求知识是一种积极心态，很多人在没有条件读书后就会说：这就是命。而有些人在没有上学读书后却能更发奋地学习，正如很多人在童年没读多少书，但后来却能与伟人为伍，被人们尊为成功者、强者，在古今其例繁多，举不胜举。这些成功都是与他们吸取社会知识的营养分不开的。

在生活实践里学到的东西远比在课本里学到的东西丰富，主要看你是否真的对学习有强烈的欲望，如果没有，即使将你放在一流学府里，你学到的东西也很肤浅。

学习的机会是无所不在的，各种环境与机构，处处可以学习。学校教育是提供学习机会的一部分，学习场所更不是只有学校。生活所处的家庭、邻里、社区、社团、企业等各种各样环境与机构都是终身学习的机会。

在实践中和现实生活里都有学之不尽的东西，我们只要有一个积极的态度，就能够在任何情况下，获得我们需要的知识和才能，更重要的是还应从生活里汲取知识的精华补充自己的不足，从而走向成功。而这些是学校里无法学到的。

有这样两个人，他们曾是高中同学，高考成绩不相上下，同时考入了华北某大学，但就在收到录取通知书的同时，其中那位名叫阿春的

一点浩然气，千里快哉风——积极进取，认识人生

同学的母亲突患急症而入院急救，经查诊为脑溢血，因抢救及时无生命危险，但却从此成了植物人。这无疑使那个经济本不宽裕的家庭雪上加霜，望着白发愁眉的老父亲和躺在特护间里的老母亲，阿春决定放弃学业，帮老父亲维持这个家的生计。为了偿还给母亲治病欠的债，他决定去打工。

在建筑工地上，阿春起初是个苦力工，由于有些文化底子，经理有意要阿春到后勤去搞搞预算什么的，但后勤是固定工资，收入稳定但不高，阿春就请经理给安排在一线赚钱多点的岗位。在工作期间，阿春边干边学，很勤快，对任何不懂的东西都向有关的师傅请教。在实践中虚心学习，使阿春在一年多的时间里掌握了几种主要建筑工程必备的技术，但这只是实际操作知识。阿春又利用有限的休息时间，购置了些建筑设计、识图、间架结构等有关书籍资料，在蚊子叮、灯光暗的工棚里学习。

偶尔与那位上了大学的同学通信，那位同学就在信里给阿春描述大学的生活如何的丰富多彩，信上说，大学里可以和同学处对象，进舞厅，同学们可以到校外去聚餐野游喝酒。阿春写信说自己打工的条件很苦，没有机会上大学了，劝他的同学要珍惜优越的学习机会和条件。这位同学回信说在大学里学习一点都不紧张，学得只要别太差，一样会拿到毕业证。

第二年，阿春基本掌握了基建的各种操作技术和原理，渐渐由技术员提升为副经理。由于阿春好学肯干，以及扎实的功底，公司试着给阿春一些小项目让其去施工。由于措施得当和管理到位，阿春的每个项目都出色地完成，在这期间，阿春仍没放弃学习，自修了哈佛管理学中的系列教程，还选学了一些和建筑有关的学科，准备参加自考，完善自我。

第三年，公司成立分公司，在竞选经理时，阿春以优秀的成绩竞选成功，阿春准备在这个行业中一展宏图。

同年六月，那位上了大学的同学毕业了，由于平时学习不太刻苦，有几科考试很不理想，勉强拿到毕业证，因此他在很多用人单位选聘时都落选，只有一家小公司看中他，决定试用半年。由于刚毕业且在实习期，工资待遇不高，以及工作条件不理想，这位同学很恼火。由于他学习成绩不佳，且在工作中态度不端正，双方均不满意，只好握手言别，这位大学生失业了。

此时的阿春已是拥有近千人工程公司的经理，仍在远程教育网上进修和业务相关的课程。同学找到阿春说自己的想法是要给阿春来做个助手，"朋友嘛，总有个照顾。"

阿春说："来干可以，我这里同样也只问效益和贡献，没有朋友和照顾，要拿得出真才实学。到哪都会得到承认，光靠朋友和照顾，那是对你以及公司的失职，是靠不住的。"

有人说：过去的时代是资本时代，由资本决定社会的发展；而现在则是知本时代，知识就是资本。知识经济时代，就需要我们改变观念，掌握真正的知识才能创造财富，走向成功。如果你学不到真正的知识，就等于失去了社会的生存竞争力。

天资的强弱并不能决定能力的高低和成功与否。学习中，资质平庸的人，只要用心专一，假以时日，必有所成。相反，天资聪颖的人如果心浮气躁，用心不专，只会辜负上天的厚爱，一事无成。

毛泽东曾说过："实践出真知。"知识并不是全都要一本正经地坐学堂抱书执笔，在现实之中，每种社会环境里，只要你真潜心俯首求知，那你终将得到真正的知识，受益一生。

7. 自古英雄之楚、又之秦

——始终不放弃希望

【出处】

黄机《虞美人·十年不作湖湘客》

【原文】

十年不作湖湘客。亭堠催行色。浅山荒草记当时。篠竹篱边羸马、向人嘶。

书生万字平戎策。苦泪风前滴。莫辞衫袖障征尘。自古英雄之楚、又之秦。

【译文】

十多年未来过湖湘了。风尘仆仆，行色匆匆，经过了一站又一站的亭侯，如今又到此地。眼前景象比"当时"更加凄凉，只见衰草浅山，荒芜耕田，还有细竹篱笆边嘶鸣的瘦马。

尽管自己胸怀凌云壮志，满腹平戎之策，却求施展而不能，求投售而无门，壮志难酬，心情怅惘，痛心疾首，悲愤难平，悲苦的眼泪啊，只有和风向天抛洒！不断用衣袖遮挡扬起的尘埃。历史上的英雄圣贤，不都是先受厄运而后施展抱负吗？哪个贤人志士不经历一番奔楚赴秦、困顿受挫的历程啊！

【赏析】

黄机是一位关心国家兴亡、怀揣济世匡国大志的热血男子，曾长期怀着"万字平戎策"，颠沛流离，奔走呼号于大江南北，希望得到当权者的重用，虽屡受挫折，却始终没有放弃自己的执着追求。他这种壮志难酬的遭遇和愤懑，使他的词苍凉悲壮，慷慨生哀。在他《木兰花慢·次岳总干韵》中的"长年为客，楚尾吴头"之句，和本词中的"之楚、又之秦"都是词人长期奔波的真实写照。

壮志难酬，心情怅惘，衷肠热血，执着追求："书生万字平戎策。苦泪风前滴。莫辞衫袖障征尘。自古英雄之楚、又之秦。"尽管自己胸怀凌云壮志，满腹平戎之策，却求施展而不能，求投售而无门，壮志难酬，心情怅惘，痛心疾首，悲愤难平，悲苦的眼泪啊，只有和风向天抛洒！但是厄于困境中的自己，仍不甘心、不绝望，依旧要满怀信心地奔走呼号，相信终会有知遇之时。历史上的英雄圣贤，不都是先受厄运而后施展抱负吗？哪个贤人志士不经历一番奔楚赴秦、困顿受挫的历程啊！结语心长语凝，义无反顾，一片衷肠热血，表现出作者执着追求的决心和意志。

"前途是光明的，道路是曲折的。"这是家喻户晓的一句话。事实的确如此，不经历风雨，哪能见彩虹。前行的路必然不会平坦，但只要方向正确，只要还有毅力，还能坚持下去，就要继续前进，唯有这样才能创造属于自己的奇迹！

在困难面前，一定要坚守内心的信念，永远不轻易说放弃。只要坚持，就必定会有所收获！放弃必然导致失败。而不放弃，总会找到解决的办法。

你听过钟士的事迹吗？他是1960年跨栏比赛的风云人物，他赢得一场又一场的比赛，打破了许多纪录，轰动一时。他当年顺理成章地被选为罗马奥运会的选手，参加110米跨栏比赛，全世界都认为他能赢得金牌。

出乎意料的是，他并没有得到金牌，只跑了第三名，这当然是个极大的挫折。他的第一个想法是："怎么办呢？我或许该放弃比赛。"要再过四年才会有奥运会，而且他已经赢得其他比赛的跨栏冠军，何必再受四年更艰苦的训练呢？看起来唯一合理的出路是退出比赛。

这当然非常合乎逻辑，但是海耶士·钟士却不安于这种想法。"对自己一生追求的东西，"他说，"你不能够事事讲求逻辑。"因此他又

一点浩然气，千里快哉风——积极进取，认识人生

开始了训练。在以后的几年里，他再次创造了跨栏项目新纪录。

1964年，在纽约麦迪逊广场花园，钟士参加了60米跨栏赛。赛前他曾经宣布这是他最后一次参加室内比赛。大家都很紧张，每个人的眼睛都看着他。他赢了，平了自己以前所创的最高纪录！钟士跑完，走回跑道上，低头站了一会儿，答谢观众的欢呼。然后1.7万名观众都起立致敬。钟士感动得落泪，很多观众也流下了眼泪。一个曾经失败的人仍然继续坚持，决不放弃，而爱他的人们就爱他这一点。

后来他参加了1964年东京奥运会，在110米跨栏赛中跑出13.6秒的成绩，得了第一名，终于赢得了金牌。

如果你参观过开罗博物馆，你会看到从图坦·卡蒙法老王墓挖出的宝藏，令人目不暇接。庞大建筑物的第二层楼大部分放的都是灿烂夺目的宝藏，黄金、珍贵的珠宝、饰品、大理石容器、战车、象牙与黄金棺木，巧夺天工的工艺至今无人能及。但如果不是卡特决定再多挖一天，这些不可思议的宝藏也许仍在地下不见天日。

1922年的冬天，卡特几乎放弃了寻找年轻法老王坟墓的希望，他的赞助者即将取消赞助。卡特在自传中写道："这将是我们待在山谷中的最后一季，我们已经挖掘了整整六季，春去秋来毫无所获。我们一鼓作气工作了好几个月都没有发现什么（只有挖掘者才能体会这种彻底的绝望感）。我们几乎已经认定自己被打败了，正准备离开山谷到别的地方去碰碰运气。然而，要不是我们最后垂死的一锤努力，我们永远也不会发现这远超我们梦想所及的宝藏。"

霍华德·卡特最后垂死的努力成了全世界的头条新闻，他发现了近代唯一一个完整出土的法老王坟墓。

生活中，每个人都会面临失败的考验，考验他们的意志、他们的心态。不必否认，成功者也会失败，但他们之所以能够成功，就在于他们失败了以后，不是为失败而哭泣流泪，不是消极厌世，而是从失败中总

结教训，并勇敢地站起来，抚平伤痕继续前行……

可许多失败者在失败之后，并不是积极地从失败中总结教训，而是一蹶不振，始终生活在失败的阴影里不能自拔，为失败痛苦流泪。他们也在总结，但他们的总结只限于曾经事情的失败，悔恨当初自己的所作所为，"假如当初我不那么做就好了"等种种借口，为自己的过错开脱。

成功的人，不一定是智商很高的人，关键在于他们犯了错误之后能认识自己的错误，并积极地站起来，去开拓属于自己的目标。成功与失败的距离并不遥远，往往只有一纸之隔。如果你能正确地认识到自己的不足，并加以改正，那么最后的胜利非你莫属。

8. 自是休文，多情多感，不干风月

——心态的力量不可低估

【出处】

蔡伸《柳梢青·数声鹈鴂》

【原文】

数声鹈鴂，可怜又是，春归时节。满院东风，海棠铺绣，梨花飘雪。丁香露泣残枝，算未比、愁肠寸结。自是休文，多情多感，不干风月。

【译文】

耳边传来几声杜鹃鸟的鸣叫声，可怜啊，又是春将归去的时候了。东风布满庭园，吹落海棠如锦绣铺地，吹散梨花如白雪飘飘。

丁香花的残枝上滴着露水，仿佛是在哭泣一般，但也比不上我这般愁肠百结啊。我就好像沈约一般多情善感，但这和眼前景色却毫无

无关系。

【赏析】

该词是一首伤春词，从词面上看，词人是感伤暮春将去，而其寓意则是哀叹自己年近衰老却仍未得大用。全词用语清丽，把暮春之景写得很动人。直至词的最后，词人才点透自己如同南朝沈约，日渐消瘦的原因在于仕途蹭蹬，而与风月无干。词人之所以强调自己"不干风月"，一方面是为了区别于传统伤春词大多写男女欢情的俗套，另一方面是为了表明自己胸怀大志，不为莺莺燕燕所牵绊的大丈夫气概，尽管自己未能位居宰辅，但毕生的追求却并没有因此而改变。

心态的力量是不可低估的，人的心态能外化出自然景物的喜怒哀乐。当心境像词人蔡伸这样糟透了的时候，眼里的一切景物似乎都忧伤憔悴。反之，当人们处于良好的心境时，就会觉得山美水美，天高海阔，就会以微笑的面容、充沛的精神迎接工作，迎接挑战。

生活在同样一个世界上，有的人过得幸福、快乐、富有，有的人却一直生活在苦恼和贫困之中。这是为什么呢？

其实，人与人之间原本没多大区别，只是由于各自心态的不同而造成截然不同的结局。

曾经，有两个乡下年轻人外出打工。一个想去上海，一个要去北京。在候车厅等车时，听到邻座的人议论说："上海人精明，外地人问路都收费；北京人质朴，见了吃不上饭的人，不仅给馒头，还送旧衣服。"

想去上海的人听说北京人好，一想挣不到钱也不至于饿死，庆幸车没到，不然一到上海真掉进了火坑。

去北京的人想，上海好，给人带路都能挣钱，我幸亏还没上车，不然真失去了致富的机会。

于是他们在退票处相遇了，并换了一张车票。

去北京的人发现，北京果然好。他初到北京的一个月，什么都没干，竟然没有饿着。银行大厅里的纯净水可以白喝，大商场里欢迎品尝的点心也可以白吃，他整天偷着乐。

去上海的人发现，上海果然是一个可以致富的城市。干什么都可以赚钱。带路可以赚钱，开厕所可以赚钱，弄盆凉水让人洗脸也可以赚钱。只要想点办法，再花点力气都可以赚钱。

凭着乡下人对泥土的感情和认识，第二天，他在建筑工地装了十包含有沙子和树叶的土，以"花盆土"的名义，向不见泥土而又爱花的上海人兜售。当天他在城郊间往返六次，净赚了五十元钱。一年后，凭着"花盆土"他竟然在大上海拥有了一个小小的门面。

后来，常年的走街串巷，他发现一些商店楼面亮丽而招牌较黑，一打听才知道是清洗公司只负责洗楼而不洗招牌。他立即办起一个小型清洗公司，专门负责擦洗招牌。慢慢地他的公司拥有几百名员工，业务范围也由上海发展到杭州和南京。

数年后，他坐火车到北京考察清洗市场。在北京火车车站，一个捡破烂的人把头伸进软卧车厢，向他要一只空啤酒瓶。就在递酒瓶时，两人都愣住了，因为数年前，他们曾换过一次车票。

这个故事告诉我们：心态是一柄双刃剑，积极的心态可以成就人生，消极的心态则可以毁灭人生。

有一户人家的菜园里有一颗大石头，到菜园的人不小心就会碰到那颗大石头，不是跌倒就是擦伤。

儿子问："爸爸，那块讨厌的石头，为什么不把它挖走？"

爸爸这么回答："你说那块石头啊？从你爷爷那个时候就放在那里了，它那么大，不知道要挖到什么时候才能挖出来，费力气挖石头还不如走路小心一点。"

几年过去了，当年的儿子娶了媳妇，当了爸爸，那块大石头还在

一点浩然气，千里快哉风——积极进取，认识人生

那里。

有一天，妻子气愤地对丈夫说："菜园里那块大石头把我绊倒过好几次，我们改天请人搬走吧。"

当年的儿子说："算了吧。那块大石头很重的，要是那么容易搬走的话，我和爸爸早就搬走了，还等到现在？"

在一旁的老父亲也跟着说："是啊！是啊！要是好搬，不用说和我儿子搬，我和我爸爸早就把它搬走了。"

媳妇心底非常不是滋味，那块大石头不知道让她跌倒了多少次。她决定自己试一试。一天早上，媳妇带着锄头和一桶水来到园子里。她将整桶水倒在大石头四周。十几分钟以后，媳妇用锄头把大石头四周的泥土搅松。

她原以为至少要挖一天，可不一会儿，石头就被挖出来了，看上去这块石头也没有想象的那么大，只是不少人当初被它那巨大的外表蒙骗了。

你觉得石头大、石头重，便失去了搬动它的信心，更不会有搬它的行动。蒙骗人的不只是事物的外表，还有你消极的心态。要改变你的世界，首先必须改变你的心态。如果你的世界沉闷而无望，那是因为你自己沉闷无望。

其实，在我们的周围有很多这样的人，他们说："公司从成立开始就是这样，如果还能改进，那些老板、董事、经理人早就进行改进，还用得上我吗？"或者"天那么高，哪能上去啊，想都别想了，还是老实待在地上吧！"……如果大家都这样想，恐怕世界上就没有知名的企业，因为没有人敢改革，敢创新；世界上也不会有技艺精湛的厨师、技工、演员、作家，不会有天文学家，不会有飞机、火车、轮船的发明，因为一切都很困难，困难得让人不敢想。

另外，我们经常会听到有人抱怨，说上天对自己多么不公平，未能给自己提供一个良好的环境，从而导致自己碌碌无为。可实际上，人生的结局真的是由于外界环境所造成的吗？

当然不是。正如世界著名潜能学大师安东尼·罗宾所说："影响我们人生的绝不是环境，也不是遭遇，而是我们持什么样的心态。"

一个人能否成功，就看他的心态了。成功者与失败者之间的差别在于：成功人士始终用最积极的心态支配和控制自己的人生。失败者则恰好相反，他们总是喜欢用消极的心态去看待和思考问题。

拿破仑·希尔曾说："播下一种心态，收获一种思想；播下一种思想，收获一种行为；播下一种行为，收获一种习惯；播下一种习惯，收获一种性格；播下一种性格，收获一种命运。"

由此可见，心态的改变，就是命运的改变。

朋友们，我们可千万不要因为心态消极而使自己成为一个失败者。让我们从现在起，无论在什么情况下都保持积极的心态，让整个的身心都充满勇气和智能，把挫折与失败当成学习的机会。这样，我们就能早日战胜自我，超越自我，到达成功的彼岸！

无望的心态每时每刻都暗示你将失败，失败是你蓄意指示自己的结果。如果你的心态积极，你就会有热情、有信心、有智慧……有一切，自然也就有成功。

一点浩然气，千里快哉风——积极进取，认识人生

第二章

人生啼嘘云亡，好烈烈轰轰做一场——壮怀激烈，奋斗人生

文天祥说：『人生啼嘘云亡，好烈烈轰轰做一场。』人的生命如一呼一吸之间的时间一样短促，要轰轰烈烈干出一番事业来。人生的起点我们无法选择，人生的终点我们无法阻止，但是人生的过程却牢牢地掌握在我们自己手中，走什么样的路，成为什么样的人完全由我们自己决定。因此，努力奋斗，有所作为，这样我们就可以说我们没有虚度年华，并有可能在时间的沙滩上留下我们的足迹。

1. 云海茫茫无处归，谁听哀鸣急

——磨难让人成熟，也让人沉沦

【出处】

朱敦儒《卜算子·旅雁向南飞》

【原文】

旅雁向南飞，风雨群初失。饥渴辛勤两翅垂，独下寒汀立。

鸥鹭苦难亲，矰缴忧相逼。云海茫茫无处归，谁听哀鸣急。

【译文】

大雁南飞，风雨中与雁群失散。饥渴辛苦的大雁双翅无力地下垂，只好独宿在冷落凄清的河中小洲。

沙鸥和白鹭苦于难以亲近，时刻担心被弓箭射杀。云海茫茫归处又在何方？有谁来听鸿雁的声声哀号。

【赏析】

朱敦儒的青少年时代是在北宋末年畸形繁华的和平环境中度过的，整天过着疏狂放浪寻欢作乐的生活，蔑视功名权贵，笑傲王侯，当年朝廷召他进京为官，他毅然拒绝，申称"麋鹿之性，自乐闲旷，爵禄非所愿也"（《宋史》本传）。靖康之难，金人的铁蹄使他流离漂泊，这首《卜算子》词就是战乱时代他所受苦难的写照，逃难途中他忍受饥渴，举目无亲，颠沛流离，困顿不堪，生命时刻受到威胁。战争带来的磨难让他失去了家国，失去了听歌醉酒的温柔乡，他开始意识到生命的渺小脆弱，开始意识到自己不过像失群的大雁孤单无助，他重新认识了这个世界，开始振奋成熟，开始告别昨日的轻浮和浅薄，开始忧伤怨愤，渴望救亡图存，他接受了朝廷的再度征召，渴望用实际行动来拯救家园。磨难既让朱敦儒痛苦地呻吟，也让他在痛苦中蜕变并走向成熟。

人生唏嘘云亡，好烈烈轰轰做一场——壮怀激烈，奋斗人生

我们每个人在追求梦想前进时，都非常艰难，但在面对挫折与磨难时，我们只有坚持下去，才能有所突破。

　　罗纳德·里根，被认为是美国历史上最伟大的总统之一，他年轻时的一段经历让他终生难忘，也教会了他如何面对挫折。

　　"最好的总会到来。"每当他失意时，他母亲就这样说，"如果你坚持下去，总有一天你会交上好运。并且你会认识到，要是没有从前的失望，好运是不会发生的。"

　　母亲是对的，1932年从大学毕业后里根相信了这点。他当时决定尝试在电台找份工作，然后再设法去做一名体育播音员。于是他搭便车去了芝加哥，敲开了所有电台的门，但都失败了。在一个播音室里，一位女士很和气地告诉他，大电台是不会冒险雇用一名毫无经验的新手的。

　　"再去试试，找家小电台，那里可能会有机会。"她说。里根又搭便车回到了伊利诺伊州的迪克逊。虽然迪克逊没有电台，但他父亲说，蒙哥马利·沃德开了一家商店，需要一名当地的运动员去经营它的体育专柜。由于里根少年时在迪克逊中学打过橄榄球，于是他提出了申请，那工作听起来正合适，但他没能如愿。

　　里根感到十分失望和沮丧。"最好的总会到来。"他母亲提醒他说。父亲借车给他，于是他驾车行驶了70英里来到了特莱城。他试了试爱荷华州达文波特的WOC电台。节目部主任是位很不错的人，叫彼特·麦克阿瑟，他告诉里根他们已经雇用了一名播音员。当里根离开这个办公室时，受挫的心情一下子发作了。里根大声地喊道："要是不能在电台工作，又怎么能当上一名体育播音员呢？"说话的时候，他正在那里等电梯，突然听到了麦克阿瑟的叫声："你刚才说体育什么来着？你懂橄榄球吗？"接着他让里根站在一架麦克风前，叫他凭想象播一场比赛。里根脑中马上回忆起去年秋天时，他所在的那个队在最后20秒时以一个65米的猛冲击败了对方。在那场比赛中，他打了15分钟。

他便试着解说那场比赛。然后，麦克阿瑟告诉他，他将选播星期六的一场比赛。

里根在回家的路上，就像自那以后的许多次一样，他想到了母亲的话："如果你坚持下去，总有一天你会交上好运。并且你会认识到，要是没有从前的失望，好运是不会发生的。"

在人生奋斗中，不慎跌倒并不表示永远的失败，唯有跌倒后，失去了奋斗的勇气并停滞不前才是永远的失败。我们若以平常心观之，失败本身不足为奇。一个人若没有经历过失败，他就难以尝到人生的辛酸和苦涩，难以认识到生命的底蕴，也就不可能进入真正宁静祥和的境界。

司马迁生活在西汉王朝的鼎盛时期，伺候的是雄才大略的汉武帝刘彻。司马迁的父亲是一名记载文史的史官。

在司马迁小的时候，父亲就给他灌输成大事的思想，说："每五百年就会出现一部伟大的作品，现在距离孔子作《春秋》已经有五百年了，又该出现伟大的人物和作品了。"司马迁牢记着父亲的话，也是这句话孕育着他想成为那位伟大人物的雄心壮志。

汉武帝大力兴修水利、发展农业，养兵征战、开拓疆域，使华夏版图空前辽阔。这些都成了司马迁成就《史记》的历史背景。

为了写这部鸿篇巨制的史书，司马迁实地巡访祖国的名山大川，考察古代流传下来的趣闻逸事，了解和搜集各种散失的历史资料，历经数年，行程几万里，为写作《史记》搜集了大量的材料。公元前108年，司马迁被正式任命为太史令，开始了《史记》的编撰工作。

公元前98年，名将李广的后人李陵随主将李广利率兵攻打匈奴，陷入重围，兵败投降。朝臣们讳言主将李广利的无能（李广利是皇亲国戚，他妹妹是汉武帝的美人），将败北责任都推到李陵身上，而司马迁这时候却为李陵辩护。他认为李陵是名将李广之后，绝对不会无缘无故投降的。因为这件事，司马迁落了个"诬罔主上"的死罪。按汉律规定，交50万钱或受宫刑可以免除死罪，司马迁家贫，交不出钱赎罪，但为了实现编写《史记》的雄心，只好蒙受宫刑的奇耻大辱。

两年后，司马迁遇大赦出狱。他被汉武帝任命为中书令（在皇帝身边掌管文书机要的宦官），继续《史记》的撰写工作。

受刑后的司马迁，遭受着世人的百般诽谤和耻笑，终日冷汗渗背，神情恍惚，苦不堪言。纵然如此，他仍是笔耕不辍，历经十几个春秋，大约在公元前93年，完成了这部史学巨著：中国第一部融史学、文学于一体的纪传体通史——《史记》，厘清了中国从远古到汉武帝时期的历史，实现了自己的鸿鹄大志。

司马迁生活在封建社会，受宫刑足以使一个意志薄弱的人自杀。因为受过宫刑，就是一个不完整的人了，要备受世人的嘲笑与欺凌，就连自己的亲人也会避而远之。司马迁几乎崩溃，但是《史记》刚开始撰写，他必须活下去。完成这部睥睨古今、彪炳千古的鸿篇巨制，需要有非凡的毅力，司马迁历经身心煎熬终于造就出前无古人的事业。

司马迁是百年不遇的伟大人物，但在我们现实生活中，能经受住像司马迁一样苦难的人并不多，遭遇小小的困难便一蹶不振的事例屡见不鲜，这的确该使人觉醒。

自古英雄多磨难。一个平凡人成为一个领域的英雄或者成为一个时代的英雄，往往是挫折和磨难使然。因为英雄和平凡人的区别就在于，英雄在逆境中抓住了机遇，在绝境中创造了奇迹。而平凡人在逆境中选择了随波逐流，在绝境中选择了放弃。

每个人都想成就一番辉煌的事业，但成就大事业并不是一帆风顺的，要经过一番磨炼，才可能豁然开朗、实现功成名就的业绩。

2. 城中桃李愁风雨，春在溪头荠菜花
——选择坚强方能笑傲人生

【出处】

辛弃疾《鹧鸪天·陌上柔桑破嫩芽》

【原文】

陌上柔桑破嫩芽，东邻蚕种已生些。平冈细草鸣黄犊，斜日寒林点暮鸦。

山远近，路横斜，青旗沽酒有人家。城中桃李愁风雨，春在溪头荠菜花。

【译文】

田间小路边桑树柔软的新枝上刚刚绽放出嫩芽，东面邻居家养的蚕种已经孵出了小蚕。平坦的山岗上长满了细草，小黄牛在哞哞地叫，落日斜照春寒时节的树林，树枝间栖息着一只只乌鸦。

青山远远近近，小路纵横交错，飘扬着青布酒旗那边有一户卖酒的人家。城里的桃花李花最是害怕风雨的摧残，最明媚的春色，正是那溪边盛开的荠菜花。

【赏析】

选择坚强方能笑傲人生，宋词中不乏对坚强人生态度的讴歌。辛弃疾在一首《鹧鸪天》词中写道："自从一雨花零落，却爱微风草动摇。"当他发现美丽娇艳的鲜花，风雨过后就零落成泥，而小草不畏风雨，不会被风雨摧折时，他就爱上了坚强的小草。而在另一首《鹧鸪天》词中，辛弃疾以"要知烂漫开时节，直待西风一夜霜"盛赞菊花凌霜怒放、不畏严寒的坚强风姿。再有苏轼《望江南》中"百舌无言桃李尽，柘林深处鹁鸪鸣。春色属芜菁"，与辛弃疾这句"城中桃李愁风

人生唏嘘云亡，好烈烈轰轰做一场——壮怀激烈，奋斗人生

雨，春在溪头荠菜花"意思几乎相同，都表现出对坚强的讴歌与赞美。

人在奋斗的过程中吃尽了苦头，而最后的笑声才是最甜的，最后的成功才具有决定意义，起初的成就和痛苦只不过都是最终结果的奠基石。选择坚强，它会引领我们走向成功，将我们的人生引向一个更新、更好、更理想的航程。

黄文涛，1970年出生于上海，他生下来就双目失明。他从小就上盲校，离开父母的怀抱，养成了自己照顾自己的习惯，学会自立、自信、自尊、自强。1985年黄文涛加入了盲童学校田径队，开始了他的体育生涯。

他主攻短跑和跳远，可想而知，残疾人搞体育会经历多少无法想象的困难和意外。当时使用的是非常落后的助跑器，踏脚板用一根细长的铁钉支着。一次训练中，铁钉斜伸出来，如果是正常人，很容易发现并避免受伤，但他却什么也看不见。一脚踏上去，钻心的疼痛使他一下子昏了过去。后来才知道，铁钉穿过了跑鞋底和他的脚掌，又从鞋面扎了出来。因为先天的缺陷，残疾人搞体育运动要付出许多在正常人无法想象的代价。教练员的示范动作，他看不清，只能"盲人摸象"似的一步步分解、揣摩，一遍遍练习。

1992年，黄文涛参加了巴塞罗那残奥会。沉着冷静的黄文涛超水平发挥，以3厘米之差打败了西班牙的胡安，赢得了冠军。当他站在领奖台上，聆听庄严的国歌奏响的时候，心中充满了自豪感。

如果黄文涛对自己悲观失望，如果踩到钉子后就向命运认输，放弃追求，如果……在挫折、失败面前一旦意志涣散，人就会很快并永远地沉沦下去，命运就会把你踩在脚下。只要摔倒了再爬起，失败了再坚持，不停地努力，困难也会怕你的。

生活中，每个人都会面临失败的考验，考验他们的意志、他们的心态。不必否认，成功者也经历过失败，但他们之所以最终取得成功，就在于他们失败了以后，不为失败而哭泣流泪，不消极厌世，而是从失败

中总结教训，并勇敢地站起来，抚平伤痕继续前行……

1864年9月3日这天，寂静的斯德哥尔摩市郊，突然爆发出一阵震耳欲聋的巨响，滚滚的浓烟霎时间冲上天空，一股股火花直往上蹿。仅仅几分钟时间，一场惨祸发生了。当惊恐的人们赶到出事现场时，只见原来屹立在这里的一座工厂已荡然无存，无情的大火吞没了一切。火场旁边，站着一位三十多岁的年轻人，突如其来的惨祸和过分的刺激，使他面无人色，浑身不住地颤抖着……这个大难不死的青年，就是后来闻名于世的阿尔弗莱德·诺贝尔。

诺贝尔眼睁睁地看着自己所创建的硝化甘油炸药的实验工厂化为灰烬。人们从瓦砾中找出了五具尸体，其中一个是他正在读大学的活泼可爱的小弟弟，另外四人是和他朝夕相处的亲密助手。五具烧得焦烂的尸体，惨不忍睹。诺贝尔的母亲得知小儿子惨死的噩耗，悲痛欲绝。年老的父亲因受刺激引起脑溢血，从此半身瘫痪。然而，诺贝尔在失败和巨大的痛苦面前却没有动摇。

惨案发生后，警察当局立即封锁了现场，并严禁诺贝尔重建工厂。人们像躲避瘟神一样避开他，再也没有人愿意出租土地让他进行如此危险的实验。但困境并没有使诺贝尔退缩，几天以后，人们发现，在远离市区的马拉仑湖上出现了一只巨大的平底驳船，驳船上并没有装什么货物，而是摆满了各种设备，一个青年人正全神贯注地进行一项神秘的实验。他就是在大爆炸中死里逃生、被当地居民赶走了的诺贝尔。大无畏的勇气往往令死神也望而却步。在令人心惊胆战的实验中，诺贝尔没有连同他的驳船一起葬身鱼腹，而是碰上了意外的机遇——他发明了雷管。雷管的发明是爆炸学上的一项重大突破，随着当时许多欧洲国家工业化进程的加快，开矿山、修铁路、凿隧道、挖运河都需要炸药。于是，人们又开始亲近诺贝尔了。他把实验室从船上搬迁到斯德哥尔摩附近的温尔维特，正式建立了第一座硝化甘油工厂。接着，他又在德国的汉堡等地建立了炸药公司。一时间，诺贝尔生产的炸药成了抢手货，世界各地的订单纷至沓来，诺贝尔的财富与日俱增。

然而，获得成功的诺贝尔并没有摆脱灾难。不幸的消息接连不断地传来：在旧金山，运载炸药的火车因震荡发生爆炸，火车被炸得七零八落；德国一家著名工厂因搬运硝化甘油时发生碰撞而爆炸，整个工厂和附近的民房变成了一片废墟；在巴拿马，一艘满载着硝化甘油的轮船，在大西洋的航行途中，因颠簸引起爆炸，整个轮船葬身大海……一连串骇人听闻的消息，再次使人们对诺贝尔望而生畏，甚至把他当成瘟神和灾星，如果说前次灾难带来的是小范围内的排斥的话，那么，这一次他所遭受的却是世界性的诅咒和驱逐了。诺贝尔又一次被人们抛弃了，不，应该说是全世界的人都把自己应该承担的那份灾难给了他一个人。面对接踵而至的灾难和困境，诺贝尔没有一蹶不振，毅力和恒心，使他对已选定的目标坚定不移，永不退缩。在奋斗的路上，他已习惯了与死神朝夕相伴。

炸药的威力曾是那样不可一世，然而，大无畏的勇气和矢志不渝的恒心激发了诺贝尔心中的潜能，最终他征服了炸药，吓退了死神。诺贝尔赢得了巨大的成功，他一生共获355项专利发明。他用自己的巨额财富创立的诺贝尔科学奖，被国际科学界视为一种崇高的荣誉。

不经历风雨就不会见到彩虹，任何一个人在走向成功的过程中，都不会一帆风顺、平平坦坦，都会走一些弯路，经历一些坎坷，在一次又一次的跌倒之后才能为成功找到出路和方向。

3. 扶持我去，转得官归，恁时赏你

——学习改变命运

【出处】

曹豳《红窗迥·春闱期近也》

【原文】

春闱期近也，望帝乡迢迢，犹在天际。懊恨这一双脚底。一日厮赶上五六十里。争气！扶持我去，转得官归，恁时赏你。穿对朝靴，安排你在轿儿里。更选个、宫样鞋，夜间伴你。

【译文】

考试日期近在眼前，但遥望京城却仍远在天边，每天赶路都要走上五六十里地，一双脚磨得疼痛难忍，实在不能再往前奔波了，他不禁对着他的脚劝慰道：双脚啊，你可要争气，千难万苦也要支撑着我去应考，若我考取个大官回来，我一定会重重地奖赏你，让你穿上一双朝官的皮靴，把你安排在轿子里，还要选一个美丽的人儿，穿着宫中模样的鞋子，在夜间陪伴你，那样的话你就享福了。

【赏析】

学习改变命运，十年寒窗苦读，如果鲤鱼跳龙门这一跃，金榜题名，便可改变贫苦的处境，拥有辉煌的人生；学习改变命运，锲而不舍的学习不仅能够开阔视野，打开智慧的大门，更能改变人一生的命运。

西汉时期，有一名丞相叫匡衡，他学识渊博，勤政廉洁。可是他小时候却上不起学，为了读书，还发生过一个很有意思的故事。

小匡衡每天都会到学堂外偷听先生讲课，他的邻居大郎也在这里上课。某次下课大郎看见小匡衡又来偷听讲课，便扔了一个苹果核到他头上，大家嘲笑他之后就走了。先生看见小匡衡又来听课就跟他打招呼，小匡衡很有礼貌地跟先生说自己很想学习，并问先生是不是听了他讲的

人生唏嘘云亡，好烈烈轰轰做一场——壮怀激烈，奋斗人生

课就会学会所有的知识，先生却说这只是一小部分，要想成为一个有用的人就要博览群书。先生见小匡衡那么好学，就告诉他每天都可以拿一本书去看，看不懂可以来问。

一次，小匡衡的邻居大郎正想偷跑出去玩，在门口被父亲逮个正着，父亲让他背书，他背了一点就记不住了，这让父亲非常生气。这正好被路过的小匡衡看到，小匡衡把大郎背不出的都背出了，大郎的父亲听了更生气，就罚大郎晚上在书房背书，不背完不许睡觉。到了晚上，由于小匡衡家里没有蜡烛，他无法看书，在一旁的母亲就劝他先睡觉明天再读。突然，他发现墙壁上有一道小孔，透过小孔有一丝亮光进来，小匡衡就跑过去把书对着亮光看书。他觉得光线太细，于是就拿锤子把那个孔敲大点，第一次隔壁正在读书的大郎没有发现。可小匡衡看了一会儿书后还是觉得光线太细，拿起锤子又去把孔敲大。这次由于声音大，而且孔敲得大了，被大郎发现了，他以为是小偷，就去告诉了父亲。

文老爷到小匡衡家责问他，认为他是贼，想把他送去官府。可是小匡衡将自己看书的事告诉了文老爷后，文老爷被他那种好学的精神感动了，并说以后小匡衡可以和自己的儿子一起到书房看书。在文老爷的帮助下，匡衡博览群书，后来不但当上了丞相，还成为皇帝的老师。

学习改变命运，每个人都是如此，不学习就没有进步，就不会成功。

晋平公在70岁的时候依然希望多读点书，多长点知识，总觉得自己掌握的知识太有限了。但是同时，他也觉得，自己都这么大的岁数了，还要去学习，是否会有很大的困难。后来他就去请教一位贤达的臣子。这位臣子说："我听说，人在少年时代好学，就如同获得了早晨温暖的阳光一样，那太阳越照越亮，时间也久长。人在壮年的时候好学，就好比获得了中午明亮的太阳一样，虽然中午的太阳已经走了一半，可它的力量最强大，时间也很长。人到老年的时候好学，虽已迟暮，没有了阳

光，但是还有蜡烛啊，蜡烛的光亮虽然不如阳光，可是只要获得烛光，却总比在黑暗中摸索要好很多吧。"晋平公听了，恍然大悟，然后信心十足地去读书了。可见，学习是终生的，应该永不止息地去学习。

俗话说："活到老，学到老。"对于我们现代人来说，更不能停止学习，一个人一旦停止了学习，他就会成为社会的落伍者，他将在快速发展的社会里找不到自己的位置。

斯托·卫尔原来想做一个营造工程师，并且一直在学习这方面的专业知识武装自己。但是，在美国经济大恐慌时期，他找不到就业市场，也就是说，他所学的专业知识没有用武之地，他无法实现原来的梦想。

他重新估量了自己的能力，决定改行学习法律。他又一次回到了学校，去学将来可以当法人律师的特别课程，很快，他学完了必修课程，通过了法庭考试，很快就执业营运了。

斯托·卫尔回学校上课的时候，已经年逾不惑，并已成家立业，更加令人感动的是，他不回避困难，而是仔细挑选了法律专业实力最强的多所院校去选修高度专业化的课程，一般法学系学生需要四年才能上完的课程，他只花了两年就读完了。

很多人会找借口说："我已经太老了，学不懂了。"或者说："我有一大家子人等着我去养活，哪有时间去学习？"这实际上是一种借口罢了。这是一种得过且过、贪图享受、安于现状、不图进取的心理在作怪，是在给自己找一个体面的借口而已。

其实，人生是一个本我、自我、超我的过程，只有不断地学习，才能达到最高的人生境界。

人的一生就是学习的一生。学习一生，你就会有收获的一生。学习一生，你就会有成功的一生。学会学习，你的一生就有了意义。学习是人终生的事业。

人生唏嘘云亡，好烈烈轰轰做一场——壮怀激烈，奋斗人生

4. 使李将军，遇高皇帝，万户侯何足道哉
——成功离不开机遇

【出处】

刘克庄《沁园春·梦孚若》

【原文】

何处相逢，登宝钗楼，访铜雀台。唤厨人斫就，东溟鲸脍，圉人呈罢，西极龙媒。天下英雄，使君与操，余子谁堪共酒杯。车千乘，载燕南赵北，剑客奇才。

饮酣画鼓如雷。谁信被晨鸡轻唤回。叹年光过尽，功名未立，书生老去，机会方来。使李将军，遇高皇帝，万户侯何足道哉。披衣起，但凄凉感旧，慷慨生哀。

【译文】

我们在何处相逢？一同游览咸阳的宝钗楼，又登上了曹操所建的铜雀台。把厨师唤出来，让他把东海鲸鱼切成细片；把马夫叫出来，让他牵来西域的宝马。天下的英雄，除了你我二人，还有谁配与我们饮酒抒情。我们准备千辆马车，网罗大江南北的侠士奇才！

畅饮之后，酣然大醉，耳边响起了如雷的画鼓声。谁料想，美梦被雄鸡的轻啼声惊醒。感慨自己的一生就要过去，却未曾建立功名。难道非要等到书生老后，建功立业的时机才会到来。如果威名赫赫的李广将军，可以遇到珍惜人才的高祖皇帝刘邦，区区一个万户侯又算什么！披上衣服起床，只觉得凄凉孤寂，于是更加怀念亡友，在感慨中心生哀伤。

【赏析】

刘克庄一生仕途坎坷，先后四次在朝中为官，又四度被罢黜，长

期赋闲乡居，对怀才不遇的悲惨命运深感不平，这首《沁园春》词就是他对命运的控诉。在词里，他虽然描写了与友人方孚若游览名胜古迹，吃东海的鲸鱼片，骑西方的天马，与天南海北的豪杰奇才交游的潇洒豪情，简直如曹操、刘备般意气飞扬，但这只是他的一个梦而已，当雄鸡报晓美梦惊醒之后，他又不得不哀叹壮志未酬，怀才不遇。"使李将军，遇高皇帝，万户侯何足道哉！"他对自己的才能充满了自信，认为自己缺的就是机遇，没有人给他施展才能的舞台，如果生逢其时，他必定能大展宏图，成就英明伟业。

成功离不开机遇。当机遇蓦地降临时，敏锐的头脑就显得更为重要。

王填出生在湖南省湘乡一个偏僻小山村。他家祖祖辈辈都是农民，生活非常艰苦。为了摆脱面朝黄土背朝天的日子，从小就非常懂事的王填努力读书，决心改变自己的人生。

王填不负众望，考上了湘潭市商业学校。当时，读商业学校的学生有许多是有钱人家的公子小姐。可是王填倒不嫉妒，他反而想：花父母的钱不算本事，靠自己能力挣来的钱才算真本事。一天，王填去商店买课本，听到店老板与顾客为没有热水瓶胆而争执。聪明的王填动了下脑筋一想，专门卖热水瓶胆将很有市场。

王填在做热水瓶胆销售上开始了小范围内的攻城略地，两年来他几乎垄断了湘潭市大中专院校的热水瓶胆。

毕业后的王填来到"南北特食品公司"上班，半年后他从一个打杂工变成了采购员，负责公司的食品采购工作。王填又因业务突出，被公司任命为业务科长。在王填的努力下，把金龙鱼油、雀巢咖啡从合资企业引进到湖南来，甚至长沙商家也都来"南北特食品公司"进货，这对全国的影响很大。

后来，王填主动要求下岗，决定继续做食品零售。他借款5万元成立了"湘潭市步步高食品公司"。当时做食品批发，5万元顶多只能进半

第二章

人生唏嘘云亡，好烈烈轰轰做一场——壮怀激烈，奋斗人生

车植物油。要想改变这种状况，只能做新产品。选来选去，王填选择先做方便面生意。经过一系列谈判工作，王填拥有了台湾"统一集团"的方便面在湘潭的经销权。

"统一"方便面运到湘潭后，销售势头出奇得好。有一次，王填去离湘潭不远的湘潭县做市场调查，发现统一方便面在湘潭县城寻不到踪影，于是改坐销方式为推销。在推销的方式下，不出半年他就建立了800多家的分销终端网络，取得了众多供应商的支持。"步步高公司"的名气越来越大。

为了获得金龙鱼的经销权，资金紧张的王填费尽了脑子。想来想去，王填终于想到了好方法：与另外一商家合作，互相支持。于是王填又很快把金龙鱼的经销权抢到手中。

一天，王填发现了一条并不显眼的消息：羊城即将筹办一个中国零售业的高层研讨会，主要探讨中国国营零售业的发展之路。以"发展连锁超市是中国零售业的发展方向"为主题。王填感受到"连锁超市"就是自己公司的经营理念和发展目标，于是他决定在湘潭办超市。

回到湘潭后，王填马上进行市场调研，选择了市中心地带做超市，"步步高"解放店正式开业前的那天晚上，王填没有睡好觉，他一直为开业生意能否火爆而担忧。令王填高兴的是，开业时，店门还没打开，门外已是人山人海了，挤得水泄不通，看到如此令人心动的场面，他又一次赢了。

"步步高"连锁超市生意的火爆，让湘潭其他商家看到了商机，从而引发了新一轮的商业竞争。为避免恶性竞争，王填决定先在中小城市寻求发展，等时机成熟时，再向大城市进军。以仓储式购物、低成本运作、低价格经营的"步步高"岚园量贩广场开张了。

王填又创造了湘潭商业的一个奇迹。几年时间，王填将公司发展成湖南省最大的连锁超市之一，分店遍布全省各地。

王填在事业上是个永不满足的人，他有自己的经营梦想：把"步步高"做成中国的"沃尔玛"。

西方有句谚语："幸运之神不会眷顾你两次。"没有人能够一直遇到好机会，一旦得到，就要好好把握，千万不可任由它轻易溜走，真正的良机确实很难把握。

人的一生似乎都在寻寻觅觅，寻找永恒不变的幸福，寻找功盖千秋的成功。为此人们劳苦终日，来去匆匆。也许到了弥留之际，都找不到自己要找的东西，因为要找的东西可能早已擦肩而过了。

一位富翁家的狗在散步时跑丢了，于是富翁就在当地电视台发了一则启事：有狗丢失，归还者，付酬金一万元，并附小狗的一张彩照充满大半个屏幕。

启事播出后，送狗者络绎不绝，但都不是富翁家的。富翁太太说，肯定是真正捡狗的人嫌给的钱少，那可是一只纯正的爱尔兰名犬。于是富翁就把电话打到电视台，把酬金改为两万元。

一位沿街流浪的乞丐看到了这则启事，他立即跑回他住的窑洞，因为前天他在公园的躺椅上打盹时捡到了一只狗，现在这只狗就被他拴在窑洞里。

果然是富翁家的狗，乞丐第二天一大早就抱着狗出了门，准备去领两万元酬金。当他经过一家大百货公司的墙体屏幕时，又看到了那则启事，然而酬金已变成3万元。

乞丐又折回他的窑洞，把狗重新拴在那儿，第四天，悬赏额果然又涨了。

在接下来的几天时间里，乞丐没有离开过这块大屏幕，当酬金涨到使全城的市民都感到惊讶时，乞丐返回了他的窑洞。可是那只狗已经死了，因为这只狗在富翁家吃的都是鲜牛奶和烧牛肉，根本无法适应这位乞丐从垃圾桶里捡来的东西。

人生唏嘘云亡，好烈烈轰轰做一场——壮怀激烈，奋斗人生

抓住机遇的手，你就能因此而获得幸福。处处留心皆机遇，要做生活当中的有心人是因为机会往往很突然或者很偶然。因此，只有留心、用心的人才有可能在机会来临的一瞬间捕捉到它。比如说世界上第一个防火警铃就是在一次实验中偶然发明的。第一个防火警铃的发明者杜妥·波尔索当时正在试验一个控制静电的电子仪器，忽然他注意到他身边的一个技师所抽的香烟把仪器的马表弄坏了。开始时，杜妥·波尔索的第一反应是非常懊恼，因为马表坏了必须中止实验，重新再装上一个马表。但他很快地就想到，马表对香烟的反应可能是一个非常有价值的资讯。这个一瞬间发生的看似很不起眼的偶然事件，促使杜妥·波尔索发明了第一个防火报警警铃，为消防领域做出了突破性的贡献。

　　不仅仅像防火报警警铃的发明来自生活中很突然的偶发事件，其实，世界上有很多的发明创造都是来自突发的偶然事件。被称为"杂交水稻之父"的我国农业科学家袁隆平发明水稻杂交技术也是如此。袁隆平有一次在稻田里，无意之中发现了一株自然杂交的水稻。由此，他想到目前我们人类所认定的水稻不能杂交的结论可能是个错误。于是，通过艰苦的科学研究，他攻克了一个又一个难关，终于成功地培育出了杂交水稻，从而一举成了足以改变人类命运的世界级科学家。

　　面对许多这样的成功事例，你也许会说，我整天都坐在果园里，苹果树上的苹果把我的头都砸烂了，为什么我就没有发明出一个什么定律？可能你还会说，我一年四季都不停地在稻田里转悠，我的脑子都快要被水稻装满了，可我怎么就没有发现一株自然杂交的水稻？

　　的确如此，这就是你、我、他这些普通人和牛顿、袁隆平的区别。如果这世界上没有牛顿，我们人类则有可能到现在还不知道万有引力定律；如果这世界上没有袁隆平，那么人类也许将永远身陷水稻不能杂交的误区。所幸的是世界上出现了牛顿、袁隆平这样的世界级科学家，为我们人类拨开了一团又一团的蒙在科学上的迷雾，使我们人类得以看见

读宋词 品人生

许许多多的光明。

　　牛顿、袁隆平这些成功人士为什么就能捕捉到这些成功的机遇呢？他们与一般人都有什么不同呢？

　　当然，要捕捉到成功的机遇需要一定的知识技能，这是不言而喻的。但若以知识而论，牛顿的物理学知识，袁隆平对水稻的知识也许并不是最全面、最权威的。相信肯定有很多人在知识技能方面超过了他们。那么，他们到底凭什么东西捕捉到了这些成功的机遇呢？他们凭的就是他们那双能够发现机会的慧眼，他们捕捉机遇的法宝就是处处留心，所以机遇之神才会一次又一次地光顾他们，光顾他们创造的家园。这也就是牛顿、袁隆平与一般人的区别之所在。

　　处处留心皆机遇，人生的机会可能会以多种方式降临在我们面前。要捕捉它，你就得养成平时练习留心身边事的习惯，时时刻刻全身心地准备着去迎接、去拥抱每一次光顾你的幸运之神。

5. 诗不穷人，人道得诗，胜如得官

——成功的路有很多条

【出处】

陈人杰《沁园春·诗不穷人》

【原文】

诗不穷人，人道得诗，胜如得官。有山川草木，纵横纸上；虫鱼鸟兽，飞动毫端。水到渠成，风来帆速，廿四中书考不难。惟诗也，是乾坤清气，造物须悭。

金张许史浑闲，未必有功名久后看。算南朝将相，到今几姓；西湖名胜，只说孤山。象笏堆床，蝉冠满座，无此新诗传世间。杜陵老，向年时也自，井冻衣寒。

【译文】

诗不会使人穷困，有人说写好诗，胜过获得官职。诗人能将山川草木，活灵活现纵情潇洒展现在纸上；还可以让一切虫鱼鸟兽，飞动在自己的笔端。时机成熟则水到渠成，风吹来船速就会加快，想做大官得二十四考并不难。唯独诗是天地间清气所钟，最美好，最宝贵，上天对此想必分外吝惜，不肯轻易赐人。

金、张、许、史四大家族稀松平常，一时显贵未必有功名经得住时间考验。南朝的将相大臣，到如今已不知更换了多少姓氏；而人们谈到西湖的名胜，只提北宋寒士诗人林逋隐居过的孤山。就算高官的象笏堆满一床，头戴蝉冠的权贵满座皆是，但他们不会有新鲜诗句流传世间。诗圣杜甫把一生都奉献给了诗国，当年他也曾贫病交加穷困潦倒，井冻衣寒无钱无粮不能举火烧饭。

【赏析】

"人道得诗，胜如得官"，成功有很多种，功名富贵、高官权势终究只能显赫一时，但用真情谱写的文字，即使历尽千载，也永不磨灭，仍会在后人的感叹中觅到知音。虽然不少文人在当世都不免穷困潦倒，像一个哭泣着拼命要一块糖果的小孩子，像一个可怜可悲的失败者，辛苦地追逐权势，追求梦想。然而，他们用文字记录人生的喜怒哀乐，留下人生走过的痕迹：用热情的文字表达欣喜，用黯淡的文字倾诉寂寞，用迷茫的文字吐露忧伤，用犀利的文字抨击丑恶……用或华丽，或朴实，或灵气，或平淡的文字构筑出人生的华彩乐章，构筑出一个美丽神奇的文学世界。当上帝把他们想通过的那扇门紧闭上时，又为他们打开了一扇窗户，让他们用文字承载情感，记录心路历程，实现文坛上的英明不朽，实现另一种成功。

通往人生目标的路有很多条，假如你的一个目标无法实现，应当更换另一个目标，这样你也可以获得成功。

1888年，作为银行家的里凡·莫顿先生成为美国副总统候选人，一时声名赫然。1893年夏天的某个时候，美国一位部长詹姆斯·威尔逊先生到华盛顿拜访里凡·莫顿。在谈话之中，威尔逊偶然问起莫顿是怎样由一个布商变为银行家的，里凡·莫顿说：

"那完全是因为爱默生的一句话。事情是这样的：当时我还在经营布料生意，业务状况比较平稳。但是有一天，我偶然读到爱默生写的一本书，书中写着这样一句话：'如果一个人拥有一种别人所需要的特长，那么无论他在哪里都不会被埋没。'这句话给我留下了深刻的印象，使我改变了原来的目标。"

"当时我做生意本来就很守信用，但是与所有商人一样，难免要去银行贷些款项来周转。看到了爱默生的那句话后，我就仔细考虑了一下，觉得当时各行各业中最急需的就是银行业。人们的生活起居、生意买卖，处处都需要金钱；天下又不知有多少人为了金钱，要翻山越岭、吃尽苦头。"

"于是，我下决心抛开布行，开始创办银行。在稳当可靠的条件下，我尽量多往外放款。一开始，我要去找贷款人，后来，许多人都开始来找我了。由此可见，任何事情，只要脚踏实地地去做，不可能会失败。"

自古以来，不知有多少人因为一生干着不恰当的工作而遭到失败。在这些失败者中，有不少人做事都很认真，似乎能够成功，但实际上却一败涂地，这是为什么呢？原因在于，他们没有勇气放弃那耕种已久但荒芜贫瘠的土地，没有勇气再去寻找肥沃多产的田野，所以，只好眼看着自己白白花费了大量的精力，消耗了宝贵的光阴，但仍然一事无成。其实，他们早该知道，这完全是由于他们没有找到适合自己的工作，但

人生唏嘘云亡，好烈烈轰轰做一场——壮怀激烈，奋斗人生

他们可能仍然糊里糊涂，继续过着浑浑噩噩的日子。

当你以足够的精力长期从事一种职业，但仍旧看不到一点进步、一点成功的希望时，那么你就应该反思一下：从自己的兴趣、目标、能力来说，自己究竟是否走错了路？如果走错了路，就应该及早掉头，去寻找适合自己、更有希望的职业。

如果你所从事的事业一直没有成功的希望，那就不必再浪费时间了，不要再无谓地消耗自己的力量，而应该再去寻找另一片沃土。

当然，在你重新确定目标、改变航向之前，一定要经过慎重的考虑，尤其不可三心二意，不可以既要抱着这个又想要那个。在美国西部，有一位著名的木材商人，他曾经做了四十年的牧师，可是一直无法成为一个胜任而出色的牧师。他考虑再三后，对自己的优势和弱点有了重新的认识，于是立刻改变目标，开始从事商业。他从此一帆顺风，最终成为一个全国有名的木材商人，富甲一方。

两颗同样的种子由于落在不同的地方，一颗长成蓬勃茂盛的参天大树，一颗长得瘦枝细叶、异常矮小。可见，环境对事物、对人的影响力也不容轻视。

一个人由于找错了职业以致不能充分发展自己的才干，这实在是件可惜的事情。但是，只要他能够认识到这个问题，就算晚了一些，也仍然有东山再起的希望。只要找到正确的方向，就完全有可能走上成功之路。到那时，他一定会感到自己的生活和思想都焕然一新，似乎变成了一个新人一般。

6. 业无高卑志当坚，男儿有求安得闲

——人一定要勤奋

【出处】

张耒《示秬秸》

【原文】

城头月落霜如雪，楼头五更声欲绝。捧盘出户歌一声，市楼东西人未行。

北风吹衣射我饼，不忧衣单忧饼冷。业无高卑志当坚，男儿有求安得闲。

【译文】

月亮从城头落下去，早晨的霜厚得像雪一样；更鼓从楼上响起来，声音冷涩得仿佛要断绝。捧着装饼的盘子走出家门，拖着长声叫卖。这时候，街市上从东到西，一个人还没有呢！

寒冷的北风吹来，像箭一样射在饼上。我担心的不是自己衣服穿得少，而是我的饼会冷掉！孩子们啊，人们从事的职业并无高低贵贱，但意志都必须坚强。男子汉要自食其力，哪能做游手好闲的懒汉呢！

【赏析】

结尾这句勉励之辞"业无高卑志当坚，男儿有求安得闲"，给全诗注入一股积极向上的清风。古训曰：勤者可成事，惰者可败事。一个人要想成就一番事业，一定要守住"勤"字，忌掉"懒"字。

古时有位姓王的青年，是个大户人家的子弟，从小就事爱道术，他听人说崂山上有很多得道的仙人，就前去学道。在清幽静寂的庙宇中，王生见一位老道正在蒲团上打坐，只见这位老道满头白发垂挂到衣领处，精神清爽豪迈，气度不凡。王生连忙上前磕头行礼，并且和他交谈

人生唏嘘云亡，好烈烈轰轰做一场——壮怀激烈，奋斗人生

起来。交谈中，王生觉得老道讲的道理深奥奇妙，便一定要拜他为师。道士说："只怕你娇生惯养，性情懒惰，不能吃苦。"王生连忙说："我能吃苦。"老道便把他留在了庙中。第二天，王生在师父的吩咐下随众人上山砍柴。

这样过了一个多月，王生的手和脚都磨出了很厚的茧子，他忍受不了这种艰苦的生活，暗暗产生了回家的念头。

又过了一个月后，王生吃不消了，可是老道还不向他传授任何道术。他等不下去了，便去向老道告辞说："弟子从好几百里外的地方前来投拜您，不指望学到什么长生不老的仙术，但您不能传些一般的技术给我吗？现在已经过去两三个月了，每天不过是早出晚归在山里砍柴，我在家里，从来没吃过这样的苦。"老道听了大笑说："我开始就说你不能吃苦，现在果然如此，明天早上就送你走。"

王生听老道这样说，只好恳求说："弟子在这里辛苦劳作了这么多天，只要师父教我一些小技术也不枉我此行了。"老道问："你想学什么技术呢？"王生说："平时常见师父不论走到哪儿，墙壁都不能阻隔，如果能学到这个法术就满足了。"

老道笑着答应了他，并领他来到一面墙前，向他传授了秘诀，然后让他自己念完秘诀后，喊声"进去"，就可以进去了。王生对着墙壁，不敢走过去。老道说："试试看。"王生只好慢慢走过去，到墙壁时被挡住了。

老道指点说："要低头猛冲过去，不要犹豫。"当他照老道的话向前猛冲时，真的未受阻碍，睁眼已在墙外了。王生高兴极了，又穿墙而回，向老道致谢，老道告诫他说："回去以后，要好好修身养性，否则法术就不灵验了。"说完，就让他回去了。

王生回到家中自得不已，说自己可以穿越厚硬的墙壁而畅通无阻，他妻子不相信。于是，王生按照在老道处学的方法，离开墙壁数尺，低

头猛冲过去，结果一头撞在墙壁上，立即扑倒在地。

生性懒惰，却还想得道成仙，这无疑是异想天开。懒惰不改，要想获得成功，必定会碰壁的。如果说王生的遭遇是一个懒惰者的遭遇，那么王生所得的教训就是所有懒惰者的教训了。

没有一个人的才华是与生俱来的。在成功的道路上，除了勤奋，是没有任何捷径可走的，在每个成功者的身上，都有着勤劳的习惯。

古语云"天道酬勤"，告诫人们只要像天那样"自强不息"，勤劳日作，天会予以奖励的。这种只酬勤不酬惰的法则，千古不变。

许多拥有伟大成就的人，是非常平凡的。然而，他们正是通过自己的不断努力，使自己成为了一个不平凡的人。

富兰克林能从一个穷困潦倒的小学徒跻身世界一代伟人的位置，靠的就是他的勤勉。韦尔奇对于勤勉还有过这样一段话："勤劳就是财富。谁能珍惜点滴的时间，就像一颗颗种子不断地从大地母亲那儿吸取营养那样，珍分惜秒，点滴积累，谁就能成就大业，铸造辉煌。"

富兰克林在《穷理查德历书》中说：

"个人的奋发向上和勤劳实干，是取得杰出成就所必需的；任何一种杰出成就都必然与好逸恶劳的懒惰品行无缘。正是辛勤的双手和大脑才使得人们富裕起来——在自我教养、在智慧的成长、在商业的兴旺等方面……事实上，任何事业追求中的优秀成就都只能通过实干才能取得……同样完全正确的是，富裕和闲适对一个要达到最高教养的人来说是毫无必要的东西，而且那些出身于社会底层的人们在任何时候都从未给这个世界增添任何巨大的、沉重的负担。安逸闲适且奢侈浮华的生活状态无法把人锻炼成艰苦奋斗的人，或者是敢于直面艰难的人；也不会促使人们认识朝气蓬勃、精力充沛和努力行动在生活中所焕发出来的巨大力量。"

富兰克林自小就养成了勤奋的优良习惯。早在孩提时代，他就勤奋

人生唏嘘云亡，好烈烈轰轰做一场——壮怀激烈，奋斗人生

读书，甚至把所有零花钱都用在了买书上。富兰克林从《天路历程》中得到了乐趣，因此，他一开始收集的就是单独出版的小册子。后来，他又卖了这些单行本，去买了伯顿的有关历史方面的文集。父亲的藏书室里的书主要是宗教辩论方面的，大多数他都阅读过了，当时有一本《名人传》，对富兰克林日后的生活影响很大。他得到这本书后，挤出所有可以玩耍的时间来，反复地阅读，不忍释手。

富兰克林用自己的行动和巨大成就实践了他自己的诺言："勤劳就是财富。谁能珍惜点滴时间，就像一颗颗种子不断地从大地母亲那儿吸取营养那样，珍分惜秒，点滴积累，谁就能成就大业，铸造辉煌。"

能否成就一项事业，人是最根本的因素。你用什么样的态度来付出，就会有相应的成就回报你。如果以勤付出，你得到的回报，也必将是丰厚的。所以，某种意义上讲，"成事在勤"实不为过。

南宋的思想家和教育家朱熹，从小就立志要成为孔子那样的人。一天上午，在他读书时，老师有事外出，没有上课，学徒们高兴极了，纷纷跑到院子里的沙堆上游戏、打闹。不大的天井里，欢声笑语，沸沸扬扬。这时候，老师从外面回来了。他站在门口，望着这群天真活泼的孩子们"造反"的情景，摇摇头。猛然，他发现只有朱熹一个人没有参加孩子们的打闹，他正坐在沙堆旁，用手指聚精会神地画着什么。先生慢慢地走到朱熹身边，发现他正画着《易经》的八卦图呢！从此，先生便对他另眼相看了。

朱熹这样好学，很快成为博学的人。十岁的时候，他已经能够读懂《大学》《中庸》《论语》《孟子》等儒家典籍了。孟子曾说："人人都可以成为尧舜那样的人。"当朱熹读到这句话时，高兴得跳了起来。他满怀雄心地说："是呀，圣人有什么神秘呢？只要努力，人人都能够成为圣人啊！"

高高在上的圣人并非可望而不可即。治学之路就如同登山，唯有攀

登不辍，才能一步步靠近峰顶。"一览群山小"的圣人们的成功其实亦是通过勤奋得来的。

成就一番事业的人，一定要守住"勤"字，忌掉"懒"字，懒惰是人的本性之一，稍不留神就会流露出来。所以想成就一番事业要时刻提醒自己："成事在勤，谋事忌惰"。

7. 古之立大事者，不惟有超世之才，亦必有坚忍不拔之志

——坚韧是解决一切困难的钥匙

【出处】

苏轼《晁错论》

【原文】

天下之患，最不可为者，名为治平无事，而其实有不测之忧。坐观其变，而不为之所，则恐至於不可救；起而强为之，则天下狃於治平之安而不吾信。惟仁人君子豪杰之士，为能出身为天下犯大难，以求成大功；此固非勉强期月之间，而苟以求名之所能也。

天下治平，无故而发大难之端；吾发之，吾能收之，然后有辞於天下。事至而循循焉欲去之，使他人任其责，则天下之祸，必集於我。

昔者晁错尽忠为汉，谋弱山东之诸侯，山东诸侯并起，以诛错为名；而天子不以察，以错为之说。天下悲错之以忠而受祸，不知错有以取之也。

古之立大事者，不惟有超世之才，亦必有坚忍不拔之志。昔禹之治水，凿龙门，决大河而放之海。方其功之未成也，盖亦有溃冒冲突可畏

之患；惟能前知其当然，事至不惧，而徐为之图，是以得至於成功。

夫以七国之强，而骤削之，其为变，岂足怪哉？错不於此时捐其身，为天下当大难之冲，而制吴楚之命，乃为自全之计，欲使天子自将而己居守。且夫发七国之难者，谁乎？己欲求其名，安所逃其患。以自将之至危，与居守至安；己为难首，择其至安，而遣天子以其至危，此忠臣义士所以愤怨而不平者也。

当此之时，虽无袁盎，错亦未免於祸。何者？己欲居守，而使人主自将。以情而言，天子固已难之矣，而重违其议。是以袁盎之说，得行於其间。使吴楚反，错已身任其危，日夜淬砺，东向而待之，使不至於累其君，则天子将恃之以为无恐，虽有百盎，可得而间哉？

嗟夫！世之君子，欲求非常之功，则无务为自全之计。使错自将而讨吴楚，未必无功，惟其欲自固其身，而天子不悦。奸臣得以乘其隙，错之所以自全者，乃其所以自祸欤！

【译文】

天下的祸患，最不能挽回的，莫过于表面上社会安定没有祸乱，而实际上却存在着不安定因素。消极地看着祸乱发生却不去想方设法对付，那么恐怕祸乱就会发展到无可挽回的地步；起来坚决地制止它，又担心天下人已经习惯于这种安定的表象却不相信我。只有那些仁人君子、豪杰人物，才能够挺身而出为国家安定而冒天下之大不韪，以求得成就伟大的功业。这本来就不是能够在短时间内一蹴而就的，更不是企图追求名利的人所能做到的。

国家安定平静，无缘无故地触发巨大的祸患的导火线。我触发了它，我又能制止它，然后才能有力地说服天下人。祸乱发生却想躲躲闪闪地避开它，让别人去承担平定它的责任，那么天下人的责难，必定要集中到我的身上。

从前晁错殚精竭虑效忠汉室，建议景帝削弱山东各诸侯国的实力。

于是山东各诸侯国借着杀晁错的名义，共同起兵。可是景帝没有洞察到他们的用心，就把晁错杀了来说服他们退兵。天下人都为晁错因尽忠而遭杀身之祸而痛心，却不明白其中部分原因却是晁错自己造成的。

自古以来凡是做大事业的人，不仅要有出类拔萃的才能，也一定要有坚韧不拔的意志。从前大禹治水，凿开龙门，疏通黄河，使洪水东流入海。当他的整个工程尚未最后完成时，可能也时有决堤、漫堤等可怕的祸患发生，只是他事先就预料到会这样，祸患发生时就不惊慌失措而能从容地治理它，所以最终能够取得成功。

七国那样强大，却突然想削弱它们，它们起来叛乱难道值得奇怪吗？晁错不在这个时候豁出自己的性命，为天下人承受抵挡大难从而控制吴、楚等国的命运，却居然为了保全自己的性命想让景帝御驾亲征平定叛乱而自己留守京城。再说那挑起七国之乱的是谁呢？自己想赢得那个美名，又怎么能躲避这场祸难呢？拿亲自带兵平定叛乱的极其危险，与留守京城的极其安全相比，自己是引发祸乱的主谋，选择最安全的事情自己去做，却把最危险的事情留给皇帝去做，这就是让忠臣义士们愤怒不平的原因啊。在这个时候，即使没有袁盎，晁错也不可能免于杀身之祸。为什么呢？自己想要留守京城，却叫皇帝御驾亲征，按情理来说，皇帝本来已经觉得这是勉为其难的事情，但又不好反对他的建议，这样正好给袁盎进谗言的机会，使他的目的能够得逞。假若吴、楚等七国叛乱时，晁错豁出性命承担危险的平叛重担，夜以继日像淬火磨刀似的训练军队，向东边严阵以待，让自己的君主不至于受到烦忧，那么皇帝就会充分依靠他而不觉得七国叛乱有什么可怕。纵使有一百个袁盎，能有机可乘离间他们君臣吗？

唉！世上的君子如果想要建立伟大的功业，那就不要考虑保全性命的计策。假如晁错自己亲自带兵去讨伐吴、楚等七国，不一定就不会成功。只因他一心想保全自身，而惹得皇帝不高兴，奸臣正好趁此钻了空

人生唏嘘云亡，好烈烈轰轰做一场——壮怀激烈，奋斗人生

子。晁错企图保全自己的性命，正是他招致杀身之祸的原因啊！

【赏析】

"古之立大事者，不惟有超世之才，亦必有坚忍不拔之志。"自古以来凡是做大事业的人，不仅有出类拔萃的才能，也一定有坚韧不拔的意志。"任尔东西南北风""咬定青山不放松"。坚韧精神是一种成功的素质，是一种坚强的意志力。

坚韧是解决一切困难的钥匙，诸事百业，有哪一种可以不经坚韧的努力而获成功呢？

在乡间，有无数因坚韧而成功的事实。坚韧可以使柔弱的女子们养活她们的全家；使穷苦的孩子，努力奋斗，最终找到生活的出路；使一些残疾人，也能够靠着自己的辛劳，养活他们年老体弱的父母。除此之外，山洞的开凿、桥梁的建筑、铁道的铺设，没有不是靠着坚韧而成功的。

在世界上，没有别的东西可以替代坚韧，教育不能，父辈的遗产和有力者的垂青也不能。

秉性坚韧，是成大事立大业者的特征。这些人获得巨大的事业成就，也许没有其他卓越品质的辅助，但肯定少不了坚韧的特性。使从事苦力者不厌恶劳动，使终日劳碌者不觉疲倦，使生活困难者不感到沮丧，都是由于这些人具有坚韧的品质。

依靠坚韧为资本而终获成功的年轻人，比以金钱为资本获得成功的人要多得多。人类历史上成功者的故事都足以说明：坚韧是克服贫穷的最好药方。

已过世的克雷吉夫人说过："美国人成功的秘诀，就是不怕失败。他们在事业上竭尽全力，毫不顾忌失败，即使失败也会卷土重来，并立下比以前更坚韧的决心，努力奋斗直至成功。"有些人遭到了一次失败，便把它看成拿破仑的滑铁卢，从此失去了勇气，一蹶不振。可是，

在刚强坚毅者的眼里，却没有所谓的滑铁卢。那些一心要得胜、立意要成功的人即使失败，也不把一时失败当作最后之结局，还会继续奋斗。

有这样一种人，他们不论做什么都全力以赴，总是有着明确而必须达到的目标，在每次失败时，他们便笑容可掬地站起来，然后下更大的决心向前迈进。

历史上许多伟大的成功者，都是由于坚韧而造就的。发明家在埋头研究的时候，是何等的艰苦，一旦成功，又是何等的愉快。世界上一切伟大事业，都在坚忍勇毅者的掌握之中，当别人开始放弃时，他们却仍然坚定地去做。真正有着坚强毅力的人，做事时总是埋头苦干，直到成功。

有许多人做事有始无终，在开始做事时充满热忱，但因缺乏坚韧与毅力，总是半途而废。任何事情往往都是开头容易而完成难，所以要估计一个人才能的高下，不能看他下手所做事情的多少，而要看他最终达到的成就有多少。例如在赛跑中，裁判并不计算选手在跑道上出发时怎样快，而是计算到达终点的时间。

要考察一个人做事成功与否，要看他有无恒心，能否善始善终。持之以恒是人人应有的美德，也是完成工作的要素。一些人和别人合作完成一件事时，起先是共同努力，可是到了中途便感到困难，于是多数人就停止合作了，只有那少数人，还在勉强维持。可是这少数人如果没有坚强的毅力，工作中再遇到阻力与障碍，势必也随着那放弃的大多数，同归失败。

有人在给一位从事商业的朋友推荐店员时，举出了某人的许多优点，那做商人的朋友问道："他能保持这些优点吗？"这实在是最关键的问题。首先是，有没有优点？然后是，有了优点，能否保持？遇到失败，能否坚持不懈？所以，具有坚忍勇毅的精神是最宝贵的，具有这种精神才能克服一切艰难困苦，达到成功的愿望。

坚韧的意志力是一种心智状态，是可以培养训练的。但它的培养

人生唏嘘云亡，好烈烈轰轰做一场——壮怀激烈，奋斗人生

也要和所有其他的品质一样，奠基于确切目标，主要包括目标坚定、自立自强、计划切实、正确的认识、善于合作和养成正确的习惯等七个方面，而要培养坚强的意志力成为习惯，有四个简易的步骤。这些步骤不需大量的智慧，也不必有教育背景，只要用一点点时间，或下一点点的功夫就足够了。这四个简易步骤是：

第一，有灼烧的热切渴望，支持自己实现确切的目标。

第二，以连贯行动执行确切的计划。

第三，把持住不为负面影响牵动的心，包括亲友故旧的负面暗示。

第四，和一名经常鼓励自己执行计划追随目标的人建立友好的友谊关系。

在各行各业中，想要出人头地，这四项都是不可或缺的。

这些步骤，是控制一个人经济命运的步骤；是引人走向思想独立自由的步骤；是引人走向或大或小财富的步骤；是引人走向权势名望和举世认同的步骤；是保证有利"突破"必然造访的四大步骤；是化梦想为现实的步骤；是引人走向驾驭恐惧，掌控失意挫折，主宰冷漠淡然的步骤。它就是培养你具有坚强的意志力的捷径。

坚韧的意志力，是克服漫漫人生路上数不尽的艰难困苦的利器，是成功者必备的素质。没有坚韧与毅力，一遇困难，便会半途而废，成不了任何事情，人生怎能出色？

8. 忧劳可以兴国，逸豫可以亡身

——不要让懒惰毁了你

【出处】

欧阳修《伶官传序》

【原文】

呜呼！盛衰之理，虽曰天命，岂非人事哉！原庄宗之所以得天下，与其所以失之者，可以知之矣。

世言晋王之将终也，以三矢赐庄宗而告之曰："梁，吾仇也；燕王，吾所立；契丹与吾约为兄弟，而皆背晋以归梁。此三者，吾遗恨也。与尔三矢，尔其无忘乃父之志！"庄宗受而藏之于庙。其后用兵，则遣从事以一少牢告庙，请其矢，盛以锦囊，负而前驱，及凯旋而纳之。

方其系燕父子以组，函梁君臣之首，入于太庙，还矢先王，而告以成功，其意气之盛，可谓壮哉！及仇雠已灭，天下已定，一夫夜呼，乱者四应，仓皇东出，未见贼而士卒离散，君臣相顾，不知所归。至于誓天断发，泣下沾襟，何其衰也！岂得之难而失之易欤？抑本其成败之迹，而皆自于人欤？《书》曰："满招损，谦得益。"忧劳可以兴国，逸豫可以亡身，自然之理也。

故方其盛也，举天下之豪杰莫能与之争；及其衰也，数十伶人困之，而身死国灭，为天下笑。夫祸患常积于忽微，而智勇多困于所溺，岂独伶人也哉！作《伶官传》。

【译文】

唉！国家兴盛与衰亡的命运，虽然说是天命，难道不是由于人事吗？推究庄宗得天下和他失天下的原因，就可以知道了。

人生唏嘘云亡，好烈烈轰轰做一场——壮怀激烈，奋斗人生

世人说晋王将死的时候，拿三支箭赐给庄宗，告诉他说："梁国，是我的仇敌；燕王，是我扶持建立起来的；契丹与我订立盟约，结为兄弟，他们却都背叛晋而归顺梁。这三件事，是我的遗憾；给你三支箭，你一定不要忘记你父亲的愿望。"庄宗接了箭，把它们收藏在祖庙里。此后出兵，就派随从官员用猪、羊各一头祭告祖庙，请下那三支箭，用锦囊盛着，背着它们走在前面，等到凯旋时再把箭藏入祖庙。

当庄宗用绳子捆绑着燕王父子，用木匣装着梁君臣的首级，进入太庙，把箭还给先王，向先王禀告成功的时候，他意气骄盛，多么雄壮啊。等到仇敌已经消灭，天下已经平定，一个人在夜间呼喊，作乱的人便四方响应，他仓皇向东出逃，还没有看到叛军，士卒就离散了，君臣相对而视，不知回到哪里去。以至于对天发誓，割下头发，大家的泪水沾湿了衣襟，又是多么衰颓啊。难道是得天下艰难而失天下容易吗？或者说推究他成功与失败的事迹，都是由于人事呢？《尚书》上说："自满招来损害，谦虚得到好处。"忧虑辛劳可以使国家兴盛，安闲享乐可以使自身灭亡，这是自然的道理。

因此，当庄宗强盛的时候，普天下的豪杰，都不能跟他抗争；等到他衰败的时候，几十个伶人围困他，就自己丧命，国家灭亡，被天下人讥笑。人生中的祸患常常是从细微的事情中积淀下来的，人的智慧和勇气常常被自己所溺爱的事物所困，难道只有宠爱伶人才会这样吗？于是作《伶官传》。

【赏析】

这篇序文与其说是写伶官，不如说是写庄宗。李存勖是一位英武果断之人，打仗时勇谋兼备。作者写他由盛转衰，教训十分深刻，十分惨烈。作者先从王朝更迭的原因写起，落笔有力，足警世人。当描述完庄宗由盛转衰的过程后，作者开始总结历史教训了。他先引用古书上的话，意在告诉读者，这个道理古人已经知道，庄宗没有记住前贤的话。

然后作者道出自己的体会："忧劳可以兴国，逸豫可以亡身。"

　　人的本性之一是趋乐避苦，惰性也就如同影子一样时常伴随左右，企图桎梏人的心灵。但正如歌德所说："我们的本性趋向于懒怠。但只要我们的心向着活动，并时常激励它，就能在这活动中感受真正的喜悦。"

　　伟大的科学家爱因斯坦说过："在天才和勤奋两者之间，我毫不迟疑地选择勤奋，勤奋几乎是世界上一切成就的催产婆。"

　　一个爱讲废话而不勤奋学习的青年，整天缠着大科学家爱因斯坦，要他公开成功的秘诀。爱因斯坦被缠得没办法了，就给他写了一个公式：A＝X+Y+Z。然后告诉他："A代表成功，X代表勤奋，Y代表正确的方法，Z代表少说废话。"这个公式包含着真理，它表明：一个人要想获得成功，不仅要在学习时要有正确的方法，还要少说废话，最重要的是勤奋。

　　"懒惰"是人生中最可怕的敌人，许多本来可以做到的事，都因为一次又一次的懒惰、拖延而错过了成功的机会。"懒惰"又是个很有诱惑力的怪物，人一生随时都会与它相遇。比如，早上躺在床上不想起来，起床后什么也不想干，能拖到明天的事今天不做，能推给别人的事自己不做，不懂的事懒得去懂，不会做的事不想做……

　　"勤奋出贵族"这句话是一句亘古的箴言。无论是过去还是现在，无论是在西方还是在东方，那些享有地位、尊严、荣耀和财富的贵族，都有一颗永不停息的心，都有一双坚强有力的臂膀，在他们身上都凸显出了令人尊敬的勤奋创业与敢为天下先的精神，都闪耀着非凡毅力与顽强意志的光芒。而正是这样的品质使他们获取了财富，让他们成就了事业，赢得了尊崇，成了顶天立地的人物。

　　在这个无限变幻的世界中，没有永远的贵族，也没有永远的穷人。如同万事万物都处在永恒的运动、变化之中一样，尊者卑、卑者尊，这

人生唏嘘云亡，好烈烈轰轰做一场——壮怀激烈，奋斗人生

种盛衰起伏变幻如同沧海桑田，生生不息。出身卑贱和家境贫寒的人，通过自己的勤奋工作、执着的追求和智慧，同样能够功成名就、出人头地，成为一代新贵。

曾有人问李嘉诚成功的秘诀，李嘉诚讲了一则故事：日本"推销之神"原一平在69岁时的一次演讲会上，当有人问他推销的秘诀时，他当场脱掉鞋袜，将提问者请上讲台，说："请你摸摸我的脚板。"提问者摸了摸，十分惊讶地说："您脚底的老茧好厚呀！"原一平说："因为我走的路比别人多，跑得比别人勤。"提问者陷入沉思，顿然醒悟。李嘉诚讲完故事后，微笑着说："我没有资格让你来摸我的脚板，但可以告诉你，我脚底的老茧也很厚。"李嘉诚是要给我们这样的启示：人生中任何一种成功的获取，都始之于勤并且成之于勤。勤奋是成功的根本，是基础，也是秘诀。没有勤奋，任何一项成功都不可能唾手可得。

要靠自己的努力获取尊贵和荣誉，只有这样的尊贵和荣誉才能长久。但不幸的是，在我们今天这个社会，很多生活富足的人都缺乏进取精神，躺在父母给他们创造的物质财富中好逸恶劳，挥霍无度，以致许多人虽在富裕的环境中长大，却不免要在贫困中死去。

所以，要想在人生的风浪中完善自己，成就自己，享受成功的喜悦，赢得社会的尊敬，高歌人生，就必须战胜懒惰。要战胜懒惰，可以按照以下方法去执行：

（1）承认自己有爱拖延却不愿意克服它的问题。这是处理一切问题的前提。只有正视问题，才能解决问题。不承认自己懒惰，就不可能改正自身的弱点。

（2）因恐惧而不敢动手，这是爱拖延的一大原因。如果是这一原因，克服的方法是强迫自己做，假想这件事非做不可，并没什么可恐惧的，并不像你想象那么难，这样你终会把事情做好。

（3）是不是因为健康不佳而懒惰。其实，懒惰往往并不是因为健

康的问题，而是一种生活态度的问题，有些人，尽管疾病缠身，还照样勤奋努力不已。如果身体真的有病，这种时候常爱拖延，要留意你的身体状况，及时去治疗，更不应该拖延。

（4）严格要求自己，磨炼你的意志力。意志薄弱的人爱拖延。磨炼意志力不妨从简单的事情做起，每天坚持做一件简单的事情，例如写日记，只要天天坚持，慢慢地就会养成勤奋的习惯。

（5）在整洁的环境里工作不易分心，也不易拖延。把自己生活的环境整理好，身居其中而感觉舒适，因此热爱自己的生活，产生勤奋的动力。另外，备齐必要的工具也可加快工作进度，同时可以避免拖延的借口。

（6）做好计划。对自己每天的生活工作，做出合理的安排，制订切实可行的计划，要求自己严格按计划行事，直到完成为止。

（7）公开你的计划。在适当的场合，比如，在家里，或者在朋友面前，把你的计划向大家宣布，这样你就会自己约束自己，不敢拖延。为了你的面子，你不得不按时做完。

（8）严防掉进借口的陷阱。我们常常拖延着不去做某些事情，总是为自己的懒惰找理由，找借口。例如"时间还很充足""现在动手为时尚早""现在做已经太迟了""准备工作还没做好""这件事太早做完了，又会给我别的事"等等，不一而足。

（9）抱只做十分钟的打算。开始克服懒惰，不可能坚持很长时间，你可以对自己说："只干一会儿，就10分钟。"10分钟以后，很可能你已兴奋起来而不想罢手了。

（10）不给自己分心的机会。我们的注意力常常受外界的干扰，不能够投入工作，这成为我们拖延偷懒的借口。把杂志收起来，关掉电视，关上门，拉上窗帘等等。这样，就可以使自己集中注意力，克服拖延的毛病，投入工作。

（11）留在现场。有些事情在开始做时，总会不顺利，这就成为拖延偷懒的借口，我们会说放一放再说，转身就走，这样就无法克服懒惰的毛病。强迫自己留在事情的现场不许走。过一会儿，你可能就找到了解决问题的办法，你可能就不再拖延，然后干下去。

（12）避免做了一半就停下来。这样很容易使人对事情产生棘手感、厌烦感。应该做到告一段落再停下来，这会给你带来一定的成就感，激起你对事情的兴趣。

（13）先动手再说。三思而后行，往往成了拖延的借口。有些事情应该当机立断，说干就干，只要干起来了，你就不会偷懒，即使遇到问题，你也可以边干边想，最终就会有结果。

（14）想想事情做完后将得到的回报，那是多么愉快啊。克服懒惰的办法就是让结果对自己有一定的诱惑力。

其实，我们自己要克服懒惰，也可以给自己设定勤劳的报酬，来激励自己。

偷懒之后，我们就会觉得时间不够用了，我们就会痛悔虚度光阴。只有战胜懒惰，我们才能做时间的主人，从而从容不迫、丰富多彩地过一生。

第三章

今年花胜去年红，可惜明年花更好——宁静乐观，体验人生

人生就像一扇门，有人悲观于门内的黑暗，有人却乐观于门内的宁静；有人忧愁于门外的风雨，有人却快乐于门外的自由。有些人，有些事，是可遇不可求的，强求只有痛苦。既然这样，就放宽心态，顺其自然。无论何时何地，都要拥有一颗宁静安闲的心，保持乐观豁达的心态。

1. 酿成千顷稻花香，夜夜费、一天风露
——走进自然，放飞心灵

【出处】

辛弃疾《鹊桥仙·己酉山行书所见》

【原文】

松冈避暑，茅檐避雨，闲去闲来几度？醉扶怪石看飞泉，又却是、前回醒处。

东家娶妇，西家归女，灯火门前笑语。酿成千顷稻花香，夜夜费、一天风露。

【译文】

在松岗中躲避寒暑，在茅檐下躲避风雨，如此来来去去的日子不知道有多少次了。停下醉酒摇晃的脚步，手扶嶙峋的怪石，注目眼前飞流直下溅珠跃玉的瀑布，醉眼蒙眬，辨认许久，看啊看啊，原来以前多次酒醒就在这里！

东边有人娶妻，而西边已经出嫁的女儿也回娘家省亲，两家门前都灯火通明，亲友云集，一片欢声笑语。村外田野里柔风轻露漫天飘洒，它们是在酝酿制造着稻香千顷，丰收就在眼前了！感谢夜里风露对于稻谷的滋润。

【赏析】

"酿成千顷稻花香，夜夜费、一天风露。"作者以这两句结尾，写出了农民的稻谷丰收在望的喜慰，代农民感谢夜里风露对于稻谷的滋润。他把自己的整个心绪投入到对农民的爱和关心中。在描写农民的淳朴生活中，反映了作者的超脱、美好的感情；情景交融，相互衬托，使词的意境显得十分的清新、旷逸。

如今的时代，高速快捷的生活节奏，繁重不堪的竞争压力，让人手

今年花胜去年红，可惜明年花更好——宁静乐观，体验人生

忙脚乱，疲于奔命。现代社会更需要人们走进自然，放松心灵。

让心灵去外出旅行吧，找回原来真实的自我。让自然的空气净化我们的心灵，让自然的柔风细雨洗掉我们心灵的尘埃。出门旅游给我们带来的不只是视觉上的享受、体力上的锻炼，更是一种健康的生活方式。

晓娜在北京一家公司做招标部主任，平时工作很累。连续加班几个月拿下了一个大项目，好不容易盼来了今年的休假，却不知道该怎么过才好。以前节假日要么加班，要么躲在家里睡觉看电视。晓娜认为，平时加班加点已经够忙了，放假了还不赶紧休息休息？几个死党却是忠实的"酷驴"一族，在死党的劝说下，晓娜终于背着包和她们一起去了云南，决定来个徒步游。

在穿行云南的日子里，晓娜感觉走过的地方有太多震撼人心之处。初见玉龙雪山的惊喜，在泸沽湖所见过的最美的星空，丽江古城的醉人美景，虎跳峡的惊心动魄，滇藏之路的险象环生，梅里雪山的秀美雄伟，冬日澜沧江的翠绿，和顺侨乡的祥和，九龙瀑的壮观，罗平田园风光的清新迷人，元阳梯田的惊艳壮美，抚仙湖的宁静清爽……风景的美丽，大自然带给人的感触，难以用言语来描绘。

最令人难以忘怀的，是沿途遇上的人和事。在德钦让晓娜她们搭便车的善良的藏族司机，泸沽湖畔衣着单薄的失学儿童，外表和内心一样美丽的傣族姑娘，西双版纳那些无私帮助她们的陌生人，让久居城市的晓娜内心深处产生想泪流满面的冲动。晓娜感慨，这次的旅游经历让自己的生命更加完整，这才是健康的生活方式。

旅游之后，回到北京，压抑感立刻随之而来。匆忙的人群，拥堵的交通，让晓娜快乐的心情完全消失。回想曾在旅游时的那种快乐，现在怎么不见了？晓娜迫不及待地给死党打电话商量，下次我们去哪里旅行？

走进自然，放飞心灵，学会放松，学会调适，是快乐生活的法宝，

也是让生命充满弹性和活力的重要法则。

阿敏是个很感性的小女人。阿敏喜欢说，旅游是给心灵放风筝。感觉自己累了，就和男朋友出去旅游，每到一个景点，拍几张照片，把瞬间的美景连带二人世界的欢声笑语收入记忆的仓库。过些日子心灵疲倦时，再翻阅积存的照片，让生活变得有滋有味。

最近的九寨沟旅游就是一次心灵的放飞。九寨沟的风情太迷人了。似乎总有一首无言的歌在心头激荡，阿敏真想拥抱这片神圣的土地。九寨沟那著名的"海子"，如人间琼池一般，"海子"的澄澈、如玉般的情怀令人为之陶醉，为之忘情。依偎在男朋友的怀里，她觉得十分满足。阿敏想，爱情有了这种感觉，就足够了。

受到美丽的大自然的感染，心情也如山般葱茏，流水般清澈。从九寨沟回来后，那种美好的心情久久没有消退，阿敏的整个人似乎仍被一座座群山拥抱着，被千万个"海子"抚慰着。虽然天气闷热，但阿敏的心境却一片清凉，有郁郁树林，有潺潺流水，有鸟儿在歌唱，罕有的惬意，让长此以来喧腾的心灵也有了安顿。

旅游的日子里，阿敏不带相机，关掉手机，只为避开尘世的纷扰。清一清心灵中的污秽，除掉功名利禄，除却一切世俗的烦忧，什么考博、职称，统统抛去。任思绪信马由缰，去追寻古人的足迹，与他们做一次心灵对话。向庄子借一只大鹏，展翅翱翔，心随鹏飞，飞翔至天际，降至那青青绿草处；向陆游借一方扁舟，一叶飘然烟雨中。此中快意，实不足为外人道也。

旅游的日子里，不用看电视，不用想着要买份当天的报纸来看看，不用关心布兰妮是否又找了新的男朋友，也没兴趣知道娱乐圈有什么新的绯闻，不担心男朋友会在中午用电话把自己从睡梦中惊醒。回来后，才知道原来这短短的两个多月，身旁发生了太大的变化：银行又减息了，油价升了又跌，布兰妮又离婚了，男朋友考博成功，如愿以偿……

第三章

今年花胜去年红，可惜明年花更好——宁静乐观，体验人生

阿敏淡然一笑。生活，那么美好。

走进自然，可以放松心灵。一味在世俗冗务中忙碌，在钢筋水泥中穿行，无法呼吸到大自然的新鲜空气，心灵就会变得麻木迟钝，心情也会日益困顿抑郁，浮躁空虚。投入自然的怀抱，远离人世的喧嚣，享受自然与心灵的交融，在山川明月、奇峰瀑布、野花清泉、云霞雾霭等美景编织的明净清丽、淡雅悠然中，身心与自然融为一体，一切烦恼和杂念都无影无踪，虚空与疲惫也一扫而空，紧绷的心弦获得放松，浮躁的心灵也宁静平和。让心灵回归自然，以自然为歇脚的港湾，把自然当作心灵的归宿，就会浑身散发年轻的活力，充满干劲。所以平时不妨经常走进自然，接触自然，让身心充分放松，让心灵轻松地展翅高飞。

2. 此心安处是吾乡

——保持一颗平常心

【出处】

苏轼《定风波·南海归赠王定国侍人寓娘》

【原文】

常羡人间琢玉郎，天应乞与点酥娘。尽道清歌传皓齿，风起，雪飞炎海变清凉。

万里归来颜愈少，微笑，笑时犹带岭梅香。试问岭南应不好，却道：此心安处是吾乡。

【译文】

常常羡慕这世间如玉雕琢般丰神俊朗的男子，就连上天也怜惜他，赠予他柔美聪慧的佳人与之相伴。人人称道那女子歌声轻妙，笑容柔

美，风起时，那歌声如雪片飞过炎热的夏日使世界变得清凉。

你从遥远的地方归来却看起来更加年轻了，笑容依旧，笑颜里好像还带着岭南梅花的清香；我问你："岭南的风土应该不是很好吧？"你却坦然答道："心安定的地方，便是我的故乡。"

【赏析】

这首词以明洁流畅的语言，简练而又传神地刻画了柔奴外表与内心相统一的美好品性，通过歌颂柔奴身处逆境而安之若素的可贵品格，抒发了作者在政治逆境中随遇而安、无往不快的旷达襟怀。

一提随遇而安，人们就觉得是得过且过、苟且偷生，是逆来顺受、不思进取，其实随遇而安也包含着不论处于何种境界都能保持一颗平常心，悠然自得，安之若素，保持心态平和与安然。

在人生的旅途中，一个人如果把自己所遇到的每件东西都背上，负重前行，这样就会感觉到非常的累，保不齐哪天会因身负如此沉重的东西而停止不前或倒地不起。在车站，我们看到走得最累的是那些背着大包小包的人。这就告诉我们一个道理："只有携带越少才会越超脱，一个人越是淡泊精神就越自由。"

一个青年背着个大包裹千里迢迢跑来找无际大师，他说："大师，我是那样的孤独、痛苦和寂寞，长期的跋涉使我疲倦到极点；我的鞋子破了，荆棘割破双脚；手也受伤了，流血不止；嗓子因为长久的呼喊而喑哑……为什么我还不能找到心中的阳光？"

大师问："你的大包裹里装的什么？"青年说："它对我可重要了。里面装的是我每一次跌倒时的痛苦，每一次受伤后的哭泣，每一次孤寂时的烦恼……靠着它，我才能走到您这儿来。"

于是，无际大师带青年来到河边，他们坐船过了河。上岸后，大师说："你扛着船赶路吧！""什么，扛着船赶路？"青年很惊讶，"它那么沉，我扛得动吗？""是的，孩子，你扛不动它。"大师微微一笑，说："过河时，船是有用的。但过了河，我们就要放下船赶路，否则，它会变成我们的包袱。痛苦、孤独、寂寞、灾难、眼泪，这些对人生都是有用的，它能使生命得到升华，但须臾不忘，就成了人生的包袱。放下它吧！孩子，生命不能太负重。"

青年放下包袱，继续赶路，他发觉自己的步子变得轻松而愉悦。

原来，生命是可以不必如此沉重的。能够放弃是一种跨越，学会适当放弃，你就具备了成功者的素质。

一个人在处世中，拿得起是一种勇气，放得下是一种肚量。对于人生道路上的鲜花、掌声，心胸旷达的人大都能等闲视之，屡经风雨的人更有自知之明。但对于坎坷与泥泞，能以平常之心视之，就非常不容易。大的挫折与大的灾难，能不为之所动，能坦然承受，则是一种胸襟和肚量。

宋朝的吕蒙正，被皇帝任命为副相。第一次上朝时，人群里突然有人大声讥讽道："哈哈，这种模样的人，也可以入朝为相啊？"可吕蒙正却像没有听见一样，继续往前走。然而，跟随在他身后的几个官员，却为他鸣不平，拉住他的衣角，一定要帮他查出究竟是谁如此大胆，敢在朝堂上讥讽宰相。吕蒙正却推开那几个官员说："谢谢你们的好意，我为什么要知道是谁在背后说那些不中听的话呢？倘若一旦知道了是谁，那么一生都会放不下的，以后怎么安心地处理朝中的事？"

吕蒙正之所以能成为大宋的一代名相，其根源正是他有能"放下一切荣辱"的胸襟。

这就是拿得起放得下。正如我们人生路上一样，大千世界，万种诱惑，什么都想要，会累死你，该放就放，你会轻松快乐一生。

人生苦短，每个人都会有得意、失意的时候，世上没有一条直路和平坦的路，又何必痴求事事如意呢？如若烦忧相加、困扰接踵，对身心只能有害无益。

我们应该保持心静如水、乐观豁达，让一切随风而来，又随风而去，心底烦忧及时剔除，心房常常"打扫"，方能保持清新亮堂。正如我们每天打扫卫生一样，该扔的扔，该留的留。心灵自然会释然，继而做到胸襟开阔，积极向上，在人生之路上走得更潇洒。

有一首流传非常广泛的谚语："为了得到一根铁钉，我们失去了一块马蹄铁；为了得到一块马蹄铁，我们失去了一匹骏马；为了得到一匹骏马，我们失去了一名骑手；为了得到一名骑手，我们失去了一场战争的胜利。"

为了一根铁钉而输掉一场战争，这正是不懂及早放弃的恶果。

生活中，有时不好的境遇会不期而至，让我们猝不及防，此时我们更要学会放弃。

诗人泰戈尔说过："当鸟翼系上了黄金时，就飞不远了。学会放弃才能卸下人生的种种包袱，轻装上阵，安然地对待生活的转机，度过人生的风风雨雨。"

智者曰："两弊相衡取其轻，两利相权取其重。"

古人云："塞翁失马，焉知非福。"选择是量力而行的睿智和远见，放弃是顾全大局的果断和胆识。

人生如戏，每个人都是自己生命唯一的导演，只有学会选择和放弃的人才能够彻悟人生，笑看人生，拥有海阔天空的人生境界。

有个人刚刚参加了一个特别的葬礼：一位在某医院工作、年仅二十多岁的女孩，由于长达五年的恋爱失败而自杀，那个女孩不仅生得美丽善良，孝顺父母，而且有着令人羡慕的稳定工作。在沉痛的哀乐声中女孩白发苍苍、心力交瘁的老父老母痛不欲生，生前的亲朋好友也都低声哭泣为之惋惜。那个女孩在人生的转折处做了一个错误的抉择：她选择了在痛苦中静静地离去，在静静的离去中摆脱痛苦，然而，这个女孩的做法却给活着的亲朋好友留下了更多的痛苦。

第二章

今年花胜去年红，可惜明年花更好——宁静乐观，体验人生

其实，如果她能看得开，能够放下心头的包袱，事情将会是另外一种结局。人生为何不看开一点呢？

　　在许多时候，我们都会讨论一个共同而永久的话题："人的一生该怎样才能够让自己拥有快乐？"从乡野莽夫到名人圣贤，各个阶层、不同经历的人都会有各自独特精辟的观点：有的人会以舍生取义精忠报国为乐；有的人会以不断进取实现自己的理想为乐；也有的人会以不择手段来满足一己之欲为乐……其实一个人要想获得真正的快乐，只有卸下装在身上的包袱，只有用心来体验才是真正的快乐。

　　人生尽管短暂但却如此的美妙和精彩，那就让我们减少身心的包袱，只有卸下了种种包袱，轻装上阵，从容地等待生活的转机，不断拥抱新的收获，踏过人生的风风雨雨，懂得放手和享有，才能拥有一份成熟，活得更加充实、坦然和轻松。

3. 谁道人生无再少？门前流水尚能西

——乐观向上的人生态度

【出处】

苏轼《浣溪沙·游蕲水清泉寺》

【原文】

山下兰芽短浸溪，松间沙路净无泥。潇潇暮雨子规啼。

谁道人生无再少？门前流水尚能西！休将白发唱黄鸡。

【译文】

山脚下刚生长出来的幼芽浸泡在溪水中，松林间的沙路被雨水冲洗得一尘不染。傍晚，下起了小雨，布谷鸟的叫声从松林中传出。

谁说人生就不能再回到少年时期？门前的溪水还能向西边流淌！不要在老年感叹时光的飞逝啊！

【赏析】

这首词写于元丰五年（1082年）春，当时苏轼因"乌台诗案"被贬任黄州（今湖北黄冈）团练副使。这在苏轼的政治生涯中，是一个重大的打击，然而这首词却在逆境中表现出词人一种乐观向上的精神。

上阕写自然景色，首二句描写早春时节，溪边兰草初发，小径洁净无泥，一派生机盎然的景象。却以萧萧暮雨中，杜鹃哀怨的啼声作结。子规声声，提醒行人"不如归去"，给景色抹上了几分伤感的色彩。

下阕却笔锋一转，不再陷于子规啼声带来的愁思，而是振起一笔。常言道"花有重开日，人无再少年"，岁月的流逝，正如同东去的流水一般，无法挽留。然而，人世总有意外，"门前流水尚能西"，既是眼前实景，又暗藏佛经典故。东流水亦可西回，又何必为年华老大徒然悲哀呢？看似浅显，却值得回味。

全词洋溢着一种向上的人生态度，然而上阕结句的子规啼声，折射出词人处境，也更显出词中达观态度的难能可贵。

现实生活中，人们总会发现抱怨的人远比乐观快乐的人多。喜欢抱怨的人在让自己难过的同时，也伤害着身边的人，为他人招惹麻烦，世界上几乎没有人因为抱怨世界而得到快乐。虽然有时抱怨可以减轻当时的痛苦，帮助他从痛苦中暂时抽身，但那并不会帮助他彻底解决问题，而是在教他如何逃避现实。

事事都选择沮丧失望，不如转变思维往好的方面想；选择痛苦呻吟，不如选择开心快乐。如果你决定做快乐的人，生活就不会那么平淡。在面对艰难困苦的挑战时，如果你足够机智，改变思维方式，世界也不会吝惜将生命中最丰盈的快乐送给你。受到伤害，疗伤止痛才是明

今年花胜去年红，可惜明年花更好——宁静乐观，体验人生

智之举，沉溺于痛苦中只会加深痛苦。

潮起潮落、冬去春来、日出日落、月圆月缺、花开花谢、野草荣枯，自然界万物都在循环往复的变化中，你也不例外，自己的情绪也会时好时坏。

学会控制情绪，这是自然界的游戏，很少有人窥破天机。每天你醒来时，不再有旧日的心情。昨日的快乐已变成今日的哀愁，今日的悲伤又转化为明日的喜悦。这就好比花儿的变化，今天绽放的喜悦也会变成凋谢时的绝望。但是你要记住，正如今天枯败的花儿蕴藏着明天新的种子一样，今天的悲伤常常预示着明天的快乐。乐观是一种天真做人的态度。

20世纪80年代中期，美国某保险公司曾雇用了5000名推销员，并对他们进行了培训，每名推销员的培训费高达3万美元。谁知，雇佣后的一年就有一半人辞职，四年后这批人只剩下了五分之一。

该公司对这些剩下的人进行了跟踪研究，研究结果表明：这些人的工作任务完成得最好。第一年，他们的推销额比"一般悲观主义者"高出21%，第二年高出57%。

生活在别人的评价中是非常累的，并且会对自己的情绪造成负面影响。生活中小小的失误就且由它去吧，重要的是学会轻松地生活，以一种乐观的态度对待事物。

在契诃夫的小说《小公务员之死》中，那个可怜的小公务员看戏时不幸与将军大人坐到了一起，把唾沫星子弄到了将军的头顶上，他就变得神经质般的惶惶起来。在他心里无论他如何解释，将军大人好像都没有原谅他的意思。这个小公务员在巨大的精神压力下，竟然一命呜呼了。

每天利用几分钟的时间，想象明天、下一个星期或是明年，都可能发生许多愉快的事情，不要对未来烦恼或忧虑。多想想美好的事情，你

会在不知不觉中计划实现它们。如此一来，你就养成了乐观的习惯。

乐观的人总能看开一些繁杂的事情，他们认为：人生在世，不如意的事情十有八九，无论付出多大代价也是徒劳，什么也带不走。所以他们对事物的心态就是：人生在世不快乐白不快乐，不管从事什么职业，也不管曾经取得过多么辉煌的成就，都会不骄不躁，泰然处之，从不会使自己成为一个故步自封、自以为是的人。

唐太宗李世民得天下后不久，有一次他对满朝的文武大臣们说："朕自年少之时就喜欢弓箭，这许多年来曾得到十几张好弓，自以为是天下最好的，没有能超过它们的。可最近我将弓拿给一个弓匠看，他却说：'做弓用的材料都不是最好的。'朕问其原因，弓匠说：'弓的材料的中心部分不直，所以，其脉纹也是斜的，弓力虽强，但箭射出去不走直线。'朕以弓箭平定天下，而对弓箭的性能尚没有完全认识清楚，何况天下事务呢，怎能遍知其理？望你们多多发表自己的意见，纠正朕的错误。"

正因为唐太宗李世民有这样一种开放的心态，所以，他才能懂得"兼听则明，偏信则暗""水能载舟，亦能覆舟"的道理；正是因为他有一种开放的心态，他才能知道"以铜为鉴，可以正衣冠；以人为鉴，可以知得失；以史为鉴，可以知兴替"；也正是由于他有一种开放的心态，所以才使大唐成为中国历史上最强盛的帝国之一。

治国如此，为人与做事也是如此，在这个世界上，做任何事都要有开放的胸怀，也只有如此才能成就辉煌的人生。

大发明家爱迪生靠他的智慧和勤奋，终于为自己建起了一个有着相当规模的工厂，工厂里有着设备相当完善的实验室，这些都是他几十年心血的结晶。然而不幸的是，一天夜里，他的实验室突然着火，紧接着引燃了贮存化学药品的仓库，随后片刻的工夫，整个工厂便陷入了一片火海之中。尽管当时消防队调来了所有的消防车，却依然无法阻止熊

第三章

今年花胜去年红，可惜明年花更好——宁静乐观，体验人生

083

熊大火的蔓延。正当众人为爱迪生一辈子的成果将毁于一旦而感伤的时候，爱迪生却吩咐儿子道："快，快把你的母亲叫来！"儿子不解地问："火势已不可收拾，就是把全市的人都叫来也无济于事了，何必还要多此一举呢？"没想到爱迪生却轻松地说："快让你的母亲来欣赏这百年难得一遇的超级大火！"

妻子赶来了，当她看到爱迪生正以微笑来迎接她时，她有些不解地说："你的一切都将化成灰烬了，怎么还能笑得出来？"

爱迪生回答说："不，亲爱的，大火烧掉的是我过去所有的错误！我将在这片土地上建一座更完善、更先进的实验室和工厂。"

这是何其旷达的心境！在灾难面前，爱迪生的心态令人赞赏！

其实，为失去的东西悲伤是非常愚蠢的行为。即便为失去的一切毁灭了自己，又有什么用呢？只有那些怀着一份旷达心境的人，才不会沉湎于曾经的拥有，而是怀着对未来无限的希望重新开始更加美好的创造。也许我们许多人都曾经为了失去的金钱、工作、地位、爱情等而伤心啜泣，但你要相信，在未来的岁月里，一定还会有一份更加美好的礼物在等待着你。失去的东西只能成为你人生经历的一部分，只有现在和未来才是你真实的生活。

没有人能够控制或改变你的态度，除了你自己。你虽然改变不了环境，但却可以改变自己的心态。你不能预知明天，但你可以把握今天，你不能左右天气，但你可以改变心情。

幸福是一种感觉，快乐是一种选择。向左走选择快乐，向右走选择悲观。凡事不可能皆如意，就看你怎样去选择。而乐观是一种做人的态度，我们应学会以一种乐观的态度对待事物。乐观的人会鼓励乐观的人，就像成功会吸引更大的成功一样，所以乐观本身就是一种成功。

4.夕阳芳草本无恨，才子佳人空自悲

——人不要自寻烦恼

【出处】

晁补之《鹧鸪天·绣幕低低拂地垂》

【原文】

绣幕低低拂地垂。春风何事入罗帏。胡麻好种无人种，正是归时君未归。

临晚景，忆当时。愁心一动乱如丝。夕阳芳草本无恨，才子佳人空自悲。

【译文】

帘幕低垂，拂到了地上。哪来的一阵春风，没事跑到我房间里。这正是春天种胡麻的季节啊，却没有人来播种，这应该是你该回家的时候了，你却还没有回来。

天色渐晚，夕阳西下，我又想起当时我们在一起的情形。这一想就扰乱了我的思绪，心乱如麻。其实夕阳和芳草都是没有感情的东西，自然也不会有离恨相思了，只是才子佳人借它们为自己悲叹罢了。

【赏析】

俗话说："世上本无事，庸人自扰之。"确实，生活中有许多烦恼完全是你自找的。有一次在火车上，偶然听到一段愚蠢的对话。这段谈话长达一个小时，谈话焦点是这两个人的明天以及接下来的一周将会有多累。这两个人像是在彼此说服对方，或是说服自己，强调他们在工作中将会花多少时间、多少力气，他们会睡不了几小时，最重要的是他们会疲倦得不得了。他们两个都说了些类似的话，如"老天！明天我会累死了！"或"我不知道下星期要怎么过！"及"今天晚上我只能睡三小时了！"他们谈到晚上加班、缺乏睡眠、不舒服的旅馆床铺、大清早的

今年花胜去年红，可惜明年花更好——宁静乐观，体验人生

会议等等。他们已经觉得精疲力竭了，而我相信事情也就会像他们预期的那样发生。我不敢确定他们是在吹牛还是在抱怨，但有一点是可以肯定的：只要这样的对话继续下去，他们就会变得越来越疲倦。他们的声调很沉重，似乎即将缺乏睡眠的问题已经影响到他们了，就连我只是听了一阵子他们的对话，也觉得疲倦不已。

这个故事说明，一个人不论用什么方法想象自己的疲劳，都只会产生加重疲劳的后果。一个人预想自己的疲倦，就向大脑发出了一个信号，提醒大脑做出疲倦的反应，这就是说，你的疲劳正是对你自己胡乱想象的一种报应。你的烦恼是自找的。一个人把烦恼寄给流逝的时光，收到的是天天烦恼；把烦恼转嫁给别人，到头来仍然是自寻烦恼；把烦恼流放到云天沃野，最终，你会感到人生处处充满烦恼。

还有的人是用另一种方式来自寻烦恼的。有两个穷人一道赶路，边走边聊。其中一个人说："老兄，咱俩这么穷，要是能拾到一笔钱该多好啊！喂，你说，要真拾到钱，咱俩该怎么办？"另一个人说："怎么办，那还用说，见面分一半呗，咱俩一人一半。"

"不对，"第一个人说，"钱这东西，谁拾到就是谁的，凭什么我要分你一半呢？"

"嘿，咱俩一块儿出门赶路，拾到钱，你还要独吞不成？真是个守财奴，不够朋友。简直就是衣冠禽兽。"另外一个越说越激动："你说什么？衣冠禽兽？你再说一遍。""说就说，我怕你呀，衣冠禽兽。"

话音未落，两人就扭打在了一块，你一拳我一脚，不可开交。这时从对面走过来一个人，见状上前拉架。二人竟不肯住手，口中也还在叫骂。劝架的好不容易弄明原因，不禁哈哈大笑道："我还当真拾到钱了呢，还没拾到就打得鼻青脸肿呀？"

两人这才回过神来，打了半天，其实没拾到钱，耽误了赶路不说，衣服弄脏还弄破了，而且搞得鼻青脸肿，真是何苦。这正是典型的自寻

烦恼者。

但有时候尽管你不愿意寻找烦恼，烦恼也会找上门来。正所谓：人在家中坐，祸从天上来。烦恼这杯苦酒难以避免。望着远处的群山渐渐变得渺茫，黄昏悄悄爬上心头；往昔含情娇羞的目光，如今已是满眼挂着寒霜；抚摸征程中被荆棘刺破留在心中那隐隐作痛的感伤……你忽然觉得，烦闷会从天而降，苦恼也在心中激起巨浪。

这时，不必怕，轻轻闭上双眼。不要害怕烦恼会让你经受痛苦，不要担心烦恼会让你无法摆脱。烦恼要来，逃避它只会更加烦恼。要勇敢地接受烦恼，任烦闷的思绪，充斥你的心海；让苦恼的血液，在你的心中回荡。人要健康，身体需要锻炼；人想坚强，心灵更须磨炼。生活不全是鲜花铺就的成功之路，路上也长着野草。人生除了岛屿，还有暗礁。烦恼让你付出很多，同样也会让你收获不少。如果是烦恼让你觉得平平安安，并非比坎坎坷坷更加美好；如果是烦恼使你最终明白，人生注定要充满烦恼，那么，就高高兴兴经历烦恼吧！但请记住，不要重复同样的烦恼。

再不然，当陷入某种苦恼时，不妨去爬爬山，去打打羽毛球，去游泳，去听音乐，去野炊，去人多热闹的地方，或者邀几个朋友，到田野，到河边，到湖畔，到一望无际的大草原，在那里登高望远。这样，心情就会豁然开朗起来，就会变得轻松愉快起来。

尤其是大自然，它是人类最好的老师，也是人类精神的家园和心灵的驿站。大自然的风光有益于心理健康，俗话说：好山好水好心情。当漫步在碧波荡漾的湖畔，会感到心情恬静；面对波涛翻滚的大海，会想到迎击风浪；登山越岭，会想到奋发向上。古人说：大自然是人类永恒的良师益友，"观朱霞，悟其明丽；观白云，悟其舒卷；观山岳，悟其灵奇；观河海，悟其浩瀚；则俯仰间皆文章也。对绿竹，得其虚心；对黄花，得其晚节；对松柏，得其本性；对芝兰，得其幽芳；则游览处

今年花胜去年红，可惜明年花更好——宁静乐观，体验人生

皆师友也"。这是说：观赏红霞，可从中领悟到明亮灿烂的生命；观赏白云，可领悟到卷舒自如的姿态；观赏山岳，可领悟到它的灵动奇伟；观赏河海，可领悟到它的浩瀚无边；如此，天地之间都是文章。看到绿竹，想到它的虚心；看到菊花，想到它的气节；看到松柏，想到它的傲岸；看到芝兰，想到它的芬芳。大自然以其神奇的魔力，告诉你：个人是多么渺小，你眼下的一点苦恼又是多么不值一提！

大自然风光多种多样，享受它的最好方法是旅游。在大自然美景的熏陶下，消除忧愁烦恼，改善情绪，提高心理健康水平。因此，从某种意义上来说，旅游是缓和心理紧张，增强心理健康的一种有效方法。

假如没有机会出去游山玩水，那也无妨。可利用休息时间，到栽种有花卉的庭院或草坪休息片刻，或去附近优美的绿化地带、幽静的公园散散心。这样，往往会心旷神怡，精神振作，疲劳顿消。因为绿色世界不但对人体的生理功能起着良好的作用，而且对人的心理活动也有着积极的影响。有人指出，当绿色在人的视野约占25%时，人的情绪最为舒适。

此外，也可以在室内陈设盆景，把大自然的优美风光，缩于一盆之中，从咫尺盆内领略自然山林之趣、名山大川之胜，可谓意境深幽，耐人寻味，同样能调剂精神，增进心理健康。

5. 回首向来萧瑟处，归去，也无风雨也无晴

——宠辱不惊是一种境界

【出处】

苏轼《定风波·莫听穿林打叶声》

【原文】

莫听穿林打叶声，何妨吟啸且徐行。竹杖芒鞋轻胜马，谁怕？一蓑烟雨任平生。

料峭春风吹酒醒，微冷，山头斜照却相迎。回首向来萧瑟处，归去，也无风雨也无晴。

【译文】

不用注意那穿林打叶的雨声，何妨放开喉咙吟唱从容而行。竹杖和草鞋轻捷得胜过骑马，有什么可怕的？一身蓑衣任凭风吹雨打，照样过我的一生。

春风微凉吹醒我的酒意，微微有些冷，山头初晴的斜阳却应时相迎。回头望一眼走过来的风雨萧瑟的地方，我信步归去，不管它是风雨还是放晴。

【赏析】

此词为醉归遇雨抒怀之作。词人借雨中潇洒徐行之举动，表现了虽处逆境屡遭挫折而不畏惧不颓丧的倔强性格和旷达胸怀。全词即景生情，语言诙谐。

"回首向来萧瑟处，归去，也无风雨也无晴。"意思是说，归去之后，看刚才刮风下雨的地方，哪里有什么雨，哪里有什么晴。所谓风雨，所谓晴，不过是人心中的幻象而已。归去之后，心灵进入了宁静的境界，再看生活中的风雨或阳光，哪有什么区别呢？都微不足道。词人在此劝人既不要因风雨而担惊受怕，也不要因阳光而欣喜若狂，一切都

泰然处之。其实这是一种人生的大境界，是一种感悟了宇宙、人生之后的大超越。这也反映出了苏轼的人格境界，应该说苏轼的一生基本上达到了这一境界。晚年他流放到海南岛后，又把这三句稍一改，写入了另一首诗《独觉》："潇然独觉午窗明，欲觉犹闻醉鼾声。回首向来萧瑟处，也无风雨也无晴。"可见，苏轼是以此来磨砺自己的人格境界，并贯穿在他一生的生命历程之中。

古语说："宠辱不惊，看庭前花开花落；去留无意，望天上云卷云舒。"这仅有的22个字，描绘的是一种悠远美妙的意境，道出的却是处世时难得的开阔心境。人生本就荣辱相随，悲欢离合亦在所难免。倘若处处留心，时时在意，那岂不是与黛玉同命？因此，虽为红尘人，却须让自己有一份超凡心、糊涂心。让一切顺其自然，宠辱不惊，去留无意。

人生无坦途，在漫长的人生道路上，谁都难免会遇上厄运和不幸。人类科学史上的巨人爱因斯坦，在报考瑞士联邦工艺学校时，竟因三科不及格落榜，被人耻笑为"低能儿"。小泽征尔这位被誉为"东方卡拉扬"的日本著名指挥家，在初出茅庐的一次指挥演出中，曾被中途"轰"下场来，紧接着又被解聘。为什么厄运没有摧垮他们？因为在他们眼里始终把荣辱看作是人生的轨迹，是人生的一种磨炼，假如面对当时的厄运和耻笑，他们不能泰然处之，也许就没有日后绚丽多彩的人生。

许多年前，美国有个叫菲尔德的实业家，他率领工程人员，要用海底电缆把欧美两个大陆连接起来。为此，他成为美国当时最受尊敬的人，被誉为"两个世界的统一者"。在举行盛大的接通典礼上，刚被接通的电缆传送信号突然中断，人们的欢呼声立刻变为愤怒的狂涛，都骂他是"骗子""白痴"。可是菲尔德对于这些毁誉只是淡淡地一笑，不作解释，只管埋头苦干，经过多年的努力，最终通过海底

电缆架起了欧美大陆之桥，在庆典会上，他没上贵宾台，只是远远地站在人群中观看。

菲尔德不仅是"两个世界的统一者"，而且是一个理性的战胜者，当他遭遇到常人难以忍受的厄运时，通过自我心理调节，做出正确的抉择，从而在实际行为上显示出强烈的意志力和自持力，这就是一种理性的自我完善。

世上有许多事情的确是难以预料的，成功伴着失败，失败伴着成功，人生本来就是失败与成功的统一体。人的一生，有如簇簇繁花，既有火红耀眼之时，也有暗淡萧条之日，面对成功或荣誉，要像菲尔德那样，不要狂喜，也不要盛气凌人，而是看淡功名利禄；面对挫折或失败，要像爱因斯坦、小泽征尔那样，不要忧悲，也不要自暴自弃，而是看开厄运羞辱。

做人有时就必须糊涂一点，这种糊涂不仅仅是在受辱时要糊涂一点。同时在受宠时也该糊涂一点。因为，无论宠辱，都有尽时，看得太重反而会成为一种负累。

日本有一位白隐禅师，他的故事在世界各地广为流传。故事讲的是：有一对夫妇，在住处的附近开了一家食品店，家里有一个漂亮的女儿。无意间，夫妇俩发现女儿的肚子无缘无故地大起来，女儿做了这种见不得人的事，让她的父母异常震怒；在父母的一再逼问下，她终于吞吞吐吐地说出"白隐"两个字。

她的父母怒不可遏地去找白隐理论，但这位大师对此不置可否，只若无其事地答道："就是这样吗？"孩子生下来就被送给白隐。此时，他虽已名誉扫地，但他却并不以为然，只是非常细心地照顾孩子——他向邻居乞求婴儿所需的奶水和其他用品，虽不免横遭白眼、冷嘲热讽，但他总是能处之泰然，仿佛他是受托抚育别人的孩子一样。

事隔一年之后，这位未婚的妈妈，终于不忍心再欺瞒下去了。她

第三章

今年花胜去年红，可惜明年花更好——宁静乐观，体验人生

老老实实地向父母吐露真情：孩子的生父是一个卖鱼的青年。她的父母立即让她到白隐那里道歉，请求原谅，并将孩子带回。白隐仍是淡然如水，他只是在交回孩子的时候，轻声说道："就是这样吗？"仿佛不曾有什么事发生过；即使有，也只像微风吹过耳畔，瞬时即逝。

白隐为了给邻居的女儿以生存的机会和空间，牺牲了为自己洗刷清白的机会，虽然受到人们的冷嘲热讽，但是他始终处之泰然，"就是这样吗？"这平平淡淡的一句话，就是对"宠辱不惊"最好的解释，如果白隐当初不能糊涂地对待受辱，事情很可能成为另一种样子。

6. 世路如今已惯，此心到处悠然

——心境淡然才会快乐

【出处】

张孝祥《西江月·问讯湖边春色》

【原文】

问讯湖边春色，重来又是三年。东风吹我过湖船，杨柳丝丝拂面。世路如今已惯，此心到处悠然。寒光亭下水如天，飞起沙鸥一片。

【译文】

问候这湖中的春水，岸上的春花，林间的春鸟，你们太美了，这次的到来距前次已是三年了。东风顺吹，我驾船驶过湖面，杨柳丝丝拂面，似对我的到来表示欢迎。

人生道路上的曲折、沉浮我已习惯，无论到哪里，我的心一片悠然。寒光亭下，湖水映照天空，真是天水一色，水面上飞起一群沙鸥。

【赏析】

张孝祥是一位坚决主张抗金而两度遭谗落职的爱国志士，"忠愤气填膺"是他爱国词作的主调，而在屡经波折、阅尽世态之后，他也写了一些寄情山水、超逸脱尘的作品。这首小令就是如此。

"世路"，指尘世的生活道路，那是一条政治腐败、荆棘丛生的路，与眼前这东风怡人、杨柳含情的自然之路岂能相提并论。然而，词人说是"如今已惯"，这不仅表明他已历尽世俗道路的倾轧磨难，对权奸的打击、社会的黑暗业已司空见惯，更暗寓着他已看透世事、唾弃尘俗的莫名悲哀和无比忧愤。因此，"此心到处悠然"不仅在说自己的心境无论到哪儿总是悠闲安适，更包含着自己这颗备受折磨、无力回天的心只能随遇而安、自寻解脱了。

俗语说：人生不如意事常八九。在人生不如意时，很多人都是怨天尤人，终日生活在痛苦中不能自拔。其实，还不如保持一份淡然的心境，快乐将触手可及。

有一个渔夫，他每天早上出海打2个小时的鱼，就可以解决一家人一天的生活问题。打完鱼就回去村里和人下棋、聊天、带孩子在院子里玩，日子过得是自由自在、无忧无虑。

有一天，来了一个商人。商人对他说，你打鱼的技术这么好，你每天多花点时间去打鱼，你就可以得到更多的钱。渔夫问：然后呢？商人说：得了钱，你就可以多买些船，然后请工人帮你打鱼。到时，你可以把鱼卖到更远的地方。渔夫问：再然后呢？商人道：那时，你就有更多的钱了。你可以开间工厂，把鱼加工，卖给人们。你就成就了一番事业。渔夫问：那要多久呢？商人说：40年。渔夫说：得到这些我又能做什么？商人想了想说：得到这些，你就可以回渔村找些老朋友，一起聊聊天、下下棋和你的孩子老婆一起过着无忧无虑的生活。渔夫说：我现在不就过着这样的生活吗？

渔夫和商人的话，各有道理。选择一种态度，随之而来也就选择了一种生活方式。也许选择一种不需要太忙碌的生活，并且真正地会享受它的人，应该是比较超然的人吧，心境淡然的感觉确实够清醒。渔夫的生活虽然无法享受奢靡的东西，但他拥有更多的快乐！

　　生活中有太多人们所想要拥有的东西，权势、金钱、名利等等，可是，转眼之间如云烟缥缈，仿佛一切都会化为乌有，什么都不能够带走，无论是高官的权力和富贵，还是山珍海味的享受，都不会永久，而只有拥有这种淡然的心境才是人生的永恒。

7. 浮云出处元无定，得似浮云也自由
——学会选择，懂得放弃

【出处】

辛弃疾《鹧鸪天·欲上高楼去避愁》

【原文】

欲上高楼去避愁，愁还随我上高楼。经行几处江山改，多少亲朋尽白头。

归休去，去归休。不成人总要封侯？浮云出处元无定，得似浮云也自由。

【译文】

　　心想到高楼上观看美景躲避忧愁，忧愁还是跟着我上了高楼。我走过好几个地方江山都已面目全非，许许多多亲戚好友都已白了头。

　　回家退休吧，回到家中去退休。难道个个都要到边塞去立功封侯？浮云飘去飘来本来没有固定之处，我能够像浮云那样随心来去，该有多

么自由。

【赏析】

在长久的官场生涯中，词人看透了其间尔虞我诈的现实。在仕宦与归隐的得失之间，他思之筹之，不得要领，因而愁绪百结，久不能脱。词人最终思考的结果是，选择自由自在的生活，放弃仕宦生涯。这首词即是在这样的背景下创作的。

在我们的人生旅途中，时时刻刻都面临着放弃和被放弃。但你必须明白，并不是所有的探索都能发现鲜为人知的奥秘，并不是所有的跋涉都能抵达胜利的彼岸，并不是每一滴汗水都会有收获，并不是每一个故事都会有美丽的结局。因此，我们应该学会放弃，明白这点，也许你就会在失败、迷茫、愁闷、面临"心苦"时，找到平衡点，找回自己的人生坐标。

从前有个孩子，手伸到一只装满榛果的瓶里，他尽其所能地抓了一大把榛果，当他想把手收回时，手却被瓶口卡住了。他既不愿放弃榛果，又不能把手抽出来，不禁伤心地哭了。这时一个旁人告诉他："只拿一半，让你的拳头小些，那么你的手就可以很容易地抽出来了。"

贪婪是大多数人的毛病，有时候抓住自己想要的东西不放，会为自己带来压力、痛苦、焦虑和不安。往往什么都不愿放弃的人，结果却什么也没有得到。

放弃是一种智慧。尽管你的精力过人，志向远大，但时间不容许你在一定时间内同时完成许多事情，正所谓："心有余而力不足。"就如把眼前的一大堆食物塞进嘴里，塞得太满，不仅肠胃消化不了，连嘴巴都要撑破了！所以，在众多的目标中，我们必须依据现实，有所放弃，有所选择。

一位精神病医生有多年的临床经验，在他退休后，撰写了一本医治心理疾病的专著。这本书足足有1000多页，书中有各种病情描述和药

第三章

今年花胜去年红，可惜明年花更好——宁静乐观，体验人生

物、情绪治疗办法。

有一次，他受邀到一所大学讲学，在课堂上，他拿出了这本厚厚的著作，说："这本书有1000多页，里面有治疗方法3000多种，药物10000多样，但所有的内容，只有四个字。"

说完，他在黑板上写下了"如果，下次"。

医生说，造成自己精神消耗和折磨的全是"如果"这两个字，"如果我考进了大学""如果我当年不放弃她""如果我当年能换一项工作"……

医治方法有数千种，但最终的办法只有一种，就是把"如果"改成"下次"。"下次我有机会再去进修""下次我不会放弃所爱的人"……

钱钟书在《围城》中写下一个十分有趣的故事。天下有两种人，譬如一串葡萄到手后，一种人挑最好的先吃，另一种人把最好的留在最后吃，但两种人都感到不快乐。先吃最好的葡萄的人认为他拿的葡萄越来越差。把好的留在最后吃的人认为他吃的每一颗都是葡萄中最坏的。

原因在于：第一种人只有回忆，他常用以前的东西来衡量现在，所以不快乐；第二种人刚好与之相反，同样不快乐。

为什么不这样想，我已经吃到了最好的葡萄，有什么好后悔的；我留下的葡萄和以前相比，都是最棒的，为什么要不开心呢？

这其实就是生活态度问题，它决定了一个人的喜怒哀乐。如果一生不懂得选择也不懂得放弃，那一辈子也没有快乐。

漫漫人生路，只有学会放弃，才能轻装前进，才能不断有所收获。一个人倘若将一生的所得都背负在身，那么纵使他有一副钢筋铁骨，也会被压倒在地。在人生的关键时刻，懂得放弃小利益，不为小恩小惠所动，这绝对是一本万利的。当然，用自己的利益做赌注，即使再小，也不是任何人都愿意去做的，这就要求我们要有长远的眼光，要敢于下注。

有一个聪明的年轻人，很想在一切方面都比他身边的人强，他尤其想成为一名大学问家。可是，许多年过去了，他的其他方面都不错，学业却没有长进。他很苦恼，就去向一个大师求教。

大师说："我们登山吧，到山顶你就知道该如何做了。"

那山上有许多晶莹的小石头，煞是迷人。每见到他喜欢的石头，大师就让他装进袋子里背着，很快，他就吃不消了。"大师，再背，别说到山顶了，恐怕连动也不能动了。"他疑惑地望着大师。"是呀，那该怎么办呢？"大师微微一笑："该放下，不放下背着石头咋能登山呢？"

年轻人一愣，忽觉心中一亮，向大师道了谢走了。之后，他一心做学问，进步飞快……

其实，人要有所得必要有所失，只有学会放弃，才有可能登上人生的高峰。

在电影《卧虎藏龙》中有这样的一个场景：男、女主角坐在一个凉亭之中，背后是一片翠绿的竹林，凉风徐徐地吹来，颇有一种与世无争的怡然自得。之中有一句对白是这样的："我的师父常说，把手握紧里面什么也没有；把手放开，你得到的是一切！"

生活并不是一帆风顺的，很多时候我们需要学会放手，放手不代表对生活的失职，它也是人生中的契机。然而学会放手要比学会紧握更难得，因为那需要更多的勇气。

总的来说，放弃是一种睿智，是一种豁达；放弃是金，是一门学问，放弃是对美好事物发展的又一个开始，是新的起点，是错误的终结。它不盲目，不狭隘。放弃，对心境是一种宽松，对心灵是一种滋润，它驱散了乌云，它清扫了心房。有了它，人生才能有爽朗坦然的心境；有了它，生活才会阳光灿烂。所以，朋友们，把包袱卸下，放开你心里的风筝线，不要让风筝把心带走，让你的心和风筝一样自由地翱翔！别忘了，在生活中还有一种智慧叫"放弃"！

第四章

人生自是有情痴，此恨不关风与月——理解尊重，爱满人生

　　爱情，历来是文学的永恒主题。词作为一种心绪之文学，最适合言情，它将古人缠绵婉转的幽约情感演绎得醇香醉人，沁人心脾，有如一坛老酒耐人品味，千古流芳。「人生自是有情痴，此恨不关风与月」，这两句更是把古今多少情愁苦、为情痴迷的心事一语道尽，成了写情的千古名句。

1. 和羞走，倚门回首，却把青梅嗅

——羞涩更添女人魅力

【出处】

李清照《点绛唇·蹴罢秋千》

【原文】

蹴罢秋千，起来慵整纤纤手。露浓花瘦，薄汗轻衣透。

见客入来，袜划金钗溜。和羞走，倚门回首，却把青梅嗅。

【译文】

荡罢秋千起身，懒得揉搓细嫩的手。在她身旁，瘦瘦的花枝上挂着晶莹的露珠，她身上的涔涔香汗渗透着薄薄的罗衣。

突然进来一位客人，她慌得顾不上穿鞋，只穿着袜子抽身就走，连头上的金钗也滑落下来。她含羞跑开，倚靠门回头看，又闻了一阵青梅的花香。

【赏析】

羞涩是含苞欲放的花蕾，是含羞草一经触碰马上合拢的叶子，是夜色中朦胧的轻纱，是脸颊上两片绯红的云霞。羞涩的女人有一种特别的魅力，含蓄诗意，迷离期待，令人如醉如痴，遐想翩翩。"犹抱琵琶半遮面""插柳不让春知道"的神韵尤能刺激人丰富的想象力，甚至使人着魔入迷，如醉如痴。同时它闪耀着谦卑的光辉，是一种道德和审美的反射，"唤醒两性关系中的精神因素，从而是减弱了纯粹的生理作用"。动人的表情，迷人的色彩，文雅的举止，朦胧的神韵，温柔的蕴藉，女人的羞涩竟具有如此大的神奇魅力和功能！

李清照这首词展现的就是青春少女羞涩的魅力。"和羞走，倚门回首，却把青梅嗅"，羞怯天真，可爱动人，可谓将女人羞涩的魅力演绎到极致。明代沈际飞感叹道："片时意态，淫夷万变。美人则然，纸上

人生自是有情痴，此恨不关风与月——理解尊重，爱满人生

何遽能尔。"（《草堂诗馀续集》卷上）赞叹李清照将女子羞涩的诱惑力表现得出神入化，她不写她的美貌，不写她的梳妆，只着力表现她的举止，用她一举一动流露出的羞涩征服天下。

羞涩，是人类文明进步的产物。任何动物，包括最接近人类的猩猩，也绝对不会害羞，自然也就没有羞涩。羞涩是人类最天然、最纯真的感情表露，它是一种感到难为情、不好意思的心理活动，它往往伴随着甜蜜的惊慌、异常的心跳，外在的表现就是态度不自然，脸上荡漾起红晕。女人脸上的红晕，就是青春羞涩的花朵。女人的羞涩是一种美，是一种特有的魅力。

羞涩，是一种感情信号，常常是一种动情的外部表现，是被陌生环境、场面所触发的紧张情绪和被异性拨动了心弦的反应。有诗曰："姑娘，你那娇羞的脸使我动心，那两片绯红的云显示了你爱我的纯真。"可见，一张羞涩的脸，便是一首优美的诗。

羞涩，是女性独具的特色，是特有的风韵和美色。诚然，男性也会羞涩，然而更多的、更频繁的、更鲜艳迷人的羞涩，却总爱浮现在女人的脸上。男性羞涩上脸往往显得狼狈可笑，而女性羞涩的盈盈笑脸却被认为是天然合理的。如果女性缺少了羞涩，甚至会被看成是厚颜无耻。由此看来，羞涩应该说是属于女性的，特别是属于女人的，或可索性说此乃女性之特色。一提红颜，谁都知道指的是女子（特别是美貌女子）而不是男子，这"红"字显然不只是面部的青春红润，更重要的是与羞涩有直接关系。羞涩的红象征着女性，但它往往稍纵即逝，所以，自古女子就学会了使用红色的胭脂，起到了羞涩常驻的效果，有助于保持和强调女性的特色。

羞涩朦胧，魅力无穷。康德说："羞怯是大自然的某种秘密，用来抑制放纵的欲望；它顺其自然的召唤，但永远同善、德和谐一致。"伯拉克西特列斯的雕塑名作《克尼德的阿佛罗狄忒》和《美第奇的阿佛罗狄忒》，都是反映女性羞涩美的。羞涩犹如披在女性身上的神秘轻纱，增加了她们的迷离朦胧。这是一种含蓄的美、美的含蓄，是一种蕴藉的柔情、柔情的蕴藉。

的确，在世上所有的色彩中，女人的羞涩是最美的。

2. 心似双丝网，中有千千结

——爱需要勇气

【出处】

张先《千秋岁·数声鶗鴂》

【原文】

数声鶗鴂，又报芳菲歇。惜春更把残红折。雨轻风色暴，梅子青时节。永丰柳，无人尽日花飞雪。

莫把幺弦拨，怨极弦能说。天不老，情难绝。心似双丝网，中有千千结。夜过也，东窗未白凝残月。

【译文】

杜鹃声声，又来向人们报道春时光景即将逝去。惜春人更是想将那残花折下，挽留点点春意。不料梅子青时，便被无情的风暴突袭。看那庭中的柳树，在无人的园中整日随风飞絮如飘雪。

切莫把琵琶的细弦拨动，心中极致的哀怨细弦也难倾泻。天不会老去，爱情也永远不会断绝。多情的心就像那双丝网，中间有千千万万个结。中夜已经过去了，东方未白，尚留一弯残月。

【赏析】

这首词中，相爱双方的青春初恋宛如青涩的梅子，刚刚萌动，就遭

人生自是有情痴，此恨不关风与月——理解尊重，爱满人生

无情风暴的摧残，眼见爱情就要像柳絮一样飞走了，悲痛之下主人公生出抗争的勇气："天不老，情难绝。心似双丝网，中有千千结。"他说只要天不老，他们的爱情就不会断绝，在他们用真情密密织就的网里，两情缠绵纠结，早已牢牢系住彼此，难解难分，任凭是谁都拆散不了。爱就需要共同面对风雨克服阻碍的勇气，该勇敢时要勇敢，太畏首畏尾到最后只会牺牲自己的感情，在相爱的路上可能会遇到狂风暴雨肆虐，遇到流言蜚语四散，甚至可能遇到世俗的强烈反对，爱情不被父母亲人祝福，如果恋爱双方此时没有爱的勇气，他们的爱情势必会如春残花落，风吹云散，势必会被扼杀拆散。爱需要勇气，勇气让爱更坚韧，更坚强，更坚固。

无论是爱的表白与倾诉，还是爱的坚持与相守，都需要勇气。生活中，很多女人喜欢一个人或者爱一个人都只是在心里默默地爱他，不敢说出自己的真实感受。尤其在面对自己爱的人时更是不知所措。只是在那默默等那个人会爱上她，等到最后往往是错过了一段段美好的感情，或者错过了一辈子的爱人。

一个少年得了不治之症，他只有17岁，随时都可能死去。他每天待在家里，由母亲照料着。有一天，他觉得心里空荡荡的，想出去走走，母亲同意了。他漫无目的地走在大街上，偶尔抬头往一家音响店里张望的时候，看到了一个非常美丽的同龄女孩。少年对她一见钟情，他打开门走了进去。眼里始终只有她，他慢慢地走到柜台前，女孩微笑着问道："你想要点什么？"他觉得这是他一生中看到的最美丽的笑容，这美丽的笑容让他心动，他结结巴巴地回答："哦，嗯，那个……我想要一张CD！"他边说边随便手里拿了一张CD递给女孩。女孩笑着说："把它包起来吗？"他点了点头。女孩转过身去，在桌上包装着，然后又转过身去把装好后的CD交给了他。他接过CD离开了商店。从那以后，这个少年每天都到那家音响店去买一张CD，女孩每次都将CD包好

后交给他，他也总是把CD带回家，小心地放进自己的抽屉里。少年感觉自己的身体一天比一天差，这天他鼓起勇气，像往常一样走进音响店，买了一张CD，她也像往常一样转过身去替他包起来，就在这时，少年把一张写有自己电话号码的纸条放在了柜台上，当女孩转过身来时，他几乎是抢过CD，然后掉头跑了出去。周末少年家的电话响了，是那个女孩打来的，少年的母亲伤心地哭了，她说："他没有等到你，他昨天走了。"女孩默默地挂了电话。过了一些日子，母亲来到儿子的房间，帮他整理东西。她在抽屉里看到了一大堆包好的CD，这些CD都没有打开过，她坐在床边，打开了一个包装，一张纸条从包装里掉了出来，她拾了起来，上面写道："嗨，你好，你很帅，愿意和我一起出去吗？索菲娅。"母亲又急忙打开了好几个CD盒，里面都有一张小纸条，上面都写着同样的话。

如果爱，请深爱；如果爱，说出来。朋友们，请放弃你们的矜持，把你的感受及时告诉你爱的人，不要拖得太久，爱他就要勇敢地说出来。只有勇敢地表达，才能让对方明白自己的心意。千万不要让自己的人生留下遗憾！

爱你在心口难开的情况，很多女孩子都会遇到，哪怕对方是你默默喜欢好久的男孩，却鼓不起勇气来表白，或者，苦于没有适当的机会。相信，这对每个多情少女而言，都是十分痛苦的事。

生活中，很多女性恐怕都实践过这样一个暗恋公式：当你在那条路上像个忧郁的哲学家一样反反复复地走来走去，只为了能假装不经意地偷偷地看他一眼；当你穿上那条苹果绿的新裙子，只因为他曾经对你说过这是他最喜欢的颜色……只要一切都是为了他，哪怕并不在意，你的心里也会有那么一丝青春感伤的甜蜜。明明是在爱着对方，却要把这份感情深埋在心底；明明是在想一个人，却硬要装作若无其事的样子；明明是在默默关心着一个人，却要表现得毫不在乎。但是，当你身心俱疲的时候，这份爱你又能够得到多少呢？

　　龚霞今年28岁，在一家开发公司做打字员，如果不是因为有一个人在这家公司，也许几年前她就改行做其他事情了。因为她暗恋的人是自己的上司，而且是隔了几层的上司。

　　7年前，龚霞大专毕业后，通过亲戚介绍，到这家开发公司做打字员。进公司的第一天，贾经理给新来的员工谈话，虽然没有讲话稿，但他讲起话来却条理清晰、通俗易懂。那是她第一次见到英俊潇洒的他，一米八的身高，看起来气宇非凡。当时，龚霞还是一个不懂感情的小姑娘，可自从见了贾经理后，她就感觉从小幻想的白马王子突然出现了。

　　为了博得贾经理的好感，龚霞工作起来非常勤奋，希望能引起他的注意。虽然她只是一个小打字员，可她最盼望的事情，就是公司召开全体会议，因为，只有这样的会议上，她才能见到贾经理。

　　贾经理有个习惯，在公司与员工相遇时，总是谦和地点点头。为了多得到这种"点头"的机会，龚霞每天都要提前来上班。听见他的鞋跟声从桌边响起，她立刻低下头，佯装正在认真翻阅整理客户材料。一次，填工作报表时，她写着写着，竟写成了贾经理的名字。同事习惯地靠过来，她的心头突然"怦"的一跳，双耳立刻通红，手抓那张纸拧成团，塞进抽屉，仰起头不好意思地朝大家傻笑。

　　龚霞留有一头长发，也是因为贾经理。5年前，贾经理在和单位员工聊天时，说他喜欢女孩子留长发，头发越长，女人味越浓。也许他当时只是无心说的，可龚霞却记在了心里。从那个时候起，她开始留起了头发，这么多年来，从没剪过一次头发。头发留这么长，走在大街上，总是吸引不少人看，可是贾经理却从没有夸赞她的头发，每次从他眼前经过时，他甚至都像没有看见一样。

　　就这样龚霞常常被贾经理的一个眼神、一个举动和一句话，决定着自己的喜怒哀乐，看到他，就快乐，见不到他，就失落。他的每一个微

笑，都会让她整夜失眠，他的每一句话，都会让她回味无穷。她知道自己这种单相思是一种病态，但是无法控制。她也曾经去找过心理医生，可一旦回到单位后，却无法自拔。

24岁的时候，母亲曾托人给她介绍了一个不错的男孩，一个搞科研的研究生。见面后，男孩对龚霞很有好感，可她却没有感觉，因为在她的心里，都是贾经理。然而贾经理本人并不知道。那个男孩单独约她几次，都被龚霞拒绝了。因为她的心里没有空间给任何人了。

随着年龄的渐渐增大，龚霞开始厌倦自己这种没有结果的暗恋，但却没有勇气表白。多少次，她都想给贾经理写一封信，可一想到地位和经历的悬殊便再也没勇气提笔。这份痛苦的情感在她心里憋了整整7年，从不敢讲给任何人听，甚至是自己的父母。7年来，她饱尝了暗恋的苦涩。如今，她已经成了大龄青年，早已错过了谈情说爱的最佳阶段，如果说以前自己还有"年轻的优势"，现在已经什么都没有了。

像龚霞一样遭遇暗恋之痛、不敢表达爱意的女人是辛苦的。暗恋指对另一个人心存爱意或好感，但因为种种原因，这种爱意没法宣之于口。暗恋是一种没有回报的爱，甚至被要求付出。没有结果的恋爱，必定要以独自的悲伤收场。暗恋是一种微妙的感情，然后这种感情若得不到良好的处理，必然会对人造成很大的伤害。女人需要爱情滋养，然而这样的爱却只能如流水般逝去。

悄悄地爱上了心上人之后，却又苦于不知道怎样表达，这是不少女青年常常碰到的难题。你既羞于向人求教，更恐"落花有意，流水无情"，只好保持缄默，只好自己着急、苦恼。但如果不想承受这种痛苦，那就要学会把你的暗恋说出口。

其实，向你爱慕的人表达爱情的方式多种多样，只要你善于细心观察，总会找到恰如其分的时机和方法。

3. 肥水东流无尽期，当初不合种相思

——相思病无药可医

【出处】

姜夔《鹧鸪天·元夕有所梦》

【原文】

肥水东流无尽期。当初不合种相思。梦中未比丹青见，暗里忽惊山鸟啼。

春未绿，鬓先丝。人间别久不成悲。谁教岁岁红莲夜，两处沉吟各自知。

【译文】

肥水汪洋向东流，永远没有停止的时候。早知今日凄凉，当初真不该苦苦相思。梦里的相见总是看不清楚，不如画像清晰，而这种春梦也常常无奈会被山鸟的叫声惊起。

春草还没有长绿，我的两鬓已成银丝，苍老得太快。我们离别得太久，慢慢一切伤痛都会渐渐被时光忘去。可不知是谁，让我朝思暮想，年年岁岁的团圆夜，这种感受，只有你和我心中明白。

【赏析】

作者曾几度客游合肥，并与一歌妓相爱。当时的欢聚，竟成为他一生回忆的往事。在记忆中，她的形象十分鲜明。然而伊人远去，后会无期。回首往事，令人思念不已，感慨万千。梦中相见，又被山鸟惊醒。思念之苦，真觉得"当初不合种相思"了。愁思绵绵，犹如肥水东流，茫无尽期。谁使两人年年元宵之夜，各自有心头默默重温当年相恋的情景！词中所流露的伤感与愁思，即是为此而发。

爱情是两性之间的情感交流，需要双方投入感情。真正的爱情是两人之间建立于生理、心理和社会伦理综合需要基础之上的、相对稳定和

持久的、深切而亲密的情感及其体验。如果只有一方产生感情而另一方却无动于衷，不知道或不愿意，那么产生感情的一方就被称为单相思。单相思得不到爱的回报，没有爱的补偿，就会陷入痛苦的深渊。

单相思可以分为这么四种情况：

（1）求爱前的单相思。这是爱情发展的第一阶段。进入恋爱的男女一开始都会体验到这一点。只有体验了相思之苦，才能鼓起勇气去求爱。求爱成功，单相思就会转化为双相思，就会体验到相爱的快乐。

（2）求爱失败后的单相思。由于种种原因，你的爱不被别人接受，不能发展为爱情。但是有些人遭受拒绝之后，仍然不能忘记对方，就陷入痛苦的单相思。

（3）失恋后的单相思。是两个人已经发展了一段爱情，但由于某种原因两人分手，其中一人不能忘记对方，陷入单相思。

（4）离婚后的单相思。是夫妻一方走出围城，留下另一方在围城内怀念过去，思念对方。

造成单相思的原因很多，概括起来有以下几点：

（1）恋爱错觉。

恋爱是一种十分微妙的心理状态，恋爱信息的传递也是千变万化的。它可以分为直接的和间接的两种：直接的方式比较简单，它一般用语言文字来表达，如谈心、写信。这种传递方式一般不至于引起误解。但是另一种方式——间接传递方式就不同了，在许多场合下，恋爱信息是通过非语言动作来传递的，例如"眉目传情""暗送秋波"就是如此，正常情况下看人与带着爱的希冀和追求的目光看人是不同的。有的心理学家说，一般地看人，一两秒后就会转移目光，而且面部表情呆板、平淡；含情脉脉地看人就不同了，往往采取"凝眸"的方式，而且盈盈欲语。这种目光，他人可能蒙然不觉，但当事人却可能心领神会。

我们说恋爱的信息传递比较复杂、微妙，这种复杂、微妙的传递方

人生自是有情痴，此恨不关风与月——理解尊重，爱满人生

式主要包括凝眸、微笑和行动的接近。但是这都存在两种可能：是"眉目传情"还是因为你脸上有块墨迹所以人家才盯住你看？是深情的一笑还是礼节性的微笑？是无意的说话还是有情的搭讪？如此等等。在有些情况下不容易分得清楚，于是，就可能产生"恋爱错觉"。

唐伯虎追秋香，就是因为秋香三笑传递了恋爱错觉，才使唐伯虎深入华府为奴，留下千古佳话。

（2）落花有意流水无情。

这种单相思是对方吸引了自己，自己却没有吸引对方。比如，有的人默默地爱上了一位"风流人物"，因为他（她）对任何人都有吸引力，引人注目，而"无名"的相思者或者没有引起他（她）的注意，或者根本没有吸引力。在现实社会中，有相当一部分人崇尚这样一条教义：鸟往高处飞，人往高处看。因此，相思于比自己强的、富有吸引力的人的情况并不少见。另一个方面，"风流人物"更富有爱的唤起力，一般人不容易引起注意，出名的人则容易使人熟知。所以，"风流人物爱人多"。

（3）缺少沟通。

在有的情况下，也许双方都默默无闻地爱对方，但互相都不知晓，各自的爱尚处在封闭状态。还有的人，爱上一个人，对方则不知道，如果知道了，也许会同意。这两种单相思都只是暂时的，一旦进行求爱，就可能进入相爱状态。

（4）缺乏勇气，暗恋对方。

有些人性格比较内向，不善表达，暗暗恋上一个人，还不敢让人知道，偷偷忍受着相思之苦，始终没有勇气表达，最后眼睁睁看着心上人做了别人的伴侣，悔恨终生。

知道了单相思产生的原因，就可以采取相应的措施，使单相思转化为双相思。

（1）积极出击求证自己的感觉。如果对方的信息使你产生了相思恋情，不要自己埋在心里，不要自恋伤神，要主动地去找机会，探明对方的心意。如果和你的相思吻合，那么，你就会获得爱情。如果是错觉，经过你的努力也许会弄假成真。

（2）鼓起勇气大胆表白。爱情就是一门表现的艺术，只要你想一想，对方也需要爱情，那么，你的表白正好满足了对方的需要，你就会成为受欢迎的对象。

（3）学会沟通。如果你真的爱一个人，不管是你还没有向他表白过，还是你们已经失恋、离婚，都应该把你的真实想法告诉他，求得他的谅解。

（4）提升自己，与对方并驾齐驱。如果你所爱的人各方面都比你强，你要想获得他爱的回报，你就得以他为目标，以他为动力，努力提升自己。只要你获得成功，你就会获得爱情。

一位社会学家为我们描述了这样一个失衡的婚恋怪圈：根据现在男女择偶的心理定式，甲等男人找乙等女人，乙等男人找丙等女人，丙等男人找丁等女人。剩下的只能是丁等男人和甲等女人，也就是说高素质的女性面对的是低素质的男性，甲等女人怎么办？有的远嫁重洋；有的打破传统模式，找个条件不如自己的男人；但另有一批则把目光盯着超级甲男，盯着成熟有魅力、有一定社会地位的男人。

这种情况说明爱情有一种惯性心理，爱上某个人都是从自己的实际情况出发，在内心里进行衡量。一般来说，真正的单相思都有某种转化为双相思的可能，只要能够实事求是地、积极主动地把内心的思念转化为外在的行动和表现，你就会得到爱的回报。

人生自是有情痴，此恨不关风与月——理解尊重，爱满人生

4. 但愿人长久，千里共婵娟

——天下没有不散的宴席

【出处】

苏轼《水调歌头》

【原文】

明月几时有？把酒问青天。不知天上宫阙，今夕是何年。我欲乘风归去，又恐琼楼玉宇，高处不胜寒。起舞弄清影，何似在人间。

转朱阁，低绮户，照无眠。不应有恨，何事长向别时圆？人有悲欢离合，月有阴晴圆缺，此事古难全。但愿人长久，千里共婵娟。

【译文】

明月从什么时候才开始出现的？我端起酒杯遥问苍天。不知道在天上的宫殿，何年何月。我想要乘御清风回到天上，又恐怕在美玉砌成的楼宇，受不住高耸九天的寒冷。翩翩起舞玩赏着月下清影，哪像是在人间。

月儿转过朱红色的楼阁，低低地挂在雕花的窗户上，照着没有睡意的自己。明月不该对人们有什么怨恨吧，为什么偏在人们离别时才圆呢？人有悲欢离合的变迁，月有阴晴圆缺的转换，这种事自古来难以周全。只希望这世上所有人的亲人能平安健康，即便相隔千里，也能共享这美好的月光。

【赏析】

"人有悲欢离合，月有阴晴圆缺，此事古难全。"圆缺是自然规律，离合也是人间常事。团聚的时光人人留恋，但人生的分离在所难免，古龙的武侠小说《七种武器》中有一种武器叫"离别钩"，里面有一句名言，"相聚是等待离别，而离别是为了相聚"。是啊，没有离别，哪来相聚？既得相聚，又怎能永不分离？只不过是间隔时间长短罢

了。人生就像天上的白云，聚了又散，散了又聚，世间没有所谓的永恒，天下也没有不散的筵席，人生世上不可避免地要接受自然规律的支配，当我们无法改变一件事的时候，不如试着改变自己的态度，与其离别时痛苦彷徨，不如乐观面对。

正所谓"天下没有不散的筵席"，当爱情走到尽头的时候，婚姻这场筵席也就到了该散场的时候，与其不死不活地拖着，还不如痛痛快快地分手。

有这样一个真实而令人深思的实例：

一对夫妇，丈夫8次提出离婚要求，而妻子就是不同意离婚。在法院判决中，女方总是胜诉，就这样一直拖了29年。29年的岁月过去了，这位妻子的青春年华在拖延中消逝了，乌黑的头发已成白发，红润的脸颊变黄了，刻上了一道道岁月的伤痕，身体也被折磨得满身病痛。

在妻子的坚持下，婚姻仍然存在，然而爱情早已荡然无存。她失去了幸福的家庭，失去了自己的青春，失去了健康的身体，也失去了再婚的机会，孩子也没有因此追回父爱。

到最后，法院还是判决离婚了。离婚后不到两年，这位不幸的妇女就因病情加重而离开了人世。

爱情全靠缘分，缘来缘去，不一定需要追究谁对谁错。爱与不爱又有谁可以说得清？当爱着的时候，只管尽情地去爱；当失去爱的时候，就潇洒地挥一挥手吧！人生短短几十年而已，自己的命运把握在自己手中，没必要在乎得与失、拥有与放弃、热恋与分离。

雨果17岁那年，与门当户对、年轻貌美的阿黛·富谢订婚，20岁两人结婚。阿黛是个画家，为雨果生了3男2女。这本应是个幸福的家庭，可是婚后的第10年，阿黛另结新欢，追随一位作家而去。这使雨果十分痛苦，备受打击。次年，他结识了女演员朱丽叶·德鲁埃，两人坠入爱河，这才使他那颗伤痛的心得到抚慰。

人生自是有情痴，此恨不关风与月——理解尊重，爱满人生

阿黛离开雨果后，生活并不幸福，经济一度很拮据，几乎到了举步维艰的地步。一次，她精心制作了一只镶有雨果、拉马丁、小仲马和乔治·桑4位作家姓名的木盒，到街头出售，可是因为要价太高，无人问津。一天，雨果从那儿经过看见了，就托人过去悄悄地买下来，这只木盒仍陈列在巴黎雨果故居展览馆里。

爱是无私的，经过了一段忧伤的岁月之后，雨果将怨恨化作了一种内心的安宁，这种安宁变成了一种高层次的美。然而有些人，却会在感情破裂以后，相互怨恨、指责谩骂、甚至大打出手，采取野蛮的报复手段。这些都是极不理智的行为，甚至可以说是对爱的亵渎。

当爱情真正离你远去的时候，也不必太悲伤。要时刻铭记，人的生命中还有很多宝贵的东西，比如说你的梦想。爱情的破裂不应该夺取梦想的绚丽色彩，相反，你应该投入更多的热情在你的梦想之中，这样不仅可以转移你的注意力，更重要的是可以让你发现自己真正的价值。

有人曾经给爱情下过这样的定义：爱，就是他爱你的时候你爱他，他不爱你的前一分钟你不爱他。

在不同的环境中，人类的情感是变幻无常的，我们今天所爱的，往往会成为我们明天所恨的；我们今天所追求的，往往会成为我们明天所逃避的；我们今天所愿望的，往往会成为我们明天所害怕的，甚至是胆战心惊的。因此，在某些不可能的或是不易把握的情况下我们该放手时要学会大胆地放手。

生命中为什么不能抛开和牺牲一些东西，而去获得另一些永恒呢？

比如，一个人不选择你而选择另一个人，会后悔一辈子。其他的东西都可以抛弃，想来这是不现实的。

如果我们放弃的和想得到的都是好东西，那怎么办？那是因为我们太贪心。真的是这样，我们本质是贪心的，贪心常常蒙蔽真心。世界上不会有那么好的事，我们往往只能在某一时刻选择一样东西。

读宋词品人生

有一句老话，"有所得必有所失"，也许这样才符合能量守恒的道理，才能显示上帝的公平。

其实，在生活中当你选择留给对方一个不再回头的背影，并不代表自己不想和对方永远缠绵拥抱；选择退出一个和对方厮守到老的结局，也不代表心里不想和对方一起实现这个梦想。

当你选择对方时，是因为他爱你。不选择对方，也一定是因为他不爱你。

情感的贫乏是生命最可怕的欠缺，蓬勃的生命活力需要情感的滋养，而充沛的情感来自生活的挑战和刺激。没有生活的磨难，没有痛苦的体验，情感世界必然单调、贫乏，人生也会苍白。

人类的美好情感是全人类共享的生活资源，它是取之不尽，用之不竭的神奇资源，不要怕浪费。

苦难的生活，磨炼净化人的心灵，使情感得以升华，也使你真正懂得了什么是痛苦、什么是幸福。经过痛苦的体验，才能体验到解除痛苦的欢乐和幸福。

爱，是相爱的两个人的幸福结合。在相爱的那一瞬间，也许谁都不会想到，也许有一天这段美好的爱情会走到尽头。但是俗话说得好，强扭的瓜不甜，爱情正是如此，相爱的时候甜如蜜。但是一旦有一方觉得不合适的时候，它就会在瞬间变质成一颗难以下咽的苦瓜，苦了他也苦了你，此时，你如果依然不懂得放手，那每天都将忍受着爱情的苦涩。

所以说，人生永远处在得失之间。得到的同时失去，却在失去的同时也得到别样的幸福。做任何事都不可能是十全十美的，何况是人类最最复杂的情感呢？情感上的放手，说不定就成就了一段更加美好的爱情。

人生自是有情痴，此恨不关风与月——理解尊重，爱满人生

5. 两情若是久长时，又岂在朝朝暮暮

——多给彼此一些空间

【出处】

秦观《鹊桥仙·纤云弄巧》

【原文】

纤云弄巧，飞星传恨，银汉迢迢暗度。金风玉露一相逢，便胜却人间无数。

柔情似水，佳期如梦，忍顾鹊桥归路。两情若是久长时，又岂在朝朝暮暮。

【译文】

纤薄的云彩在天空中变幻多端，天上的流星传递着相思的愁怨，遥远无垠的银河今夜我悄悄渡过。在秋风白露的七夕相会，就胜过尘世间那些长相厮守却貌合神离的夫妻。

缠绵的柔情像流水般绵绵不断，重逢的约会如梦影般缥缈虚幻，分别之时不忍去看那鹊桥路。只要两情至死不渝，又何必贪求卿卿我我的朝欢暮乐呢!

【赏析】

"两情若是久长时，又岂在朝朝暮暮。"天长地久的爱情并不意味着耳鬓厮磨、朝朝暮暮的厮守，就像秦观说的，情长不在朝暮，应该适当地给彼此一些空间。

手上的沙子握得越紧，流失得越快，夫妻之间也是一样，要让彼此有一个自由的空间，那会使你的婚姻生活更加的完美。

男女恋爱时，好的跟一个人似的，一天几十个电话不说，饭一块儿吃，路一块儿走，书一块儿看，形影相随。痴男怨女，爱得死去活来轰轰烈烈，让人感动至深。可是，结婚后，男人就像换了一个人似的，结

婚前答应每周看一次电影，现在一个月看一次就不错了；答应下班和自己一块儿去逛商店的他，却和朋友喝酒到深夜，不催根本就不会回家；你精心准备了一天的晚饭，他回家吃上几口，心不在焉说几句"这个咸了，那个淡了，这个萝卜没洗干净，那个菜油太多了"，吃完饭把碗一扔就去抽烟看球了。你总想跟他聊聊，谈谈他的工作，你的衣服，还有周末陪你回娘家的事，你刚说上两句他就直跟你嚷嚷。把自己搞得筋疲力尽，婚姻生活由浓浓的咖啡变成了毫无生气的白开水，你心里也在嘀咕："他是否不再爱我了？"于是你盯得更紧了，嘘寒问暖事事操心，不过他好像更反感了。难道真应了那句：婚姻是爱情的坟墓？

　　事实上，男人忙完一天的工作，交际应酬已经筋疲力尽了。回家好不容易想落个清静，彻底放松一下。这时，如果你再黏住他，心情不好是想当然的了。同时，这爱情犹如橡皮筋，不能总是绷紧了不放松。爱情亦如人大脑的神经系统，时间长了一定是要歇一歇的。年轻男人步入婚姻后，总想保持恋爱时的浪漫和甜蜜，又想衣食无忧无牵无挂。实不知柴米油盐酱醋茶，样样要操心，而他操心完家里的事情更要操心工作上的事。两人都很疲惫，这时如果您再不分时机黏着他，后果可想而知。况且，爱情不可能总是处于"巅峰"状态，夫妻的爱情是一种平平淡淡的感情，但是，这种感情并不排斥高潮的出现。这时，女人最好能与男人保持一段距离，适当分别一阵子会更好。

　　与男人保持一段距离的好处在于：夫妻的短暂分离使爱情暂时处于相对平静的状态中，如人疲惫后歇歇脚一样，醒来了，精力更充沛。爱情打个盹儿后，在双方各自的心中会形成对爱人的悠悠思念，好像回到了男女恋爱的时候。因而，爱情的形成亦需要更新，若总是如新婚前后那样形影相随、如胶似漆，早晚两人会产生倦怠心理。让爱情歇歇脚。尽管爱情是我们生活中的重要内容，但绝非唯一的内容。更多的时候，夫妻双方还承担更多的责任，要腾出精力去完成自己的义务。如照顾双方家里的老人，抚养后代都要有个计划。同时，还要承担一份社会责任，为社会做出自己应有的贡献。因为，爱情是维系于生活现实中的，解决了婚姻家庭中的许多实打实的生活问题，爱情才有所附着。总之，爱情是不能脱离生活的。

实际上，许多人都有过这样的体验——距离产生美。人若长期接触同一事物、同一工作，就会产生疲劳感，即使是一首很美妙的音乐、一幅很美的图画，如果每天听、反复看，原先的美感也会逐渐消失。同样，如果婚姻生活每天重复着同样毫无变化的日子，两人天天黏在一块儿，彼此就会产生厌倦。所以，不要时刻黏在一块儿，适当地保持一段距离，对两人的感情历久弥新是很有裨益的。

很多人婚姻出现问题，甚至最终离婚，并不是因为第三者等外部因素，而是夫妻双方自身的问题。有不少这样的女子，她们对丈夫一向奉行"高压和管理政策"，一方面她们不甘心平淡，希望丈夫成为人上人，于是想方设法、旁敲侧击地施压，给予男人很大压力。

张娣太爱自己的丈夫了，望夫成龙，同时还想牢牢地抓住丈夫。她为了支持丈夫的事业，放弃了自己的工作，使自己失去事业依托，而在丈夫事业有成后，她更是将人生所有的重心和希望都寄托于婚姻。然而因为过分地干涉彼此的空间，她越想抓牢婚姻就越是抓不牢，可以说正是这种心态导致了情感上的失败。

一般情况下，在丈夫真正成功之后，女人往往自己还在原地踏步，于是有了危机感，拼命想"抓紧"婚姻，比如干涉丈夫的生活，除了管生活小事，还要管他的钱包、查看他的短信，就连对方的工作都恨不得插一手，管来管去两个人感情越来越糟，可是她们往往意识不到自己的问题，反而觉得理所应当，她们认为自己为这个家、为对方付出了一切，当然应该享受这份婚姻，享受到丈夫更多的爱，更可怕的是因为对自己缺乏信心，害怕失去对方便无休止地怀疑和猜忌。

可是，她们忘了，她们的爱已经成为一种沉重的枷锁，套在了男人的身上，使对方已经感觉不到一丝爱的甜蜜。其实，女人看重婚姻本没有错，只是当你越想牢牢地掌控婚姻，拴住男人的时候，婚姻却越容易出现危机，男人反而会离你越来越远。

其实婚姻中的男女，应该是独立的个体，拥有自由的私人空间，拥有自己的朋友、自己的爱好、自己的事业。不应因过分依附于对方，而失去自我。在感性的爱情里也不要忘记留存一点理性的生活空间，不要试图去主宰什么，因为这世上没有任何一个人愿意成为他人的傀儡。有一个小故事很好地说明了这个道理：

一个女孩问她的母亲："在婚姻里，我应该怎样把握爱情呢？"母亲没说什么，只是找来一把沙，递到女儿面前，女儿看见那捧沙在母亲的手里，没有一点流失，接着母亲开始用力将双手握紧，沙子纷纷从她指缝间泻落，握得越紧，落得越多，待母亲再把手张开，沙子已所剩无几。女孩看到这里，领悟地点点头。

经营婚姻的道理与此相似，要想让婚姻长久、美满、幸福，那就不要每天"盯着""看着""防着""握着"，恰恰是别把婚姻"抓"得太紧！夫妻间有所保留，这不能视之为对爱情的不忠，这是一种夫妻相处的艺术。夫妻就像两只相互依靠彼此取暖的刺猬，远了，温暖不到对方；近了，会被对方身上的刺扎到。一次次冲突之后，慢慢调整距离。

某一天的早晨，孟先生在临出门之前，突然说，今天和朋友出游。以往去哪里，孟太太不多过问，他也会随口告诉她。可这一次，孟先生招呼不打一声就宣布出门，她有些生气。出游这件事，一定是事先约的，至少前一天就约好了，他为什么不说一声？他还有多少事瞒她？孟太太心里不悦，拦着让孟先生说清楚。孟先生心里着急，嚷嚷道："我的吃喝拉撒睡，是不是都得向你汇报？"然后摔门而去。

孟太太开始赌气，在接下来的几天里，不管是晚回家、和朋友吃饭，还是去娘家，她一概不告诉孟先生，也闭口不问他的一切事情。孟先生终于忍不住了，跟太太说："我现在才知道，你丝毫不在意我，是吗？"

　　"你不是说吃喝拉撒睡都不用向我汇报吗？"孟太太狡黠一笑。孟先生一愣，也笑了起来。此后，孟先生有事外出都会先说一声，让孟太太放心。

　　我们和朋友一起吃饭，大家点菜总是以合适为原则，宁可少一点欠着一点，但是感觉舒服，胃有空间心灵才有空间。同样，对待感情，夫妻之间的要求也是半饱为好，彼此都有空间才不会那样局促无奈。不过，空间的距离很好测量，心理的距离却难以把握。爱情的安全线，恰恰是看不见摸不着的心理距离。有些时候，真的就是这样，夫妻双方因为爱而彼此走近，近得恨不能不分你我。于是走进婚姻，长相厮守。此后，彼此的距离慢慢地，在不知不觉中一点点拉开，亲密有间。

　　给彼此一些空间，不要以为走进了婚姻就是走进了坟墓，夫妻双方都有自己的生活圈，要有自己的爱好，偶尔出去放放风也未尝不可。这样不至于两个人天天拴在一起，熟悉到产生陌生感，无话可说。距离产生美，婚姻生活的保鲜也需要距离。

6. 枝上柳棉吹又少，天涯何处无芳草

——何必单恋一枝花

【出处】

苏轼《蝶恋花·春景》

【原文】

花褪残红青杏小，燕子飞时，绿水人家绕。枝上柳绵吹又少，天涯何处无芳草！

墙里秋千墙外道，墙外行人，墙里佳人笑。笑渐不闻声渐悄，多情却被无情恼。

【译文】

花儿残红褪尽，树梢上长出了小小的青杏。燕子在天空飞舞，清澈的河流围绕着村落人家。柳枝上的柳絮已被吹得越来越少，但不要担心，到处都可见茂盛的芳草。

围墙里面，有一位少女正在荡秋千，少女发出动听的笑声，墙外的行人都可听见。慢慢地，围墙里边的笑声就听不见了，行人怅然若失，仿佛多情的自己被无情的少女所伤害。

【赏析】

这个世界没有比爱情更美好，也没有比失恋更伤人的东西了，失恋对心灵造成了巨大的伤害：撕心裂肺的痛苦，萎靡不振的失落，迷茫无路的怨恨，还会产生驱之不去的自卑，甚至自杀轻生。爱情受挫令人郁闷，但失恋也不意味着世界末日，正如苏轼所说"天涯何处无芳草"，又何必单恋一枝花呢！

姻缘并非你所能够左右，并不是每一个女人的爱情都会一帆风顺，在一个女人的感情经历中，失恋是经常要发生的。有时候，你追求一个

人怎么都追不到，那是因为他原本不属于你。所以，倘若他执意分手，或者你们到了该分手的时候，那么就释然吧。不要为失恋太过伤心，更不要因此放弃追求爱情。没有爱情的人生是不完美的，应该继续去叩响爱情的大门，或许那个真正给你幸福的人，正在不远的前方等待。

有人说，觉得失恋痛苦的女人，是因为在感情中付出太多，回不了头。也有人说，失恋给人的感觉就像嘴里长了溃疡，越痛越要去舔，越舔越痛。其实，女人是在失恋中成长的，失恋会让女人及时修正自己的生活习惯和思维方式，失恋会让女人更加懂得如何去爱。

每一段初始如烟花般美丽的感情，到分手时都免不了变成一堆灰烬。看穿了，失恋不过是女人必经的一段路。所以，女人，面对分手时就应该如一首歌中所唱："放下迷恋，关上昨天……当爱已划出界线，应该有人说再见……不心碎不伤悲不埋怨。寂寞生活风中灰尘，轻轻吹落后一片蓝天。自由是泪水的另一面，谢谢你给了我成熟的机会。"

对于失恋，每个女人都有各自不同的感受，但女人们在一点上非常有共识——失恋不能失态。

看过《瘦身男女》的人一定都记得，里面美丽苗条的女主角，为了一个男人而患上暴食症，胡吃海塞，把自己变成一个大胖子。女人们应该明白，你可以失去这个男人，但绝对不能因为这个男人而丧失对未来生活的判断，绝对不能因为这段感情而丧失对爱情的期待和向往，绝对不能因为这个男人的"不选择"就全盘否定自己的美丽。

丽丽已经30岁了，是一个程序设计员，有一个相恋三年的男朋友。她一直以为爱情不需要那一张纸来约束，以为这份爱情的程序是由她来设计的，当然就会依照她的想法走。但爱情还是溜掉了。丽丽一个人消沉了许久，每天胡乱洗脸，随便捡件衣服套在身上。直到有一天，丽丽突然发现，镜子里的自己有一对熊猫眼、皮肤蜡黄、衣服邋遢得要命……她才知道不能再沉沦下去了。

丽丽到美容院躺下，接受美容师轻柔地"抚摩"。听着优美动听的SPA音乐，看着她日渐美丽白皙的肌肤，丽丽内心的郁闷和压抑就少一点点。丽丽还为自己制订了健身计划，她参加了健身俱乐部，每周一次健美操、一次瑜伽、一次拉丁舞，剩下的几天还可以在俱乐部的健身器械上跑跑步，让教练一对一地指导一下。就这样，三个月下来，丽丽整个人轻松了很多，健康红润了很多，而且轻了10斤。去商场试最新款的低腰牛仔裤时，收到了不少人羡慕的眼光。

恋爱是一次已完成的选择，失恋面对的是即将而来的选择。丽丽的选择是正确的，失恋了，她没有因此而沉沦，却在失恋中收获。而这段有美丽相伴的日子里，让她在面对未来的时候充满了信心。既然爱情无法挽回，那么，你要留住你的美丽，甚至要让自己变得更加美丽。虽然世上并没有清除失恋之痛的药，只有期待时间来抚平伤痛，但我们仍可用一些积极的行动来保持自信和尊严，减少自我伤害，继续前行！如何早日抚平失恋的伤痛，走出感情的旋涡呢？以下便是几个具体的方法和建议：

（1）乐观地看待分手。

分手之后不要沮丧，不要后悔，换个角度思考，幸亏已经分手了，不然这个人还会伤害你，你不用再为这个根本不重视你的人难过，所谓长痛不如短痛，你还能站起来，重新开始。

（2）转移注意力。

马上离开那个伤心的地方很容易，马上远离难过的心情就不容易了，这时候你需要转移注意力。报个班去上课，让自己的生活充实起来，没有时间再去沉浸在过去；去旅行，短途或长途，国内或国外都无所谓，找个陌生的地方，好好地放松自己，说不定还会有新的爱情降临；去做志愿者，把你的伤心化作对别人或小动物的爱心，你会感觉到你的付出是有回报的，然后忘了那个根本不在意你的男人。

人生自是有情痴，此恨不关风与月——理解尊重，爱满人生

（3）凝视前方不回首，保持女人的尊严。

你知道他通常会在哪里出现，所以你准时地出现在哪里，希望和他不期而遇……快别这么傻了，你要做的是尽量避开他会出现的地方。万一你遇到的不光是他，还有他跟他的现女友怎么办？不要让你的心再有任何期待了。不要去找他，不要与他联络，不要再眷恋以往。向前看，向前走！

（4）把痛苦倾诉出来。

找你最好的朋友，把你的失恋、痛苦、失望全部说出来，别管对方能安慰你多少，能帮你多少，重要的是你要说出来。找父母、亲人，像小时候抱怨学校的同学、老师一样地倾诉，他们的话绝对是治疗失恋最好的良药，然后听听他们的意见。实在不愿意告诉别人，就干脆写下来，不要在意文法、文笔，也不要在意形式，总之就是用写来倾诉，然后把那张纸销毁，你会感到前所未有的轻松。

（5）要做出不在乎的样子。

虽然不可能真正不在乎，但行动会影响到内心。可以这样想：他都不在乎了，我为什么要在乎？或是对付负心人的最佳办法就是让自己活得好好的；或是你要看我难过痛苦，我偏不让你称心如意。这些想法可帮助我们不掉入恶劣情绪的旋涡。

（6）记得清除他的痕迹。

把会让你想起他的东西收起来，无论是你们俩的照片、他送你的东西、他用过的东西，等等，别让那些物件唤起你的回忆。但是还不需要丢掉或烧掉，只要放到比较难找的地方就可以了。如此以避免睹物生情，免得惹自己伤心生气。也不要去你们以前常去的地方，以免触景伤情，让你情绪低落。

（7）多想对方的"不好"。

把他的缺点写下来，他不体贴人、他爱和其他的女孩子搭讪、他爱

迟到、他每次说打电话也没打……一项项列出来，越多越好。每次你想起他的时候，就别想他的好，只想他的"不好"。你会觉得失去了也并不可惜，收起思念怀旧的心情，完全抛去牵挂与不舍。

（8）可以适当地发泄情绪。

别让悲痛、挫折感、愤怒一直堆积而啃噬我们的身心。要哭，大声地哭，尽情地哭；要叫，找个无人之处用力嘶喊；要撕，关起门来大力撕个痛快。想倾诉，找知心好友好好谈一谈。但发泄时千万要注意对象，不要任意找人当倒霉鬼，对其乱发脾气、伤害无辜。找不到倾诉之人时，写日记也不错，把所有的感受都写下来，无论多么难受悲伤，把你心里一切的苦痛都描写下来，你将发现自己舒坦多了。

美丽，可以有若干方式。如果一个女人在她失恋的时候也可以微笑着、美丽着、前进着，这种美丽才是永远的美丽。

7. 东风恶，欢情薄，一怀愁绪，几年离索
——处理好婆媳关系

【出处】

陆游《钗头凤·红酥手》

【原文】

红酥手，黄縢酒。满城春色宫墙柳；东风恶，欢情薄，一怀愁绪，几年离索，错，错，错！

春如旧，人空瘦。泪痕红浥鲛绡透；桃花落，闲池阁，山盟虽在，锦书难托，莫，莫，莫！

人生自是有情痴，此恨不关风与月——理解尊重，爱满人生

【译文】

红润酥腻的手里，捧着盛上黄滕酒的杯子。满城荡漾着春天的景色，你却早已像宫墙中的绿柳那般遥不可及。春风多么可恶，欢情被吹得那样稀薄。满杯酒像是一杯忧愁的情绪，离别几年来的生活十分萧索。错，错，错。

美丽的春景依然如旧，只是人却白白相思地消瘦。水洗尽脸上的胭脂红，又把薄绸的手帕全都湿透。满春的桃花凋落，在寂静空旷的池塘楼阁上。永远相爱的誓言还在，可是锦文书信再也难以交付。莫，莫，莫。

【赏析】

婆媳关系就像是一场没有硝烟的战争，在由远及近的时光隧道中一直在无休无止地上演。婆媳好比是一对天敌，为了那个共同的猎物你争我夺。从古至今，婆媳关系一直都是影响家庭和婚姻稳定的一个重要因素，恶劣时甚至可能导致婚姻破裂，感情的创伤永远都无法抚平，其杀伤性非同一般，不容小觑。因此，学会处理好婆媳之间的关系，无论是对那些尚未走上红地毯的青年恋人，还是在行驶的婚姻之舟上的夫妻，都是一门必修课。陆游这首哀伤愁怨的《钗头凤》所记录的情感遭遇就是我们的前车之鉴。陆游20岁时娶其表妹唐婉为妻，夫妻恩爱，感情甚笃，但其母不喜欢这个儿媳，生生将其拆散，陆游被迫再娶，唐婉亦无奈改嫁。几年后二人在沈园邂逅，前尘往事如潮水般涌现，于是陆游在沈园墙壁上写下了在这场婚姻中痛苦而又无奈的心情。

中国人有句谚语："十对婆媳九对不和。"婆媳关系是一种特殊的家庭关系。它既不像夫妻那样亲密，又不像母子那样有稳定的血缘纽带。它实际上是一种通过儿子、丈夫这个特定的双重角色，而发生的间接"血缘—亲缘"关系。婆媳关系同其他直接的家庭关系比较，天然的"内聚力"——"爱"明显地降低，在客观上导致了婆媳关系的特殊性。

家庭生活中，婆媳关系非常重要，会直接影响整个家庭的气氛。但是，在我们的家庭生活中，最难相处的就是婆媳关系。这是因为在习惯上，媳妇是一个外来人，她的到来，使家庭其他人一时很不适应，特别是婆婆。作为儿子的母亲，会觉得儿子与自己一下子疏远了，被媳妇夺走了。正是这种心理，使得婆媳关系变得紧张，难以协调。

当人们听到或遇到婆媳冲突的情况时，通常会有两种反应：一是媳妇不敬老，对老人不孝；二是婆婆太恶，待小辈苛刻。其实，排除一些特殊情况，严格区分这两种反应在很多时候都有失公允。

冲突的起因虽然从表面上看来各种各样，但究其根源，主要有两点：

其一是源于生活观念、生活方式、生活目标的不同。婆媳之间年龄相差几十岁，她们对于生活的目标、方式和观念有着不同的看法，都认为自己的主张和方法是对的，都要实施自己的设想，这就难免产生冲突。

其二是婆媳的心理不同。一个女人爱上一个男人，做婆婆不甘心自己不再是儿子生活中占第一位的女人，她觉得自己是母亲，有权支配儿子，而做妻子的更认为自己对丈夫有比婆婆更多的权利。基于以上不同心理，这个家的归属问题就出现了分歧：做母亲的认为儿子的家就是自己的家，起码儿子的小家仍归属于原来的大家，而做媳妇的则认为小家是个完全独立的家。

明白了根本分歧，再回过头来重新审视自家的婆媳冲突，就会发现它也许是件好事，也许有利于你们的婚姻。

一对夫妻在建立家庭的初期，很重要的就是建立一种秩序。建立夫妻共同认可并愿意付出努力的生活方式、生活观念和生活目标。而这种"我们共同"的境界会把夫妻紧密地联系在一起，打造美满的婚姻。在这个过程中，最忌讳的就是外界的干扰和来自某一方的强加。所以你家的矛盾有助于你从你原有的家庭中独立出来，使你们夫妻形成一个独立的单位，达到一种紧密的"共同境界"。

　　这样做，有时也是为了使你的新家与老家有一个良好的关系。人们往往用亲密无间来形容和谐的家庭关系。但当我们以冷静的目光来看待"亲密无间"时，便会发现这是乌托邦式的幻想。"无间"是摩擦的基础，往往有害无益。如果两个家庭之间保持一定的距离，以超然、独立、关心而不干扰的态度相互对待，不试图了解对方的每一件事、每一个想法，尊重对方的某些习惯，不强求一律，不试图改造对方，这看上去有些冷漠，但往往可以减少许多无谓的冲突，增进感情的亲密度。这个道理也适用于你们的家庭。

　　在这种分离的过程中，刚开始你母亲会把分离的罪责加在你妻子身上，但这并不可怕，你仍然是她可爱的儿子。等你们与各自的家庭的一种新的关系（距离）建立起来之后，你们会发现很少再为这种婆媳冲突感到不安了。你们将由嘲笑对方的缺点变为赞扬他们的优点，你们对他们虽不那么亲近却更加宽容。至于那些使你们厌烦的劝告，即便不一定照做，但你们也会耐心地倾听，因为你们已经有了自己的生活方式了。你也就不用再受"夹板气"了。

　　另外婆媳心结之所以产生，是由于这些历史背景与现实因素的缘故。而中间的那名轴心男子，不论知道或不知道，调解或不调解，并不能改变什么。关键还是婆媳自己要意识到这种矛盾不仅会影响两个人的感情，还会伤害她们都深爱着的人以及这个家庭。如果能够这样去想，就会自觉地进行心理调节，有意识地去互相沟通，实现彼此之间的和睦相处。

　　美国心理学家朱蒂丝·巴威克在《过渡时期》中写道："一个人越是信任这种关系，他就越觉得在这种关系中改变自己是一件可以应付自如的事。"

　　婆媳关系，首先应该是一种信任的关系。而这种信任也应该建立在互相理解的前提下，即对对方的生活习性看得非常透彻。婆婆和媳妇都能做到善于发现对方身上的优点。

婆婆能够放下自己的架子，接受媳妇的"教育"；媳妇也能认真地听一听婆婆的建议。相互教育，共同完善，这样婆媳关系才能更好。

婆婆和媳妇，如果想很好地生活在一起，就要依赖于双方的责任感和义务感，同时还要互相信任，并在此基础上培养互爱之心。这就要求婆媳在家中能做到以下几点：

（1）卸除"婆"与"媳"的沉重包袱。

两个女人能放下对立意识，卸除"婆"与"媳"的沉重包袱，重新把对方还原至一个"人"的位置。设想那是今生有缘相遇的一位朋友，从这样的基点出发，也许婆媳故事可以重新改写，并有迈向"另一个母亲与女儿"境界的可能。

（2）与对方成为朋友。

不论婆婆还是媳妇，当其中一个人想要和对方有着平等关系的时候，朋友的意义便产生了。婆媳之间若像朋友一样，互相信任，互相照顾，彼此都愿意听对方说话，并善于发现对方的优良品质。这样婆媳关系便会好起来。

要做到婆媳如朋友，最难的就是婆婆，她首先要做到礼贤下士，不要以婆婆的高位自居，这样才有可能使媳妇放下内心戒备。所以，那些在生活中经常指责和嘲笑媳妇的婆婆，一定要知道这是导致婆媳不和的致命因素。

（3）双方都把注意力放在生存中的要事上。

在生活中，很多婆媳吵架，都是因为一些鸡毛蒜皮的芝麻小事，也有的是因为一些无关紧要的蝇头小利。实际上，她们都不愿意接受对方对自己一些琐事的责难。

婆媳之间不应该挑剔这些无足轻重的事，而应把注意力集中在具有

人生自是有情痴，此恨不关风与月——理解尊重，爱满人生

善意和责任感的事物上。婆婆不要总盯着媳妇饭桌上的吃相，媳妇也不要总觉得婆婆唠叨。

一位很成功的媳妇说：看电视时，我很喜欢看经典电影和电视剧，而婆婆却并不喜欢看。她却在电视节目开始的时候，老早就坐在电视前看起国内一些不负责的人拍的电影电视片，而且看得津津有味。每当我被这些噪声弄得要发狂的时候，我就想起婆婆在很多方面的通情达理，对我的照顾。既然她想看这些片子，就让她看吧。这样一想，我的心情就平静下来。

（4）劝说要温和。

婆媳关系相处得好，是一点一滴得来的；相处得糟糕，也是一点一滴形成的。所以婆婆和媳妇在处理一些问题时，说话要尽量温和，并考虑对方的接受能力。

（5）树立一个好的榜样。

婆媳无论哪一方，都要相信将心比心的说法。当你要求别人对你好时，你自己首先要对人家好。"你不打人，人家也不打你。"正是这个道理。作为婆婆，要培养媳妇的善心和勤俭，自己就要首先要做到善心和勤俭。

（6）不要害怕和拒绝改变自己。

社会在不断变化，人与人之间的关系也在不断地改变。所以不论婆婆或媳妇，都不要害怕自己为对方做的某些改变，不要认为这些改变是做出了牺牲，其实这只不过是你对生活做出一些相应的调整，也证明你自己是适应生活的。

在家庭中，婆婆和媳妇如果能够做到以上几点，在心里信任对方，诚心诚意帮助对方，为了很好地生活，为了家庭的和睦气氛，双方都精诚合作。

8. 衣带渐宽终不悔，为伊消得人憔悴

——选择了就要无怨无悔

【出处】

柳永《蝶恋花·伫倚危楼风细细》

【原文】

伫倚危楼风细细，望极春愁，黯黯生天际。草色烟光残照里，无言谁会凭阑意。

拟把疏狂图一醉，对酒当歌，强乐还无味。衣带渐宽终不悔，为伊消得人憔悴。

【译文】

我伫立在高楼上，细细春风迎面吹来，极目远望，不尽的愁思，黯黯然弥漫天际。夕阳斜照，草色蒙蒙，谁能理解我默默凭倚栏杆的心意？

本想尽情放纵喝个一醉方休。当在歌声中举起酒杯时，才感到勉强求乐反而毫无兴味。我日渐消瘦也不觉得懊悔，为了你我情愿一身憔悴。

【赏析】

"衣带渐宽终不悔，为伊消得人憔悴"，这句话描绘了热恋中的情人的相思之苦。情有独钟，专一执着，虽然衣带渐宽、面容憔悴，也心甘情愿、无怨无悔。

在这个充满诱惑的世界，许多女人有太多的渴望，有太多的幻想。其实有些时候，浪漫并不代表爱情，找个温暖的胸膛依偎才是现实的生活。

她是中文系的美女，追求她的男生如过江之鲫。

他和她一同来自僻远的山区，他的贫困和勤奋在校园里同样出名。他一入学便暗恋着她，但始终不敢表白，只是像个仆人似的，心甘情愿地听她调遣，帮着她干这干那。

入学没多久，她便努力使自己的一举一动都像一个地道的都市女孩，背地里还笑他"仍是那么老土"。大二那年的情人节，外语系的林用一篮子鲜艳欲滴的玫瑰，打动了她的芳心，她欣然地把少女甜美的爱情交给了那个嘴巴甜甜的白面男生。

他急了，提醒她："有些玫瑰并不代表爱情啊！"

她不耐烦地抢白了一句："可有人连玫瑰还送不起呢！"

林凭着殷实的家境，潇洒地请她去吃精美的大餐，去高档的娱乐城，去超市购物满载而归……让她小女孩的虚荣心肥皂泡沫一样膨胀起来。对他善意的提醒——"林是一个花花公子，是靠不住的"，她根本听不进去，反倒在心里笑他"吃不到葡萄说葡萄酸"。

当林在校外租了房子，要她过去住时，他像房子着火似的，急忙赶来劝阻她，可她却说这是时尚，反劝他别读书读傻了。

他痛心而无奈地用半瓶劣质白酒，把自己灌得一塌糊涂。她已经有好几门功课亮了红灯，他想找她坐下来好好谈谈，可她总是一副无所谓的样子，他们总是谈不到一起。

她已经为她的"看得开"三次去医院，打掉疯狂的激情放纵后的负担。那天，她又一次躺在了冰冷的手术台上，那位上年纪的医生警告她："这是在糟蹋身体，恐怕将来不能生育了，还会有病找上门。"

当她拖着孱弱的身子，走进那个熟悉的"爱的小巢"时，林正拥着一个并不漂亮的女生，林甚至没装模作样地问候她一句。她伤心地用枕头捶打林，林痛快地甩给她一千块钱，算是给她的营养费，牵着那个女生扬长而去。

后来，她用眼泪苦苦哀求，也没挽回林迷失的花心，她只有搂着林

扔下的一沓钞票欲哭无泪。

情场和学业都惨败的她，在毕业前夕服了大量的安眠药。幸好被人及时发现，送进了医院。

因学业极优而留校的他，走进病房时，她满脸羞愧地垂着头，不敢与他对视。

他走过来，牵起他梦中多次渴望握住的那一双纤细的小手，柔声道："你真傻……"

"是的，我真的很傻，我现在才知道什么是可贵的，可晚了……"

"不，就像玫瑰并不代表爱情，过去也不代表现在，更不代表将来……"他深情的目光里，正流淌着阳光一样真实的爱意。

依偎在他胸前，她蓦然发觉：那温暖的胸膛，足以抵过成千上万的玫瑰。

每一个女人选择自己一生的伴侣都有不同的标准，也许正因为这些标准不同才导致了不同女人的不同婚姻和不同命运。如果说这里面也隐含着对和错的话，那么，这对与错不在于缘分，而更多的则在于选择的标准。

当一个女性对另一个人充满好感时，她会觉得对方什么都好，浑身都是优点，这就是所谓的"情人眼里出西施"。把对方理想化，是热恋中的人不可避免的做法。但婚后，感情的炽焰慢慢熄灭，理想的思考开始慢慢抬头，我们会逐渐冷静下来，重新审视对方与自我，因而会发现，自己以前没发现或发现了也不在乎的缺点会暴露出来，此时便会产生"上当受骗"的感受，其实对方又何尝不是这样想的呢？

那么，理想的男人是怎样的呢？

（1）温和。

性情暴躁、脾气乖戾的男人，人人都会对他敬而远之，女人更是避他唯恐不及。没有好人缘，更没有情缘，他处处被人孤立，时时受冷

人生自是有情痴，此恨不关风与月——理解尊重，爱满人生

落，他就像从野蛮之地冲入人群的困兽，没有人情味。

而性格温和的男人，深怀一种和善之心，那么易于亲近，处处显示一种体贴、关怀的善意。戒心强烈、容易受伤的弱女子，投靠温情的怀抱，感受和风细雨温存，她将沐浴幸福，深受陶醉，爱便油然而生。

（2）深沉。

深沉是内在的精神修养，是阅历丰富的男子经过磨炼获得的独有魅力。为什么女性选择伴侣时喜欢成熟的男人？正是被他深刻的内涵所吸引。

深沉并不是沉默寡言，有的女孩最初也被沉默不语的男性迷惑，但是经过接触她可能发现，他的沉默，或是无思想，或是拙于言辞，或是无主见。

真正的深沉是一种经验，是一种深思熟虑。男人切忌夸夸其谈，口无遮拦。作风轻浮，被斥为"嘴上无毛，办事不牢"。深沉还是一种稳健的风度，他不以年龄为标志，更不是老奸巨猾。而是一种少年老成的魅力，是担大任的素质。女人热爱深沉，看重的是这种男人的发展潜力，终身相许的，自然是能成大器的男人。

（3）可靠。

有首歌中唱道："女人爱潇洒，男人爱漂亮。"潇洒漂亮，却不可靠。

男人可靠，说明他待人处世可信度强。男人事业上的发展，缺乏令人信任的品质，就很难获得成功的机遇，没有一个上司愿意任用不可靠的下属，没有朋友愿意找不可信的人合作。在情场上常打败仗的，恰是那种不能赢得女人信任的男人。不被信赖是男人最不成功的人生。

男人为何不被信赖？

他或是能力低下。事业上，上司不敢委以重任，怕他力不从心，难当大用；情场上，女人不能依靠，难以委托终生。

读宋词
品人生

因此，可靠是男人的第一美德，也是男人最大的魅力。

（4）刚强。

刚强是一只铁炉，能够将男人炼成钢。百炼成钢的男子，站在女人面前是一根擎天柱，他百折不弯，任凭风吹雨打。人们常说，爱情是经不起一发炮弹的木帆船，哪个女人敢于登上这样脆弱的木船去经历几十年的婚姻风雨？刚强的男人能造大船，他能挺立船头为女人遮风挡雨。感情的波折，家庭的困难，一遇刚强，都化险为夷。这种安全感是只有从刚强的男人那里才能得到的，他永远不会做逃兵。

（5）果断。

按照东方人的传统观念，男人在社会中应该处于领导地位，男人都应该是女人的领导。姑且不辩论男人的果断力是如何丧失的，是不是被参与社会生活的女人埋没了、吓跑了。总之，中国女人是喜欢处事果断的男人，女人从根本上都决不想自己的男人优柔寡断，办事拖泥带水。

果断的男人令女人尊重。大多数女人骨子里是愿意处于从属地位的，特别是在情侣眼里，唯唯诺诺的男人，显得软弱可欺，没有骨气，一个连女人都能欺负住的男人准没出息。男人一挺起腰杆，说话掷地有声，女人就顿起敬意。有主见的男人，遇事勇于做主张的男人，都获得女人的尊重。

果断的男人令女人崇拜。果断的男人有魅力，叱咤风云，指点江山，有领导者风度。女人会被这种男人驯服，遇到他们女人那些婆婆妈妈无理搅三分的招法就都失灵了。

男人在单位树立威信，才能赢得地位。男人在家里树立威信，才能赢得爱。

（6）责任感。

责任感强的男人不自私自利。社会赋予男人以神圣的使命，他要创造价值，推动历史进程。因此，男人勇于挑重担，迎难而上，决不推卸责任。他不讲享受，不图安逸，不损人利己，助人为乐，关怀弱小，疼爱妻儿，处处获得尊重。与这样的男人相恋相爱，女人会有无上的荣誉感，而这也是一笔巨大的精神财富。

责任感强的男人尊重他人。责任感是男人拥有的最高尚的品德，富有责任心的男人一定是个好丈夫，他尊重爱情，忠于职守。得到尊重的女人，能够保持人格独立，获得身心自由，追求人生价值。想得到的已都拥有，付出了已得到尊重，这样的女人无怨无悔。

（7）独立性。

独立性是男人成熟的标志，是男人的立身之本。男人最重要的是精神独立，树立独立人格。

女人不喜欢没有主见的男人。有的男人总被别人左右着，或是谈朋友、找工作都听父母的，整天我妈说如何如何，我姐说如何如何，令女友极其反感。还有的男人整天混在人群里，到处充当随从角色，没有号召力，也没有凝聚力，因此也无足轻重。

男人有了独立人格，才能安身立命，才能发展自我，才能保护自己心爱的女人，让女人放心地追随之，归属之。

（8）细心周到。

细心周到的男人有长者风范，他像守护神一样陪伴女人，他是生活型的男人，与他在一起，女人会受到悉心爱护，他令女人幸福感倍增，这样的男人有女人缘。

他善于倾听，乐于解答，和风细雨，温情脉脉。他喜欢家庭生活，热爱孩子，倾注心血教养子女。他顾全大局，懂得谦让，忍耐力强，不争不抢，不强迫别人意志。他会做家务，勤快主动，一切做过的事情都处理得井井有条。细心周到的男人极讨女人欢心，也许他做不成什么大的事业，但他会全心全意地爱家、爱老婆、爱孩子。

（9）事业心。

有事业心的男人以事业为重，追求发展前途，他把爱情与家庭摆在次要地位，但不能说他不重视，他反而更加需要温暖舒适的家，令他栖息，令他放松，他相信书本上所总结的：一个成功的男人背后，必定有一个好女人。

为什么对于男人来说，事业是人生第一目的？事业心是最值得骄傲的品格，而女人却把男人的事业心排在她们欣赏的诸多优点之后。

这是由于时代的变迁，导致的女人审美观移位。过去，夫贵妻荣，男人的功名利禄，带给女人以炫耀和尊贵的资本。现代社会，女性解放，与男人比肩同行，许多女人的事业心、成功欲不亚于男子。女人自己能够得到的，也就不再感到弥足珍贵了，而且共同追求事业，容易怠慢缠绵的爱情，也容易产生家庭隔阂。个性强的女人是时时都想与男人换位的。

但是男人的事业心，仍是女人相当看重的。男人不思进取，懒惰消沉，甘拜下风，女人则脸上无光，虚荣心大受伤害。女人真是难满足。

所以，男人不能按照女人的心意塑造自己。事实证明，社会千变万化，男人仍然是社会的中坚，无论女人叫得多响，她最终也不愿意选择一个在社会上、在家庭里都无足轻重的男人为夫。不是吗？女人仍把事业心作为男人的一大美德。

有这些魅力的男人才是女人要找的好丈夫。但是，这里有一个误区：任何一个男人都不可能十全十美，只要在某一个方面能够满足女人的需要，特别是家庭的需要，那么就可以是个好丈夫。

人生自是有情痴，此恨不关风与月——理解尊重，爱满人生

第五章

平芜尽处是春山，行人更在春山外——快乐愉悦，幸福人生

「平芜尽处是春山，行人更在春山外」，我们将这两句词所写的情景比喻为人生的旅途。在人生漫长的旅途中，也一样充满春意，令人陶醉。当然，也有所思所爱，又使人眷恋不已。但向远处望去，在无垠的原野尽处还有更令人神往的美好所在值得去追求。

春山之外不只是行人，更是快乐、愉悦、幸福的人生。

1. 仔细思量，好追欢及早

——丢掉所有的不快乐，就是快乐

【出处】

王观《红芍药·人生百岁》

【原文】

人生百岁，七十稀少。更除十年孩童小。又十年昏老。都来五十载，一半被、睡魔分了。那二十五载之中，宁无些个烦恼。

仔细思量，好追欢及早。遇酒追朋笑傲。任玉山摧倒。沉醉且沉醉，人生似、露垂芳草。幸新来、有酒如渑，结千秋歌笑。

【译文】

人生百年，能够活到七十者少有。十年孩童期、十年昏老期，那中间的五十年又被睡眠（应包含病闲）占去了一半。在清醒着的二十五年中又有诸多烦恼。

仔细想想人生确实时光无多，应该要追欢及早，及时行乐。平日与志气相投的好友们聚在一起饮酒，意气风发，不去计较喝醉了以后的事情。沉醉了就沉醉了吧，人生就好似那芳草上低垂的露珠一样生命短暂。幸亏近来，有像渑河一样无尽的美酒，能够让我度过时光像吟歌千秋一样惬意。

【赏析】

显而易见，这首词以剖析短暂人生为由，借此抒发放荡不羁、愤世嫉俗、以酒消愁的心情。无独有偶，王观《红芍药》这首词的基调恰恰与范仲淹所写的《剔银灯·与欧阳公席上分题》一词大同小异。范仲淹的这首词是这样写的：

"昨夜因看蜀志，笑曹操孙权刘备。用尽机关，徒劳心力，只得三分天地。屈指细寻思，争如共、刘伶一醉？

人世都无百岁。少痴骏、老成尫悴。只有中间，些子少年，忍把浮名牵系！一品与千金，问白发、如何回避？"

读王观的《红芍药》一词，深感王观受范仲淹《剔银灯》一词的影响，而王观、范仲淹的两首词所表达的相同的思想感情又与《古诗十九首》中"人生寄一世，奄忽若飙尘"（《之四·〈今日良宴会〉》），"为乐当及时，何能待未兹"（《之十五·〈生年不满百〉》）、"浩浩阴阳移，年命如朝露""不如饮美酒，被服纨与素"（《之十三·〈驱车上东门〉》）的意境何其相似！这几首意味深长、发人深思的佳作，也算是感叹人生苦短、摒弃浮名、及时行乐思想的历史延续吧！

字典上对快乐所下的定义多是：觉得幸福或满足。可是，对于快乐，每个人都有不同的定义。

德国著名哲学家康德认为：快乐是我们的需求得到了满足。莎士比亚说："我认为世上再也没有比怀念好友更愉快的事情了。"对他而言，友谊是像阳光一样美好的东西，令人感到心情愉快。因此，拥有很多朋友便是他的快乐。

的确，对于不同的人，快乐的含义不同。有的人认为吃饱穿暖就是快乐，有的人认为家庭和睦就是快乐，有的人认为事业成功就是快乐……一千个不同的人对快乐有一千个不同的定义。因为对快乐的认识不同，所以得到的快乐也不同。快乐不是客观的，而是人主观的一种感受，是不可衡量的。

埃及的国家博物馆里，陈列着一件令人费解的展览品：一只雕刻精美的白玉匣子，大小和我们常用的抽屉差不多，匣内被十字形玉栅栏隔成四个小格子，洁净通透。

玉匣是在法老的木乃伊旁发现的，当时匣内空无一物。从所放位置看，匣子是十分重要的，可它是盛放什么东西用的？为什么要放在那

里？寓意何在？谁都猜不出。这个谜，在很长一段时间内，让考古学家们百思不得其解。

直到很多年后，在埃及卡尔维斯女王的墓室中，考古学家发现了一幅壁画，才破解了玉匣的秘密。

壁画上有一位看起来很严肃的男子，正在操纵一架巨大的天秤。天秤的一端是砝码，另一端是一颗完整的心。这颗心是从一旁的玉匣子中取出的。

原来在埃及的古老传说中，有一位至高无上的美丽女性，名叫快乐女神。快乐女神的丈夫，是一位明察秋毫的法官。据说每个人死后，心脏都要被快乐女神的丈夫拿去称量。如果一个人是快乐的，心的分量就很轻，女神的丈夫就引导那颗心的灵魂飞往天堂；如果那颗心很重，意味着其被诸多罪恶和烦恼填满，快乐女神的丈夫就判他下地狱，永远不得见天日。

谜底揭开了，原来白玉匣子是用来盛放人的心灵的。谁的心沉重，死后就下地狱；谁的心轻盈，死后就能上天堂。

快乐很简单，简单就是快乐，随意就是快乐，平平淡淡就是快乐，其实，生活中并不缺乏快乐，只是缺乏发现快乐的眼睛和感受快乐的心。

阳光灿烂的三月，风姑娘带来了春天的消息，鸟儿在树梢脆生生地唱着，小草伸了个懒腰，偷偷地从泥土中探出了头，沉寂的大森林开始热闹起来。

松鼠爸爸和松鼠妈妈从冬眠中醒来，拍了拍还在打呼噜的小松鼠："宝贝，睡了一个冬天，该起床了！"小松鼠一个激灵坐了起来，揉了揉眼睛，埋怨道："妈妈，我刚才做了一个梦，梦见一个老巫婆把我的快乐抓走了，我再也快乐不起来了！"说完就呜呜地哭了起来。松鼠爸爸对它说："孩子，趁着天气好，你不如出去转转，说不定可以找回你的快乐呢！"小松鼠听了爸爸的话，抽泣着出了门。

小松鼠沿着山谷里的小溪往前走，刚走进一片小树林，与一只小白兔撞了个满怀。

小松鼠问："小白兔哥哥，你急急忙忙地干什么去？"

小白兔说："昨夜下了一场春雨，树林里长出了好多好多的大蘑菇、小蘑菇，我正在到处采蘑菇呢！小松鼠，你在这干什么呢？"

小松鼠问："我的快乐不见了。你知道快乐在哪里吗？"

小白兔指着背上装着满满的蘑菇的小背篓，说："对我来说，快乐就在这里。要不，你和我一齐采蘑菇去吧？"小松鼠高兴地答应了。

两人手拉着手，一起来到森林里，看见许多的小动物正在开心地玩游戏，她们热情地邀请小白兔和小松鼠跟她们一起玩，她玩得可高兴了。

快到中午了，小松鼠要回家了，她和大家道了别，飞快地往家跑去。妈妈正在厨房里忙着午饭，小松鼠一头扑进妈妈的怀里，大声地说："妈妈，我找到了我的快乐！"

丢掉所有的不快乐，就是快乐。其实快乐离我们并不遥远，不必刻意追求，它就在我们的身边，我们随时都能发现它。

2. 诗酒趁年华

——善待今天，把握这一刻的幸福

【出处】

苏轼《望江南·超然台作》

【原文】

春未老，风细柳斜斜。试上超然台上看，半壕春水一城花。烟雨暗千家。

寒食后，酒醒却咨嗟。休对故人思故国，且将新火试新茶。诗酒趁年华。

【译文】

春天还没有过去，微风细细，柳枝斜斜随之起舞。试着登上超然台远远眺望，护城河内半满的春水微微闪动，满城处处春花明艳。迷迷蒙蒙的细雨飘散在城中，千家万户皆看不真切。

寒食节过后，酒醒反而因思乡而叹息不已。不要在老朋友面前思念故乡了，姑且点上新火来烹煮一杯刚采的新茶，作诗醉酒都要趁年华尚在啊。

【赏析】

公元1074年（宋神宗熙宁七年）秋，苏轼由杭州移守密州（今山东诸城）。次年八月，他命人修葺城北旧台，并由其弟苏辙题名"超然"，取《老子》"虽有荣观，燕处超然"之义。公元1076年（熙宁九年）暮春，苏轼登超然台，眺望春色烟雨，触动乡思，写下了此作。这首豪迈与婉约相兼的词，通过描写春日景象融入词人感情、神态的复杂变化，表达了词人豁达超脱的襟怀和"用之则行，舍之则藏"的人生态度。

"诗酒趁年华"，进一步申明：必须超然物外，忘却尘世间一切，而抓紧时机，借诗酒以自娱。抓紧时机，善待今天。你必须努力把握好今天，只有把握好今天，才拥有美好的明天。

今日的时代，是人类有史以来最值得骄傲的时代，它包藏着过去各个时代的成功与进步，今天的电、声、光等种种科学的发明与应用，已把人类从过去简陋的环境中拯救出来。今天的文明，已把人类从过去的不安与束缚的环境中解放出来。在今天，一个平常人所享用的舒适、华美的生活环境与生活条件，超过以往世纪的帝王将相。但是，依然有很多人怀旧，感言自己生不逢时，认为过去的时代才是黄金时代。这真是天大的错误！

你不要让自己过分沉浸于预期或幻想的未来生活中，由于过分的幻想，你会忽视今天，会使正在进行的今天的生活变得枯燥乏味。预期、幻想，虽然可以刺激你对未来的向往，刺激你更努力地做事，但是，过分的幻想，会让你失去今天的乐趣，破坏你享乐现在的机会。

幸福，是一种积累，是由无数个今天堆积而成的。

有些人只看到明天的价值，而看不见今天的价值。当日有行善事的机会，却视而不见，不肯做些小的慈善事业，因为他们正在梦想着，一朝腾达之后，要捐出一笔大款项！

人们普遍有这种心理，就是想脱离现有的不愉快，抱怨自己的职务低，嫌弃自己的社会地位等等，不在现实中寻找快乐，而是在渺茫的未来中，寻得快乐与幸福的憧憬。其实，这是错误的见解。试问谁可以担保，一旦脱离了现有的位置，你就可以得到幸福；有谁可以担保，今天不笑的人，明天一定会笑？

丹麦哥本哈根大学有一个学生叫乔根，有一年暑假，他去华盛顿观光。乔根到达华盛顿时，在魏拉德旅馆登了记，他在那儿的账早已经有人给预付了。这使他高兴到了极点。可是，当他准备就寝时，他发现钱包不见了，钱包里装有护照和现款。他跑到楼下的旅馆柜台，向经理说明了情况。"我们将尽一切努力帮助你。"经理说。

第二天早晨钱包仍不知下落。乔根的衣袋里只有不到两元的零钱。现在，他孑然一身，飘零异邦，怎么办呢？打电报给芝加哥的朋友，告诉他们所发生的事吗？到警察总局坐等消息吗？突然间，他说："不！我不愿做任何无意义的事情！我要参观华盛顿。我可能再没有机会到这儿来了。我在这个伟大国家的首都里只能待上宝贵的一天。毕竟，我还有去芝加哥的机票，还有许多时间解决现款和护照问题。如果我现在不去参观华盛顿，我就不会再有这样的机会了。"

"现在应当是很愉快的时候。"

"现在的我和昨天失去钱包的我应是同一个人，那时我很愉快。"

"我应该愉快地过好今天。"

于是，他步行出发了。他看到了白宫和国会大厦，参观了一些恢宏的博物馆，他爬上了华盛顿纪念碑的顶端。虽然不能到华盛顿郊区以及他计划中的其他地方去，但凡是他到过的地方，他都看得很仔细，心里很兴奋。

回到丹麦后，他回忆起这段美国的旅程，总是很开心。因为他觉得，他没有因为钱包被偷而沮丧，失去一天的美好时光。事实证明，在他回国的5天后，华盛顿警察局帮他找回钱包，物归原主。

假如你能够像乔根那样，明白只有今天才是真实的；彻悟昨天、今天和明天的关系，你就不会沉浸于痛苦中不能自拔了，你就会把握好今天，把昨天看成是今天的经验与借鉴，明天是今天努力的收获，这样，你的人生就充满着鲜花，你就会愉快地过好每一个今天。

方小可有一个相恋了四年的男友，他们一直在准备着结婚。第一年，方小可说，等你在这个城市中站稳了脚跟，先成家后立业才对，对方点头称是。第二年，对方工作有很大起色，已经做到了主管位置，方小可又说，有了房子才能有家啊，对方只得收回了那丝绒的小盒。第三年，房也有了，装修一新的新房正在等候着方小可，但方小可说，有了

第五章

平芜尽处是春山，行人更在春山外——快乐愉悦，幸福人生

车以后才可以带我兜风啊，于是那个新房只好继续等待。

为了这些梦想，方小可和男友过得非常节俭。她从来不送礼物给男友，也不许男友送贵重礼物给她。如果一定要买，她也得考虑这个东西是否实用，以后是否用得上。

情人节那天，男友发了奖金，心情很好，穿了西装就拉着方小可去吃西餐。到了门口，方小可还是把他拉了回去，说那东西又贵又不实惠，花很多钱却吃不饱，还是去吃麻辣烫吧！男友忍无可忍地说：小可，你省那么多钱干什么啊！方小可尖着嗓子说：现在的资本家那么不可靠，不省点钱二十年后你老了干不动了，咱们靠什么过活啊！现在苦一点，二十年后就可以过好日子了。

男友本是个喜欢旅游的人，但自从和小可谈恋爱后，由于要省钱为二十年后计划，便再也没有出去过。柜子里那些丽江、西藏、大海的照片也渐渐蒙上了一层灰。

终于有一天，危机爆发了。男友的公司举行年终酒会，要带女伴，他给小可3000块钱，让她自己去买一件得体的晚礼服。可是他在酒会门口等到的方小可却让他大跌眼镜，她居然穿着她平时常穿的棉布长裙，而且没有化妆。他拒绝带方小可入场，方小可也不让他独自去，于是他俩只好快快地各自回家。

第四年，方小可的男友终于买上了车，那天晚上，方小可拿出为他准备的男式结婚钻戒，但却没有等到他，他的副驾驶座早已给了另一个女孩。

方小可恨恨地对女孩抱怨：我哪点对不起他？为他省钱，帮他打算，不肯结婚也只是为了刺激他上进，不肯乱花钱也是为了我们以后的幸福，我哪里不对了？

女孩只说了一句话：小可，二十年后再大的幸福，也不如今天的一小点幸福啊！

读宋词
品人生

假如在今天，你只能取得1%的幸福，你不必奢望从明日获得99%的幸福。因为学会善待今天、善待眼前才会得到更多的幸福。

3. 碧云笼碾玉成尘，留晓梦，惊破一瓯春
——培养幸福快乐的心态

【出处】

李清照《小重山·春到长门春草青》

【原文】

春到长门春草青，江梅些子破，未开匀。碧云笼碾玉成尘，留晓梦，惊破一瓯春。

花影压重门，疏帘铺淡月，好黄昏。二年三度负东君，归来也，著意过今春。

【译文】

春天已到长门宫，春草青青，梅花才绽开，一点点，未开匀。取出笼中碧云茶，碾碎的末儿玉一样晶莹，想留住清晨的好梦，呷一口，惊破了一杯碧绿的春景。

层层花影掩映着重重门，疏疏帘幕透进淡淡月影，多么好的黄昏。两年第三次辜负了春神，归来吧，说什么也要好好品味今春的温馨。

【赏析】

作品的开头描绘出初春好景象："春到长门春草青，江梅些子破，未开匀。"词人寥寥数笔，就勾勒出一派新春景象，彰显出春天的勃勃生机，为全词定下了基调。

"碧云笼碾玉成尘，留晓梦，惊破一瓯春。"碧云笼碾，即碾

茶。宋人吃茶都是先碾后煮。碧云是形容茶色。春天的景色如此美好，它使女词人为之陶醉。她兴致勃勃地取出名贵的"碧云"茶团，碾碎煎煮。词人本想一边品茗，一边回味早晨的梦境。哪知一经重温"晓梦"，惊破了品尝茶香的雅兴。"惊破一瓯春"的"春"字，语意双关，不仅形容出茶色的纯正、香气的馥郁，更暗示了词人的"晓梦"与春景春情有关。

词人描绘的初春好景图，给人一种幸福快乐的味道。其实，幸福快乐的秘密在每个人的心中，每个人都具备使自己幸福快乐的资源，只是许多人没有充分利用这些快乐幸福的资源而已。

在我们的生活中，为什么有的人很幸福，而有的人却很痛苦呢？有的人即使大富大贵了，别人看他很幸福，可他自己却身在福中不知福，心里总觉得不快乐；有的人，别人看他离幸福很远，但他自己却时时与快乐邂逅。这其中的根本原因就在于一个人是具有积极心态，还是具有消极心态。

有一对国企职工下岗后，在早市上摆个小摊，靠微薄的收入维持全家人的生活。他们没有了从前让人羡慕的工作，也没有了叫人衣食无忧的工资、奖金，但他们依然生活得很幸福。

夫妻俩过去爱跳舞，现在没钱进舞厅，就在自家屋子里打开收录机舞动起来。男的喜欢钓鱼，女的喜欢养花。下岗后，依然能看到男的扛着鱼竿去钓鱼，他们家阳台上的花儿依旧鲜艳夺目。

他俩下了岗，收入减少了许多，但依旧乐个不停，邻居们都用惊异的目光看着他俩。

一天，记者去采访，男的说："我们虽然无法改变目前的境况，但我们可以控制自己的心态，虽然下岗了，但生活是否幸福还是由我们自己说了算的。"女的说："我们没有了工作，不能再没有快乐，如果连快乐都丢了，那还有什么活头。"

是的，幸福与否完全取决于你的心态，你想幸福，你随时都可以幸福，没有谁能够阻拦得了你。

人生的幸福在哪里？代表了一代人梦想的拿破仑，得到了世界上绝大多数人渴望拥有的荣誉、权力、金钱、美色，但他却说："我这一生从来没有过一天幸福的日子。"海伦·凯勒又聋、又瞎、又哑，可她却说："生活是这么美好。"

可见，人的幸福与否完全是由自己的心态决定的！

心理学理论告诉我们：人以为自己处于某种状态他就自觉不自觉地顺从于这种状态，这种状态就会愈发明显。

比如有些小孩本来不难过，但一哭起来，却越哭越伤心，就是这个道理。

当你认为自己很可怜很不幸时，你的生活就会真的很痛苦；如果你相信自己很快乐很幸福，并且快乐幸福地去生活，那么你的生活也就真的会很快乐很幸福。幸福的源泉就在你心中，它取之不尽，用之不竭。

期望获得幸福者应采取积极的心态，这样幸福就会被他们吸引。而那些态度消极的人不仅不会吸引幸福，相反还会排斥幸福，当幸福悄然降临到他们身边时，他们可能毫无觉察，丝毫体会不到幸福的感觉。

那么，如何培养幸福的心态呢？

（1）让快乐成为一种习惯。

人们之所以会制造自己的不幸，多半是由于自己心中存有习惯性的不幸想法所致。例如，总是认为一切事情都糟透了，别人拥有非分之财，我却没有得到应得的报酬等等消极的情绪。

此外，不幸的想法往往会把一切怨恨、颓丧或憎恶的情绪深深地刻画在自己的心底，于是不幸感变得愈加沉重。而当喜讯降临时，他们会说："这样快乐是不对的。"因为他们已经十分习惯往日的忧郁与悲伤，反而不习惯幸福与快乐的心情。他们依然沉湎在以前那些沮丧、悲

平芜尽处是春山，行人更在春山外——快乐愉悦，幸福人生

伤及不愉快的心境中。

墨菲博士指出："如果你希望幸福快乐，重点在于你必须真诚地渴望幸福快乐。"

有一名农夫似乎时时刻刻都在唱歌、吹口哨，并且充满幽默感。有人问他，他的快乐秘诀究竟是什么，他的回答是这样的："快快乐乐，是我的习惯。"

因此，如果你想获得幸福，首先要养成幸福的习惯。在内心微笑，并使这种感觉成为你的一部分。同时为自己创造一个幸福世界，盼望着每一天的到来。即使有时乌云会遮住了阳光，那也是暂时性的，不久仍然会晴空万里。

养成快乐的习惯，还要学会开怀大笑。开怀大笑能让人轻松自在。真正的开怀大笑，能洗涤心中的杂念。它是你成功本能的一部分，能够使你迅速接近生活中的胜利。如果你从10岁起就不曾笑过，那么，赶快回到你脑海中的学校，重新学习你永远不应该忘记的某件事情。

有时候，当你对某件失败的事情感到沮丧时，不妨想想过去的成就，以及发生在别人身上的一些有趣的事，再把头往后仰起——不要害怕——然后哈哈大笑，把你的全部感情投入笑声中，或许你会觉得好过些。

（2）心中想到幸福眼前就会充满幸福。

金钱是好东西，但金钱并不能买到幸福，没有钱的你一样可以获得快乐。

只要你想获得快乐，你便会发现整个世界充满了幸福——你将会享受每一口早餐，享受清晨的风带给你的神清气爽。

在我们这个不完美的世界里，也有很多美好的事物，关键是你要用寻求满足的眼光去看。

史蒂文森在诗中写道："这个世界多彩多姿，我深信，我们应该快

乐如君王。"

每一个人都可以做快乐的君王，但是在通往幸福的道路上不可能是一帆风顺的，是一定会有阻碍的。如果你要抱怨的话，你应该想想自己有没有资格去抱怨。

如果你喜欢对自己说：

"事情进行得不顺利。"

"我总是这样不顺。"

"倒霉的事为什么总落在我头上。"

如此一来，你一定会变得"不幸"。相反地，如果你常对自己说：

"事情进行得非常顺利。"

"生活也相当舒适。"

"我的生活真幸福。"

这样一来，你将得到自己所选择的幸福，所谓是否拥有幸福完全在于自己的心态。

有人说儿童是幸福的专家，成年人总是羡慕他们的天真无邪，无忧无虑，那么，我们成年人为什么不能像儿童那样？虽然无法天真，但却可以选择无邪、无忧、无虑，如果我们能学会儿童这种特有的幸福精神，我们的精神就不会衰老、迟钝或疲倦，我们就会永葆幸福。

（3）消除悲观消极的思想。

如果有一群蚊子闯入你的家中，你肯定要想尽办法驱除它们，绝对不会同意它们与你同住，吸你的血，骚扰你的安宁。消极思想如悲观、恐惧、忧虑、憎恨等虚幻的心理就如同蚊子一样必须从你的大脑中驱除，你才会感到舒适、幸福。

就像人可以通过美容手术来获得外表的美丽一样，人也可以用乐观积极的思想代替头脑中的忧虑、恐惧、憎恨等悲观消极的思想，以获得幸福的人生。

平芜尽处是春山，行人更在春山外——快乐愉悦，幸福人生

美国前任总统艾森豪威尔每遇压力，就以打高尔夫球来放松紧张的情绪。

著名画家摩西婆婆活了一百多岁，她在八十多岁时还决定以绘画作为消遣。

消除悲观消极的思想，不妨从以下几方面做做：

①做事可以令你感到快乐——只要是自己喜欢的活动就可选择去做，并且不是为了获取别人的称赞才这样做。没有人能够告诉你做什么，你自己喜欢什么就做什么。

②不要让不实际的忧虑侵蚀你。当消极思想侵入你脑中时，即刻向它们宣战。问问你自己，为什么拥有幸福权利的你，却必须在清醒时刻受到恐惧、忧虑与怨恨的苦恼。向这些狡诈的邪恶思想宣战，并要战胜它们。

③强化你的自我心像，想象自己正处于最佳的状态中，并对自己稍加赞赏。同时想想你以前的快乐时光与引以为豪之处。幻想将来愉快的经验，重视你自己。这些对于消除悲观消极的思想都有一定的作用。

如果你希望生活得幸福快乐，首先要真诚地渴望幸福快乐，就这么简单。

4. 枕上诗书闲处好，门前风景雨来佳

——生活是多姿多彩的

【出处】

李清照《摊破浣溪沙·病起萧萧两鬓华》

【原文】

病起萧萧两鬓华，卧看残月上窗纱。豆蔻连梢煎熟水，莫分茶。

枕上诗书闲处好，门前风景雨来佳。终日向人多酝藉，木犀花。

【译文】

两鬓已经稀疏，病后又添白发了，卧在床榻上看着残月照在窗纱上。将豆蔻煎成沸腾的汤水，不用强打精神分茶而食。

靠在枕上读书是多么闲适，门前的景色在雨中更佳。整日陪伴着我的，只有那深沉含蓄的木樨花。

【赏析】

这首词格调轻快，心境怡然自得，观书、散诗、赏景，确实是大病初愈的人消磨时光的最好办法。"闲处好"一是说这样看书只能闲暇无事才能如此；一是说闲时也只能看点闲书，看时也很随便，消遣而已。对一个整天闲散在家的人来说，偶然下一次雨，那雨中的景致，却也较平时别有一种情趣。

人生中似乎困扰太多，快乐太少，你是否觉得人生本应一帆风顺，那些降临在自己身上的挫折与困难都该统统消失，否则便要怨天尤人？你是否认为众人应该友好、平等地待你，你所追求的心仪对象应该接受你，否则便会感觉沮丧或是焦虑？你是否要求自己尽善尽美地完成工作，一旦稍有失误就会自我否定或是自我谴责？

小利是一家大型公司的一名员工，整天多愁善感，遇到一点挫折就垂头丧气，总是怪自己太笨了。有时候确实是工作难度大了，有时候确实是事出有因，有时候是他对自己的要求太高了，可他却不去考虑多方面的因素，只要一遇到不顺心的事，就一个劲儿地埋怨自己，刚开始朋友还会去劝他，可一直这样，弄得大家也都失去了好心情和耐性，干脆都不去理会他的自责和不高兴。久而久之，他就感觉被人冷落了，抑郁成病……

平芜尽处是春山，行人更在春山外——快乐愉悦，幸福人生

生活中总是难免有烦恼，有时人生的烦恼，不在于自己获得多少，拥有多少，而是自己想得到的太多。

有时因为想得到的太多，而自己的能力却难以达到，所以便感到失望与不满，然后就自己折磨自己，说自己"太笨""不争气"等等，就这样经常和自己过不去，和自己较劲。小利就是一个典型的例子。

人总有不顺心、不如意的时候，其实外在不是真正能主宰你的因素，真正能决定结果的是你自己。

比如你害怕别人说你胖，你千万次地看过自己后，决定节食减肥。面对餐桌上的诸多美食，你只能是闭着眼睛咽口水，忍受着饥饿的折磨。实在没办法时，只能是在美食面前选择逃避！几天后，身体可能是苗条了，听到了别人的赞美，可是只有自己最清楚，体质已经下降了！

人们常说，凡事多往好处想，才能有一个好心情。确实是这样，有一个人总是不顺心，可他总能以积极的心态看问题。有一天出门，他不小心掉到河里，爬上岸一看，别人都替他难过，可是他却高兴地说："嘿！真走运，口袋里还装了一条鱼。"如果你也能以这种心态去生活，你就会过得很坦然，很快乐。

人这一辈子不可能总是春风得意、一帆风顺，肯定会有许许多多不如意的事，说不定哪一天生活就会跟你开一个玩笑，使你结结实实地撞上无情的"红灯"，或事业失败，或爱情失意等。这时候就得想开点，平淡地面对生活，多劝劝自己，千万别跟自己过不去。

如果你想不开，吃不下，睡不着，又有什么用呢？过多的烦恼和压力只会将你的心灵挤压得支离破碎。而且人体的各种器官在心情烦恼或怒火中烧的情况下会处于紧张状态，往往会引起失眠、神经衰弱等症。若是长期处于忧郁状态，还会诱发其他心理疾病。

所以，人要学会对自己好一点，不跟自己过不去，要知道世上没有跨不过的沟，也没有蹚不过的河，要想得通，放得下。

那么，为什么有许多人会悲叹生命的无奈和生活的艰辛，却只有少数人能在有限的生命中活出自己的快乐呢？这是因为，一个人快乐与否，主要取决于一种心态，特别是善待自己的一种心态。

其实，静下心来仔细想想，生活中的许多事情，并不是因为你的能力不强，恰恰是因为你的愿望不切实际。要知道一个能力超强的人也并非具有完成任何事情的才能，这样想时才不会强求自己去做一些力不从心的事情。

在生活中，我们应该时常肯定自己，努力做好我们能够做好的事情，剩下的就交给老天吧！只要尽力而为了，心中也就坦然了，即便在生命结束的时候，也能问心无愧地说："我已经尽了自己最大的努力，我无愧于心。"

在生活中，我们还应该时常换个角度看问题。生活中的种种困境和不幸也许遮住了你的视线，让你看不到生活中的光明，但如果你换一个角度去想，你会惊奇地发现，世界一片光明，大自然充满无限的生机与活力。

生活是多姿多彩的，活着就是要品尝生活的百味，所以，不要钻牛角尖，自己和自己过不去。

如果你觉得不开心，那就学会自己去寻找生活中的快乐。其实获得快乐的方式很简单，比如早晨醒来睁开眼睛看着天花板，你可以用快乐的心去感受那纯净的白色；上午在窗前读一本文采飞扬的书，你可以用快乐的心去体味书中的感动；下午坐在摇椅上呼吸、冥想，你可以用快乐的心去触摸太阳的温暖；黄昏到楼下茶馆里去品一杯醇香的红茶，听一曲悠扬的旋律，你可以用快乐的心去迎接黑夜的来临；晚上给家人煮一锅又鲜又香的排骨汤，你可以享受到付出的快乐。

平芜尽处是春山，行人更在春山外——快乐愉悦，幸福人生

5. 一松一竹真朋友，山鸟山花好弟兄

——选择一份好心情

【出处】

辛弃疾《鹧鸪天·博山寺作》

【原文】

不向长安路上行，却教山寺厌逢迎。味无味处求吾乐，材不材间过此生。

宁作我，岂其卿。人间走遍却归耕。一松一竹真朋友，山鸟山花好弟兄。

【译文】

不在往帝都的路上奔波，却多次往来于山寺以致让山寺讨厌。在有味与无味之间追求生活乐趣，在材与不材之间度过一生。

我宁可保持自我的独立人格，也不趋炎附势猎取功名。走遍人间，过了大半生还是走上了归耕一途。松竹是我的真朋友，花鸟是我的好弟兄。

【赏析】

"一松一竹真朋友，山鸟山花好弟兄。"辛弃疾意托于松竹花鸟，守君子之志的意向自不待言，其中或许也包含着对仕途人情的戒畏。松竹真朋友，花鸟好弟兄，只有它们不会让辛弃疾伤心失望。作者移情于大自然，在山居中与松竹花鸟为友，也会净化心灵，得到人生的乐趣。

生活在现代激烈的社会竞争中，假如你常常有活得累、活得艰难的感觉，就要明白这其中虽有客观因素，但主要的因素还在自己。我们的命运取决于我们自己的心理状态。如果我们想的都是快乐的事情，那么我们就能快乐；如果我们想的都是悲伤的事情，那么我们就会悲伤；如果我们想的全是绝望，那么我们就会绝望；如果我们想的全是失败，

那么我们就会失败。正如富兰克林·罗斯福所说的："一个人心灵的平静和生活的乐趣，并非取决于他拥有何物、有何地位或置身于何种情境——总之，与个人的外在条件并无多大关系，而是取决于个人的心理态度、精神追求。"

一次，一位犯人被告知明天将被处以极刑，行刑的方式是在他手臂上割一个口子，让他流尽鲜血而亡。犯人惊恐之至，百般哀求，但终无用处。次日一早，犯人就被带到一个房间中，锁在一面墙上，墙上有个小孔，刚好可以把一条胳膊穿过去。刽子手把他一只手从孔中穿过，在墙的另一边，用刀子在他的手臂上割开一个口子，在手下边还放着一个瓦罐来盛血。

"滴答，滴答……"血一滴滴地滴在瓦罐中，四周静极了。墙这边的犯人就这样静静地听着自己的血滴落在瓦罐中的声音，他觉着浑身的血液都在向那条胳膊涌去，越来越快地流向那个瓦罐。不一会儿，他的意志也随着血流走了，最后倒地而死。

在墙的另一边，他手臂上的那个小口子早就不流血了，刽子手身边的桌子上放着一个大水瓶，水瓶中的水正通过一个特制的漏斗软管往下边的瓦罐中滴答。一种强烈的心理暗示，让犯人自己杀死了自己。

因此，千万不要小觑了忧郁、悲观的心境，它就像那不停滴下的水滴。这种不停往下滴的忧郁不仅能摧毁一个女人的美丽容貌，使人脸上布满皱纹，愁眉苦脸，使人头发变白或脱落，使人的皮肤生出斑点和粉刺，它还是一把杀人不见血的软刀，还是人生一种严重的心理"癌症"。

心情有时如一棵树，快乐是笔直的树干，秋天来时，抖抖快乐的枝干，那些枯黄的树叶和愁云便会纷纷扬扬地飘落。春天来时，抖抖快乐的枝干，生活便会展开美丽的笑颜。

一份好的心情，不仅仅可以改变自己，同时，也会感染他人，如

平芜尽处是春山，行人更在春山外——快乐愉悦，幸福人生

果你想做一个快乐的人，那么，你一定要首先保持一种好的心情。如果一个人的心情是蓝色的、忧郁的，再昂贵的化妆品，也掩饰不住她满脸的愁云，再高超的美容师也无法抚平她紧皱的眉头；反之，心情是快乐的、流畅的，即使素面朝天，也会显示出女性的柔美。

恐惧、忧虑、憎恨、极端自私会使人的内心无法平静。快乐最不喜欢这样的心境，只要逐步赶走快乐不喜欢的这些因素，创造出快乐喜欢的内心安宁的软环境，快乐就会不请自到。为此，首先要搞清楚自己到底恐惧什么、忧虑什么、憎恨什么、自私什么，有没有必要，何苦如此，如何解决。搞清楚这些问题之后，才能找到快乐。

快乐之道无他，对那些自己无法改变或力所不能及的事情，要抱有拿得起、放得下的态度，不去忧虑，或者创造出另一种情境，或者采取迂回的办法自我转化，把自己的情感和精力转移到其他活动中去，使自己没有时间和可能沉浸在这种烦恼之中。

昆明西山华亭寺内，存有唐代一服秘方，是治疗心病的灵丹妙药。此药方相传是唐代法号为天际大师的和尚为普度众生而开的。据说凡诚心求治者，无不灵验。药方如下：

药有十味：好肚肠一根，慈悲心一片，温柔半两，道理三分，信用要紧，中直一块，孝顺十分，老实一个，阴阳全用，方便不拘多少。

用药的方法是：宽心锅内炒，不要焦不要躁。

用药的忌讳是：言清行浊，利己损人，暗箭中伤，肠中毒，笑里刀，两头蛇，平地起风波。

这可以说是一服治疗消极心态、保持乐观积极心态的十分有效的"良药"。

有一位大学生对此深有体会。经历了"黑色七月"，他没有取得自己梦想中的好成绩，尽管分数上还说得过去，但只能进一所不起眼的大学。

因此，他的大学第一学期过得很不愉快，几乎是在怨气和悔恨中度过的，终于熬到了放寒假。回到家里，父亲向他问起了大学生活，他说："大学生活真的很没劲。"

他的父亲是个铁匠，听了他的话后，脸上一直很惊愕。沉默了半晌之后，转过身用他那粗壮的手操起了一把大铁钳，从火炉中夹起一块被烧得通红通红的铁块，放在铁垫上狠狠地锤了几下，随之丢入了身边的冷水中。"滋"的一声响，水沸腾了，一缕缕白气向空中飘散。

父亲说："你看，水是冷的，然而铁却是热的。当把火热的铁块丢进水中之后，水和铁就开始了较量——它们都有自己的目的，水想使铁冷却，同时铁也想使水沸腾。现实中，又何尝不是如此呢？生活好比冷水，你就是那块热铁，如果你不想自己被水冷却，就得让水沸腾。"听后，这位大学生感动不已，朴实的父亲竟说出了这么饱含哲理的话。

第二学期开始后，他开始反省自己，并且不停地努力，学习终于有了起色，内心也渐渐地丰富充实起来。

由此看来，乐观是一种选择，悲观是一种选择，沮丧也是一种选择，亚伯拉罕·林肯曾经说过："大多数的人都是像他们所决定的那样高兴起来的。"

如果你希望操练验证一下，不妨从下面开始，看一看这样做之后你的情绪是否会提升。

一日之计在于晨，所以我们首先应明白的第一件事情就是乐观应从早晨开始。也许你昨天睡得太晚、吃得太多或工作太辛苦，因而你在起床时会感到太疲惫，对此你可以在起床前通过呻吟来排遣你的不适，但切记不要把它带到你的一天的生活中，要知道如果每天的开始你能保持一个愉悦的心情，并且告诉自己这将是美好的一天，那么你的乐观情绪就会渗透到你日常生活中的所有角落。

当你早晨起来的时候，不要读报纸的头版，从一个轻松的部分开

平芜尽处是春山，行人更在春山外——快乐愉悦，幸福人生

始，比如体育版、生活方式版，或者从幽默笑话开始。最后再转入头版（这时你才会对这个被悲观浸透了的世界有一个清醒的认识，可以分析出到底是哪里出了问题）。

作为每天必需的练习，当你起床时，不要考虑自己在生活上或公司里出了什么差错，或今天可能出什么问题，而要好好想想，自己到底做过什么——自己的成绩——然后告诉自己，今天将会是一个好日子。

这样，每天早晨你起床的时候，你就可以大声对自己说一声："今天将会是一个好日子。"然后你可以再说："今天是属于我的，没有谁能把它从我身边拿走。"

这样你便可以让自己愉快起来，而不会对昨天发生过的不愉快的事抱怨不休，也不会沉溺于对过去不幸记忆的缅怀之中，从而把你的乐观情绪带给你周围的人。

6. 我见青山多妩媚，料青山见我应如是

——我们怎样对待生活，生活就怎样对待我们

【出处】

辛弃疾《贺新郎·甚矣吾衰矣》

【原文】

甚矣吾衰矣。怅平生、交游零落，只今余几！白发空垂三千丈，一笑人间万事。问何物、能令公喜？我见青山多妩媚，料青山见我应如是。情与貌，略相似。

一尊搔首东窗里。想渊明《停云》诗就，此时风味。江左沉酣求名者，岂识浊醪妙理。回首叫、云飞风起。不恨古人吾不见，恨古人不见

吾狂耳。知我者，二三子。

【译文】

我已经很衰老了。平生曾经一同出游的朋友零落四方，如今还剩下多少？真令人惆怅。这么多年只是白白老去而已，功名未竟，对世间万事也慢慢淡泊了。还有什么能真正让我感到快乐？我看那青山潇洒多姿，想必青山看我也是一样。不论情怀还是外貌，都非常相似。

把酒一樽，在窗前吟诗，怡然自得。想来当年陶渊明写成《停云》之时也是这样的感觉吧。江南那些醉中都渴求功名的人，又怎能体会到饮酒的真谛？在酒酣之际，回头朗吟长啸，云气会翻飞，狂风会骤起。不恨我不能见到疏狂的前人，只恨前人不能见到我的疏狂而已。了解我的，还是那几个朋友。

【赏析】

"我见青山多妩媚，料青山见我应如是"两句，是全篇警策。词人因无物（实指无人）可喜，只好将深情倾注于自然，不仅觉得青山"妩媚"，而且觉得似乎青山也认为词人"妩媚"。这与李白《敬亭独坐》"相看两不厌"是同一艺术手法。这种手法，先把审美主体的感情楔入客体，然后借染有主体感情色彩的客体形象来揭示审美主体的内在感情。这样，便大大加强了作品里的主体意识，易于感染读者。

是的，生活就这样，我们怎样对待生活，生活就怎样对待我们。心态和前途也是这样一种辩证关系，我们用积极的心态对待人生，我们的人生将是一片光明；我们用消极的心态对待人生，我们的人生也就只会是一片灰暗。

有这样一个故事。有位老太太找了一个油漆匠到家里粉刷墙壁。油漆匠一走进门，看到她的丈夫双目失明，顿时流露出怜悯的目光。可是男主人开朗乐观，所以油漆匠在那里工作的几天，他们谈得很投机；油漆匠也从未提起男主人的缺陷。

平芜尽处是春山，行人更在春山外——快乐愉悦，幸福人生

工作完毕，油漆匠取出账单，老太太发现比原来谈妥的价钱打了一个很大的折扣。她问油漆匠："怎么少算这么多呢？"油漆匠回答说："我跟你先生在一起觉得很快乐，他对人生的态度，使我觉得自己的境况还不算最坏。

所以减去的那一部分，算是我对他表示的一点感谢，因为他使我不再觉得工作太苦！"

油漆匠对这位太太的丈夫的推崇，使她流下了眼泪。因为这位慷慨的油漆匠，只有一只手。

残者尚能对生活如此乐观，那么我们正常人呢？

其实，生活中，每个人都可能遇到这样或那样的不幸，诸如亲人不幸死亡、与朋友分手、身患重病……但你需要知道的是，这一切于你都不重要，都不会对你构成致命的创伤。

最致命的创伤来自我们自己心灵深处，是我们的心灵导致我们绝望：所以我们应放弃绝望的思想，换一个角度想问题：

亲情阻断黄泉路，难道还能寻回来吗？

有情有缘而不能相伴终生，莫若及早分开，痛碎心也没必要。

无缘是路人，迟早要分手；为什么要死守不放？

这样想，就会豁达起来，发现阳光依旧照耀着你，月光仍然爱抚着你。如此看来，痛苦或是快乐完全取决于你的一念之间。

事实也的确如此，人的心态决定其是否快乐，心态的改变，就是命运的改变。

美国著名的心理学家威廉·詹姆斯说："我们这一代人最重大的发现是：人能改变心态，从而改变自己的一生。"的确，人生的成功或失败，幸福或坎坷，快乐或悲伤，有相当一部分是由自己的心态造成的。

朋友们，我们可千万不要因为消极心态而使自己成为一个失败者。

让我们从现在起，无论在什么情况下都保持积极的心态，让整个的身心都充满勇气和智能，把挫折与失败当成学习的机会。这样，我们就能早日战胜自我，超越自我，到达成功的彼岸！

无望的心态每时每刻都暗示你去往失败，失败是你蓄意指示自己的结果。如果你的心态积极，你就会有热情、有信心、有智慧……有一切，自然也就有成功。

平芜尽处是春山，行人更在春山外——快乐愉悦，幸福人生

第六章

但力行好事，休问穷通——充实自我，完美人生

『但力行好事，休问穷通』是一种积极的人生态度。不管人生的道路是多么崎岖，遇到什么挫折困难，我们都必须珍爱生命，完善自我，把磨难看成人生宝贵的财富，把追求真善美的完美人生当成自己前进的动力，努力奋斗，有所作为，就一定能成为一个快乐而幸福的人。

1. 欲将心事付瑶琴，知音少，弦断有谁听

——人不能没有知己

【出处】

岳飞《小重山·昨夜寒蛩不住鸣》

【原文】

昨夜寒蛩不住鸣。惊回千里梦，已三更。起来独自绕阶行。人悄悄，帘外月胧明。

白首为功名。旧山松竹老，阻归程。欲将心事付瑶琴。知音少，弦断有谁听？

【译文】

昨夜，寒秋蟋蟀不住哀鸣。梦回故乡，千里燃战火，被惊醒，已是三更时分。站起身，独绕台阶踽踽行。四周静悄悄，帘外一轮淡月正朦胧。

为国建功留青史，未老满头霜星星。家山松竹苍然老，无奈议和声起，阻断了归程。想把满腹心事，付与瑶琴弹一曲。知音稀少，纵然弦弹断，又有谁来听？

【赏析】

这首《小重山》是元帅帐内夜深人静时岳飞诉说自己内心的苦闷——他反对妥协投降，他相信抗金事业能成功，他已取得了不少重大战役的胜利，这时宋高宗和秦桧力主和议，和金国谈判议和。使他无法反抗的命令，这就是绍兴八年（1138年）宋金议和而不准动兵的历史时期。

这首《小重山》虽比不上《满江红》那段家喻户晓，但是却用不同的风格特点和艺术手法表达了作者隐忧时事的爱国情怀。上片是即景抒

情，寓情于景，写忧国忧民使他愁怀难遣，在凄清的月色下独自徘徊。下片写他收复失地受阻，要抗金却是"知音少"，内心郁闷焦急。

古往今来的人们一直都在寻觅着能交心的知己。一生穷困潦倒的诗圣杜甫说："百年歌自苦，未见有知音。"纳兰性德说："泠泠彻夜，谁是知音者。"鲁迅说："人生得一知己足矣，斯世当以同怀视之。"

著名的《伯牙绝弦》讲述的便是知音难求的故事，俞伯牙与钟子期是一对千古传诵的至交典范。

春秋时期，楚国有一位著名的音乐家，他的名字叫俞伯牙。俞伯牙从小非常聪明，天赋极高，又很喜欢音乐，他拜当时很有名气的琴师成连为老师。学习了三年，俞伯牙琴艺大长，成了当地有名气的琴师。但是俞伯牙常常感到苦恼，因为在艺术上无法达到更高的境界。俞伯牙的老师成连知道了他的心思后，便对他说，我已经把自己的全部技艺都教给了你，而且你学习得很好。至于音乐的感受力、悟性方面，我自己也没学好。我的老师方子春是一代宗师，他琴艺高超，对音乐有独特的感受力。他现住在东海的一个岛上，我带你去拜见他，跟他继续深造，你看好吗？俞伯牙闻听大喜，连声说好！

他们准备了充足的食品，乘船往东海进发。一天，船行至东海的蓬莱山，成连对伯牙说："你先在蓬莱山稍候，我去接老师，马上就回来。"说完，成连划船离开了。过了许多天，成连没回来，伯牙很伤心。他抬头望大海，大海波涛汹涌；回首望岛内，山林一片寂静，只有鸟儿在啼鸣，像在唱忧伤的歌。伯牙不禁触景生情，有感而发，仰天长叹，即兴弹了一首曲子，曲中充满了忧伤之情。从这时起，俞伯牙的琴艺大长。其实，成连老师是让俞伯牙独自在大自然中寻求一种感受。

俞伯牙身处孤岛，整日与海为伴，与树林飞鸟为伍，感情自然发生了变化，陶冶了心灵，真正体会到了艺术的本质，才能创作出真正的传世之作。后来，俞伯牙成了一代杰出的琴师，但真心能听懂他的曲子的

人却不多。

有一次，俞伯牙乘船沿江旅游。船行到一座高山旁时，突然下起了大雨，船停在山边避雨。伯牙听到淅沥的雨声，眼望雨打江面的生动景象，琴兴大发。伯牙正弹到兴头上，突然感到琴弦上有异样的颤抖，这是琴师的心灵感应，说明附近有人在听琴。伯牙走出船外，果然看见岸上树林边坐着一个打柴人，此人便是钟子期。

伯牙把子期请到船上，两人互通了姓名，伯牙说："我为你弹一首曲子听好吗？"子期立即表示洗耳恭听。伯牙即兴弹了一曲《高山》，子期赞叹道："多么巍峨的高山啊！"伯牙又弹了一曲《流水》，子期称赞道："多么浩荡的江水啊！"伯牙又佩服又激动，对子期说："这个世界上只有你才懂得我的心声，你真是我的知音啊！"于是两个人结拜为生死之交。

伯牙与子期约定，待周游完毕要前往他家去拜访他。一日，伯牙如约前来子期家拜访他，但是子期已经因病去世了。伯牙听闻悲痛欲绝，奔到子期墓前为他弹奏了一首充满怀念和悲伤的曲子，然后站立起来，将自己珍贵的琴砸碎于子期的墓前。从此，伯牙再也没有弹过琴。

在人生路上，得一知己相伴是每个人向往的，知己懂得欣赏你的才华，懂得慰藉你的满腹牢骚，甚至无须言语的交流，只要一个眼神就能读懂你的千言万语。

人生在世，千金易得，知己难求，如果一生中有幸遇到知己，一定要懂得珍惜。

第六章

但力行好事，休问穷通——充实自我，完美人生

2. 江头未是风波恶，别有人间行路难

——朋友多了路好走

【出处】

辛弃疾《鹧鸪天·送人》

【原文】

唱彻《阳关》泪未干，功名馀事且加餐。浮天水送无穷树，带雨云埋一半山。

今古恨，几千般，只应离合是悲欢？江头未是风波恶，别有人间行路难！

【译文】

唱完了《阳关》曲泪却未干，功名利禄不过都是小事，不要为此劳神伤身，应该多多吃饭。水天相连，好像将两岸的树木送向无穷的远方，乌云挟带着雨水，把重重的高山掩埋了一半。

古往今来使人愤恨的事情，何止千件万般，难道只有离别使人悲伤，聚会才使人欢颜？江头风高浪急，还不是十分险恶，人间的道路才更是艰难。

【赏析】

"江头未是风波恶，别有人间行路难。"行人踏上旅途，"江湖多风波，舟楫恐失坠"（杜甫《梦李白》），但作者认为此去的遭遇比它更险恶。那是存在于人们心中、存在于人事斗争上的无形的"风波"；它使人畏，使人恨，有甚于一般的离别之恨和行旅之悲。

俗话说，多个朋友多条路，朋友多了路好走。大千世界，芸芸众生，每个人都有可能成为你的朋友，关键是要择善而交。如何交朋友，如何选择朋友是一件非常重要的事。

有一个关于维克多连锁店的故事。

维克多从父亲的手中接过了一家食品店，这是一家古老的食品店，很早以前就存在而且已出名了。维克多希望它在自己的手中能够发展得更加壮大。

一天晚上，维克多在店里收拾，第二天他将和妻子一起去度假。他准备早早地关上店门，以便做好准备。突然，他看到店门外站着一个年轻人，面黄肌瘦、衣服褴褛、双眼深陷，典型的一个流浪汉。

维克多是个热心肠的人。他走了出去，对那个年轻人说道："小伙子，有什么需要帮忙的吗？"

年轻人略带点腼腆地问道："这里是维克多食品店吗？"他说话时口音带着浓重的墨西哥味。"是的。"

年轻人更加腼腆了，低着头，小声地说道："我是从墨西哥来找工作的，可是整整两个月了，我仍然没有找到一份合适的工作。我父亲年轻时也来过美国，他告诉我他在你的店里买过东西，喏，就是这顶帽子。"

维克多看见小伙子的头上果然戴着一顶十分破旧的帽子，那个被污渍弄得模模糊糊的"V"字形符号正是他店里的标记。"我现在没有钱回家了，也好久没有吃过一顿饱餐了。我想……"年轻人继续说道。

维克多知道了眼前站着的人只不过是多年前一个顾客的儿子，但是，他觉得应该帮助这个小伙子。于是，他把小伙子请进店内，好好地让他饱餐了一顿，并且还给了他一笔路费，让他回国。

不久，维克多便将此事淡忘了。过了十几年，维克多的食品店越来越兴旺，在美国开了许多家分店，他于是决定向海外扩展，可是由于他在海外没有根基，要想从头发展也是很困难的。为此维克多一直犹豫不决。

正在这时，他突然收到从墨西哥寄来的一封陌生人的信，原来正是多年前他曾经帮助过的那个流浪青年。

此时那个年轻人已经成了墨西哥一家大公司的总经理，他在信中邀请维克多来墨西哥发展，与他共创事业。这对于维克多来说真是喜出望外，有了那位年轻人的帮助，维克多很快在墨西哥建立了他的连锁店，而且发展得异常迅速。

再来看看下面这个故事。

杰克·伦敦的童年，贫穷而不幸。14岁那年，他借钱买了一条小船，开始偷捕牡蛎。可是，不久之后就被水上巡逻队抓住，被罚去做劳工。杰克·伦敦瞅空子逃了出来，从此便走上了流浪水手的道路。

两年以后，杰克·伦敦随着姐夫一起来到阿拉斯加，加入到淘金者的队伍。在淘金者中，他结识了不少朋友。他这些朋友中三教九流什么都有，而大多数是美国的劳苦人民，虽然生活困苦，但是在他们的言行举止中充满了生存的活力。

杰克·伦敦的朋友中有一位叫坎里南的中年人，他来自芝加哥，他的辛酸历史可以写成一部厚厚的书。杰克·伦敦听他的故事经常潸然泪下，而这更加坚定了杰克·伦敦心中的一个目标：写作，写淘金者的生活。

在坎里南的帮助下，杰克·伦敦利用休息的时间看书、学习。1899年，23岁的杰克·伦敦写出了处女作《给猎人》，接着又出版了小说集《狼之子》。这些作品都是以淘金工人的辛酸生活为主题的，因此，赢得了广大中下层人士的喜爱。杰克·伦敦渐渐走上了成功的道路，他著作的畅销也给他带来了巨额的财富。

刚开始的时候，杰克·伦敦并没有忘记与他共患难同甘苦的淘金工人们，正是他们的生活给了他灵感与素材。他经常去看望他的穷朋友们，一起聊天，一起喝酒，回忆以往的岁月。

但是后来，杰克·伦敦的钱越来越多，他对于钱也越来越看重。他甚至公开声明他只是为了钱才写作。他开始过起豪华奢侈的生活，而且

大肆地挥霍。与此同时，他也渐渐地忘记了那些穷朋友们。

有一次，坎里南来芝加哥看望杰克·伦敦，可杰克·伦敦只是忙于应酬各式各样的聚会、酒宴和修建他的别墅，对坎里南不理不睬，一个星期中坎里南只见了他两面。

坎里南头也不回地走了。同时，杰克·伦敦的淘金朋友们也永远地从他的身边离开了。

离开了朋友，离开了写作的源泉，杰克·伦敦的思维枯竭，他再也写不出一部像样的著作了。1916年11月22日，处于精神和金钱危机中的杰克·伦敦在自己的寓所里用一把左轮手枪结束了自己的一生。

俗话说"一个篱笆三个桩，一个好汉三个帮"，我们扶过朋友的肩膀，肩膀是一种结实的依靠。

3. 我为灵芝仙草，不为朱唇丹脸

——光明磊落，坦荡做人

【出处】

黄庭坚《水调歌头·游览》

【原文】

瑶草一何碧，春入武陵溪。溪上桃花无数，枝上有黄鹂。我欲穿花寻路，直入白云深处，浩气展虹霓。只恐花深里，红露湿人衣。

坐玉石，倚玉枕，拂金徽。谪仙何处？无人伴我白螺杯。我为灵芝仙草，不为朱唇丹脸，长啸亦何为？醉舞下山去，明月逐人归。

【译文】

瑶草多么碧绿，春天来到了武陵溪。溪水上有无数桃花，花的上面有黄鹂。我想要穿过花丛寻找出路，却走到了白云的深处，彩虹之巅展现浩气。只怕花深处，露水湿了衣服。

坐着玉石，靠着玉枕，拿着金徽。被贬谪的仙人在哪里，没有人陪我用田螺杯喝酒。我为了寻找灵芝仙草，不为表面繁华，长叹为了什么。喝醉了手舞足蹈地下山，明月仿佛在驱逐我回家。

【赏析】

此词为春行纪游之作，词人采用幻想的镜头，描写神游"桃花源"的情景，反映了他出世、入世交相冲撞的人生观，表现了他对污浊的现实社会的不满以及不愿媚世求荣、与世同流合污的高尚品德。

这首词作于黄庭坚遭贬谪时期，他宣称"我为灵芝仙草，不为朱唇丹脸"，表示自己品格高洁，不愿做一个涂脂抹粉、随俗媚世的小人。不做小人是因为小人的世界太污浊丑恶，昏天暗地，不见天日；不做小人是因为小人钩心斗角，睚眦必报，宛如跳梁小丑活跃在权力和金钱的世界；不做小人是因为小人阿谀献媚，寡廉鲜耻，为了点蝇头小利，无所不用其极；不做小人是因为想做一个堂堂正正、光明磊落的人，让心灵生活在阳光中，而非黑暗的角落里。

孔子曾说过这样一句话："君子坦荡荡，小人长戚戚。"想来光明磊落的人都很喜欢、推崇这话。

我们周围确有不少坦荡者。

一次，著名语言学家张志公先生参加一个学术会议，因故迟到片刻，台上已有一位同志在发言。对照名单后，张先生却不认识发言者的名字（想来此公名字极为冷僻，不然是很难难倒这位语言学界泰斗的）。张先生便悄悄地向身边的一位与会者讨教，在得到答案并道谢后，他好一阵欣喜："今天又认识了一个字！"

我们猜想，若是其他人遇到此事，或许会顾及颜面（怕别人看低、嘲讽），私下去查字典。但张志公先生不懂就问，毫无藏藏掖掖，此乃

坦荡也！

提起著名旅美画家陈逸飞的大名，恐怕无人不知无人不晓（他的画在香港拍卖时已达天价）。然而却有首都一音乐人士著文指出，陈的几幅表现演奏长笛、古箫的画中，乐手的指法明显错误，并毫不客气地指出：这些错误皆因画家本人缺乏演奏常识。陈逸飞得知后，立即向有关媒体、人士公开道歉，坦承自己对器乐演奏的无知和创作上的疏忽，并向那位音乐人士深表谢意。

一代画坛名家如此虚怀若谷、知错就改，何等坦荡！何等洒脱！其人品，其胸怀，足以令我们每个人肃然起敬！

面对自己的无知和失误，张志公、陈逸飞两位老师给我们上了一堂课。一堂有关人品的课，一堂怎样去做谦谦君子而非市井小人的课。

面对自己的无知和失误，有的人能坦然面对，勇于承认和改正，有的人则藏藏掖掖，甚至推卸责任。完全是两种人生境界。

生活本来充盈着艰辛和无奈，何不洒脱超然一些呢？紧张的工作压力，往往让我们心身俱疲，闲暇时，徜徉虚拟空间，多了一份飘逸自在，何不自然随意一点呢？

无须刻意追求生活的波澜跌宕，因为醉心于功利，必定为失落所累；羁于失落，必定难以洒脱。可虚拟世界的所谓功利在哪里呢？纷争无益的个人得失，意义何在？多少人的时光在这里迷醉，然后踏上熙熙攘攘的虚拟路程。多少的朦胧倦怠，在这里云缭雾绕，然后失去了自我，浮躁气盛，伤身伤心。来去匆匆，往事如风。人生在世或平淡或热烈，或悲伤或欣喜，或圆满或遗憾，都没有真正的胜者。我们真正所要战胜的，恰恰是我们自己。一切的一切，最终都将会在霏霏细雨中烟消云散。

坦荡做人，就是要常怀一颗善心。真诚坦然，宽以待人。以一颗平和的心去看待周围，以真诚的态度去交朋识友。就算付出真情，得到的是冷淡冷漠，也不必在乎。为朋友可以牺牲自我，不计较是否被黑夜里扬起的风沙吹打。尽管有时候被抽打得内心阵阵作痛，依然能一笑而过……

4.千金纵买相如赋，脉脉此情谁诉

——双性性格，刚柔并济

【出处】

辛弃疾《摸鱼儿·更能消几番风雨》

【原文】

更能消、几番风雨，匆匆春又归去。惜春长怕花开早，何况落红无数。春且住，见说道、天涯芳草无归路。怨春不语。算只有殷勤，画檐蛛网，尽日惹飞絮。

长门事，准拟佳期又误。蛾眉曾有人妒。千金纵买相如赋，脉脉此情谁诉？君莫舞，君不见、玉环飞燕皆尘土。闲愁最苦。休去倚危栏，斜阳正在，烟柳断肠处。

【译文】

还经得起几回风雨，春天又将匆匆归去。爱惜春天我常怕花开得过早，何况此时已落红无数。春天啊，请暂且留步，难道没听说，连天的芳草已阻断你的归路？真让人恨啊！春天就这样默默无语，看来殷勤多情的，只有雕梁画栋间的蛛网，为留住春天整天沾染飞絮。

长门宫阿娇盼望重被召幸，约定了佳期却一再延误。都只因太美丽有人嫉妒。纵然用千金买了司马相如的名赋，这一份脉脉深情又向谁去倾诉？奉劝你们不要得意忘形，难道你们没看见，红极一时的玉环、飞

燕都化作了尘土。闲愁折磨人最苦。不要去登楼凭栏眺望，一轮就要沉落的夕阳正在那，令人断肠的烟柳迷蒙之处。

【赏析】

双性化的人并非是拥有男女两性外在性征的人，而是指心理上的双性化。心理双性化的人集合了两性的优点，在工作上雷厉风行，阳刚进取；遇到了挫折、受了委屈，则会像女性一样善于哀怨地表达出来，而非憋在心里，或是采取暴力的手段解决。心理的双性化使人在工作、交际中能更好地适应社会，这就是辛弃疾这首《摸鱼儿》词体现出的人生智慧。

这是辛弃疾于宋孝宗赵淳熙六年（1179年）也就是其四十岁时作的一首词。辛弃疾自绍兴三十二年（1162年）投奔南宋以来的十七年里，始终坚持抗击金兵、收复中原的主张，但却不被南宋政权采纳，南宋统治者只给他安排一些远离前线的闲职，这让想大展宏图、实现伟业抱负的英雄志士辛弃疾非常郁闷。这一次，辛弃疾是要从湖北转运副使任上，被调往湖南继续当转运副使，掌管财赋。仍然不能掌管兵权，实现北伐愿望，辛弃疾心情很是失落，当同僚置酒为他饯行的时候，他写了这首词，以女性的口吻抒发了胸中的郁闷和感慨。他说自己就像被汉武帝打入冷宫——长门宫的陈阿娇一样失意彷徨，虽然珍惜时光、爱惜春天，但时光却匆匆流逝，难以挽留；渴望君王眷顾，重用自己，但这个时刻又显得遥不可期。辛弃疾以失意宠妃陈皇后对比，以女性的哀怨缠绵宣泄了内心的积郁愤懑，表现了想得到君王重用、实现抱负理想，但屡遭小人嫉妒进谗、难得君王宠信的悲伤。同时他也以一个受害者的口吻，告诫那些善妒忌、进谗言取得宠幸的小人——杨玉环、赵飞燕之流，最终没有好下场。当为实现理想不遗余力地拼搏时，辛弃疾浑身散发着阳刚的气质，百折不挠，奋勇向前，是当之无愧的真英雄、好男儿，这是他性格中的男性特征使然。

当遭遇到难以摆脱的困境，郁闷得像一个越涨越大的气球，若不及时疏泄必遭毁灭的结局时，他性格中的女性特征就占了上风，促使他像一个争风吃醋的女人一样发泄哀怨，让气球得以保持弹性和张力。这就是心理双性化的优势，它同时具有男女两性世界的优点，既能抗拒压力，富有主见，勇于开拓，又能哀伤温柔、而非专横强硬地倾诉苦恼，所以心理双性化比传统的男、女性品格更能适应社会、生活和工作的挑战。

许多有成就的女性，尤其是被称为"女强人"的女性，都会产生内心矛盾，担心建立了自己的独立形象以后，会让男人觉得她失去了女性的魅力。

一位人类学家曾经说过："事业失败会让男人失去男性的魅力，但事业成功却会使女人失去女性的魅力。"十年前，这种论调也许可以勉强立足，但是随着社会潮流的发展，如果你再相信大男人这种荒谬的说法，那便不能与时俱进，甚至剥夺了自己成功的机会。

的确，男人事业越成功，对女人越具有吸引力。不过，今天的女性和男性一样，越是事业有成，越容易获得成功男性的欣赏，根本不用担心自身的独立形象会影响自身的女性魅力。如果你深谙"女性化"魅力的巧妙运用，不仅在事业上如鱼得水、游刃有余，而且会获得男性青睐的目光。

现在，能够在著名公司里站稳脚跟的女性通常是十分优秀的女性，她们聪明、有学识、刻苦耐劳、口齿伶俐、英明果断，办起事来大刀阔斧，决不优柔寡断、因循守旧，而且懂得收起咄咄逼人的强悍。即使她们性格各异，但有一个共同点，就是都保持着一份"女性化"的妩媚特质——刚柔并济。

提到"女性化"的妩媚特质，可以表现在许多方面。有些人将它体现在高品位的女性化服装上；也有一些人将它体现在自己的办公领地，如在墙壁或办公桌上张贴、摆设女性化的饰物。女性可以和男性一样，

在事业中获得令人瞩目的成就，但在言行上不要讲粗话、斗酒量、狂笑或大失仪态。几乎所有的男人都不会喜欢男性化的女人。你要用心维护"女性化"美的特质。"女性化"不代表穿得暴露、卖弄风情，这会显得低级庸俗，没有内涵；但也不是小女孩般故作天真，撒娇耍赖。"女性化"摒弃所有的矫揉造作，而是在举手投足间使人感觉到：温柔善良的心灵，从容优雅的气质，精致丰富的内涵，眼波流转的风韵。当然还包括：得体的服饰，健康靓丽的肌肤，真挚灿烂的笑容，积极向上的人生态度。

作为一位白领女性，当男同事挑剔你不温柔的时候，你应该怎么办呢？这应该视具体情况来做决定。当男同事对温柔有着不正确的理解，你要耐心地向他讲明女人温柔的含义，纠正他不正确的观念，让他真正理解你。

温柔不会妨碍你在事业上的进取。一个好女人，尽管她在事业上成绩显赫，到了家里却变成了一个温柔的妻子。她们在事业上有着拼搏冲杀的男人气质，在爱情中有着女人"柔"的一面，刚柔相济，往往能够促使她们爱情和事业双丰收。要让男人感到自己的温柔，职业女性应根除专横、撒泼的恶习。试想，哪个男人愿意娶一个比他更加有"男人味"的妻子呢？所以，白领女性应该用细腻的感情来体贴男人，送给他一丝温暖和柔情，他才能发现你的温柔可爱。

佳佳是一个相貌平平但却十分精干的女子，但在公司里，同事们尤其是男同事不愿意与她共事。

后来，佳佳给公司拉来了好几个大客户，觉得这样就能扬眉吐气了，但是男同事们除了认为她能干以外，还是对她不冷不热。为什么会这样呢？她反思了好几天，终于有所领悟，是不是自己只是知道工作却忽视了和大家的交流呢？她想以一种方式去改变大家对她的看法。于是这天早上，她早早地来到办公室，买来了一大束鲜花，她希望这些美丽

但力行好事，休问穷通——充实自我，完美人生

的鲜花能给每一位同事带来温馨。整个办公室因为有了鲜花而香气四溢，同事们上班时都赞美这些美丽的鲜花，并且因为有了这些鲜花的陪伴，一整天都精神十足，大家都被这温馨的花香感动了。

佳佳通过鲜花使同事们感受到了她的温柔可爱之处。

一个外表漂亮的职业女性，如果脸上总是带着冷漠的表情，使人感到难以相处，说话的时候总是带着刺，总是拿她的好恶来对付别人，男人往往不会接近她，因为哪个男人愿意碰一鼻子灰呀。

所以，你应该学会利用你的温柔，征服你的男同事。因为，男性同胞多半都是喜欢温柔的女孩。同时，女人在社交手腕上要妙方多用，刚柔相济之法是其中重要的一种。女人们完全可以在社交中灵活运用"刚"与"柔"的手腕，用"柔"的心灵、"柔"的微笑、"柔"的语言和"刚"的自主意识、适时的"刚"的态度，使自己的举止"柔"中有"刚"、"刚"中融"柔"，这样就会使自己魅力无穷。

"女性化"不表示脆弱、没有主见、绝对服从，或承认能力不如男性。"女性化"首先要你认识到你是个女人，行为"女性化"。在工作上，把女性的特质适当配合事业上男性化的特征，进而得到男人的合作和支持。从前，很多女人为在事业上争得一席之地，常要模拟男人变得非常果断、刚硬，但现在，女人在事业上尽量发挥"女性化"的魅力，便能以柔克刚、以弱治强，保持刚柔平衡，成为成功的职业女性。

5. 一诺千金重

——做人要讲诚信

【出处】

贺铸《六州歌头·少年侠气》

【原文】

少年侠气，交结五都雄。肝胆洞，毛发耸。立谈中，死生同。一诺千金重。推翘勇，矜豪纵。轻盖拥，联飞鞚，斗城东。轰饮酒垆，春色浮寒瓮，吸海垂虹。闲呼鹰嗾犬，白羽摘雕弓。狡穴俄空。乐匆匆。

似黄粱梦，辞丹凤。明月共，漾孤篷。官冗从，怀倥偬。落尘笼，簿书丛。鹖弁如云众，供粗用，忽奇功。笳鼓动，渔阳弄，思悲翁。不请长缨，系取天骄种，剑吼西风。恨登山临水，手寄七弦桐。目送归鸿。

【译文】

少年时一股侠气，结交各大都市的豪雄之士。待人真诚，肝胆照人，遇到不平之事，便会怒发冲冠，具有强烈的正义感。站立而谈，生死与共。我们推崇的是出众的勇敢，狂放不羁傲视他人。轻车簇拥联镳驰逐，出游京郊。在酒店里豪饮，酒坛浮现出诱人的春色，我们像长鲸和垂虹那样饮酒，顷刻即干。间或带着鹰犬去打猎，刹那间便荡平了狡兔的巢穴。虽然欢快，可惜时间太过短促。

就像卢生的黄粱一梦，很快就离开京城。驾孤舟漂流于水中，唯有明月相伴。散职侍从官品位卑微，事多繁忙，情怀愁苦。陷入了污浊的官场仕途，担任了繁重的文书事务工作。像我这样成千上万的武官，都被支派到地方上去打杂，劳碌于文书案牍，不能杀敌疆场、建功立业。笳鼓敲响了，渔阳之兵乱起来了，战争爆发了，想我这悲愤的老兵啊，

但力行好事，休问穷通——充实自我，完美人生

却无路请缨，不能为国御敌，生擒西夏酋帅，就连随身的宝剑也在秋风中发出愤怒的吼声。怅恨自己极不得志，只能满怀惆怅游山临水，抚瑟寄情，目送归鸿。

【赏析】

"一诺千金重"，形容说话算数，非常讲信用，言而有信，言出必行，说到做到。比喻自己说过的话，答应别人的事情，就如同千金般贵重。

《季札挂剑》的故事很有名，就是讲做人要守信的。季札是春秋时吴国有名的公子，德才兼备，誉满天下。有一次他出使别国，路过徐国，与徐国国君会晤，席间，徐君看到季札腰间的宝剑，欣赏不已。季札考虑到自己还要出使别的国家，而佩剑是使者的必备之物，不能送人，当时就没有表态。等他完成出使任务回国时，又经过徐国，他想把那把宝剑送给徐君，可是徐君却已经去世了。季札十分惋惜，他来到徐君的墓前，把宝剑挂在墓前的树上，完成了自己心中的约定。

说出去的话泼出去的水，覆水难收，做人言而有信，那么做事就有了一种人格力量来担保。

"人无信不立"，所以做人要讲诚信，诚信是一种无形的资本，需要人们精心维护，慢慢积累。而如果你不讲诚信，仅仅一次，就会把长期的积累挥霍一空。

汉朝年间，有一个叫陈实的人。他为人正直，为官清廉，深受百姓的爱戴和好评。后来，陈实返回了故里，当地的官员、乡邻村民们都非常敬重他。

有一次，他与一个友人会面，酒足饭饱之后，两人决定一同远游，他们约定，次日午时在陈实家门前的大槐树下相见。两位友人为了表达各自的诚信，他们还在槐树前立了个高高的树干。如此之后，两人才揖手辞别。

次日，陈实提前来到了树干前，等了一段时间，眼看着树干底端的黑影渐渐东斜，午时已过。这时，陈实猜想友人是另有他事而不能同行，或是已经提前出发了，于是就上路了。

然而，就在陈实走了之后，他的朋友到了，左看右看，却不见陈实的影子，当即就气不打一处来，非要到他家去看个究竟问个明白。一到陈实的家门口，正看见陈实的长子在家门口玩耍。于是他便指桑骂槐，又像是自言自语地说道："真不是人哪！跟人约好一块出门的，却又不等人。"

当时，陈实的长子刚刚年满七岁，名陈纪，字元方，是一个人见人爱、非常懂事的孩子。等他父亲的友人数落完后，小陈纪说："您与我父亲约定在午时，午时不来，就是无信；对孩子骂他的父亲，就是无礼！"

那友人当即羞愧万分，想下车解释，而小陈纪头也不回就进屋去了。

要获得众人的信任，铸就自己的信誉，不论你采取何种方法，但笃诚、守信是最根本的要诀，这些在什么情况下都不过时。

以信待人就是在人际交往中要讲求信用、遵守诺言。一个成功者，是否具有讲信用的声誉，对他的发展是十分重要的。

人生在世，"必诚必信"。要做一个堂堂正正的人，必须诚实守信。诚实是忠诚老实，言行一致；守信是必守信约，说到做到。

人无信不立。信誉是个人的品牌，是个人的无形资产。然而在现实生活中，"信"成了与危机相连的词汇。人才的信任危机，商业的信誉危机，严重破坏了社会结构，造成人与人之间、人与社会之间、企业与企业之间的相互防备与猜疑，导致了严重的交易资本损耗。

我们常说的"君子一言，驷马难追"，讲的就是人的信誉。一个没有信誉的人，是为人所不齿的。现在的生意场上，公司、企业做广告做宣传，树立公司、企业在公众中的形象，就是想提高公司、企业的信誉度。信誉度高了，人们才会相信你，和你有来往，建立合作关系。不过，公司、企业的信誉度得靠产品绝佳的质量、优良的服务态度来实现，而非几句响亮的广告词、几次优惠大酬宾便可做到。人的信誉也是如此。交朋友也是如此。

我国古代人交朋友，强调一个"信"字。在小孩子启蒙读物《幼学琼林》中，专门有讲交友的章节，并有种种概括："心志相孚为莫逆，老幼相交曰忘年""尔我同心曰金兰，朋友相资曰丽泽""刎颈之交相如与廉颇，总角之好孙策与周瑜"，这些都是说友情的深厚，而诚信是深厚友情的源泉。

相传东汉时，汝南郡的张劭和山阳郡范式同在京城洛阳读书，学业结束分手时，张劭站在路口，望着长空的大雁说："今日一别，不知何年才能见面……"说着流下泪来。范式忙拉着他的手，劝说道："兄弟，不要悲伤，两年后的秋天，我一定去你家拜望老人，同你相聚。"

两年后的秋天，张劭偶闻长空一声雁叫，引起了情思，赶紧回到屋里对母亲说："妈妈，刚才我听到长空雁叫，范式快来了，我们准备准备吧！"他妈妈不相信，摇头叹息："傻孩子，山阳郡离这里一千多里路啊！他怎会来呢？"张劭说："范式为人正直、诚恳、极守信用，不会不来。"老妈妈只好说："好好，他会来，我去做点酒。"其实，老人并不相信，只是怕儿子伤心而已。

范式果然在约定的日子风尘仆仆地赶来了。旧友重逢，异常亲热。老妈妈激动地站在一旁直抹眼泪，感叹地说："天下真有这么讲信用的朋友！"范式重信守诺的事情被后人传诵。

顾炎武曾以诗言志："生来一诺比黄金，那肯风尘负此心。"以表达自己坚守信用的处世态度和内在品格。讲信用、守信义，不仅体现了对人的尊敬，也表现了对自己的尊重。

在社交中，能主动帮助朋友办事的精神是可贵的。但办事要量力而行，不要做"言过其实"的许诺，说话要掌握分寸。因为，诺言能否兑现不仅是个人努力的问题，还受客观条件的影响。平时可以办到的事，

由于客观条件变化了，一时又办不到，这种情况是时常发生的，这就要求我们在朋友面前，不要轻率地许诺，更不能明知办不到的事，还打肿脸充胖子，在朋友面前逞能，许下"寡信"的"轻诺"，当你无法兑现诺言时，不但得不到友谊和信任，还会失去朋友。

人与人之间的交往，往往都是建立在"信"的基础上。诚信待人是一种美德，而且只有拥有这种美德的人才能感动别人，才能纵横交际。反之，在社交上不以信待人或许能获得一时之利，一旦被揭穿，会连原有的都失去，这话一点都不夸张。

6. 无意苦争春，一任群芳妒

——美来自内在的修养

【出处】

陆游《卜算子·咏梅》

【原文】

驿外断桥边，寂寞开无主。已是黄昏独自愁，更著风和雨。

无意苦争春，一任群芳妒。零落成泥碾作尘，只有香如故。

【译文】

驿站外断桥旁。梅花寂寞地开放，孤孤单单，无人来欣赏。黄昏里独处已够愁苦，又遭到风吹雨打而飘落四方。它花开在百花之首，却无心同百花争享春光，只任凭百花去妒忌。即使花片飘落被碾作尘泥，也依然有永久的芬芳留在人间。

【赏析】

这首《卜算子》以"咏梅"为题，咏物寓志，表达了自己孤高雅洁的志趣。这同独爱莲之出淤泥而不染，濯清涟而不妖的濂溪先生（周敦颐）以莲花自喻一样，作者亦是以梅花自喻。

"无意苦争春，一任群芳妒"，梅的美德之一是朴实无华，不慕虚荣，不与百花争春，在寒冬就孤傲挺立开放，它的与世无争使它胸怀坦荡，一任群花自去嫉妒！"零落成泥碾作尘，只有香如故"，梅的美德之二是志节高尚，操守如故，就算沦落到化泥作尘的地步，还香气依旧。这几句词意味深长。作者作此词时，正因力主对金用兵而受贬，因此他以"群花"喻当时官场中卑下的小人，而以梅花自喻，表达了虽历尽艰辛，也不会趋炎附势，而只会坚守节操的决心。这首词以清新的情调写出了梅花的傲然不屈，暗喻了自己的坚贞不屈，笔致细腻，意味深隽，是咏梅词中的绝唱。

美来自内在的修养。如果每个人都能够保持一种寻找美的心态，那么不仅仅他流露出来的是美，他本身也成了美的化身。他将具有一种人格魅力，那是一种外表的美丽所不能比拟的。就像很多相貌平平的女子，她们之所以会给我们留下深刻的印象，完全是因为那种从她们的内心深处所体现出来的魅力与吸引力。这种美丽完全超越了外表所能留给我们的印象。有人在谈论起芬尼·金贝的时候曾这样说过："尽管她身材矮小，稍显肥胖，但她在我眼里就是一件伟大的艺术品。我从来没有见过有哪一位女士具有像她一样的吸引力，那是一种人格上的魅力。跟这种魅力相比，任何外表的美丽都相形见绌。"安托万·贝瑞尔也曾感叹说："世界上没有丑陋的女子，只有不懂得如何表现出自己美丽的女子。"

心灵的美丽——这种大自然中最崇高的美丽，其实是每个人都可以获得的。即使是那些天生丑陋的人，也可以通过陶冶他们的情操，培养他们心灵和灵魂上的美丽，而不是那种外表肤浅的美丽。

人格上的美丽还表现为一种习惯，即无论身在何方，总喜欢用美丽

来感染周围的所有事物，总喜欢让周围的一切都变得美丽。

这种习惯可以让你自己的生命也变得美丽，因为外在完全是内在的表现，是内心美丽的渗透，可以说内在美才是真正的美丽，它与外在的美丽相统一。只要你的心里有美丽的想法，你在别人的眼中便是和谐和甜蜜的，总是能引人注意。

女孩们往往在打扮和外貌上注入了过多的精力。其实她们完全不必因为自己的长相平平而伤心难过，她们只需要表现出自然，表现出女孩们天生对美的热爱，就已经很美丽了。而那种思维的愉悦，举止的文雅，那种智慧和助人为乐难道不是美丽的化身吗？

对美的理解和感悟把人类从猿的世界里分化了出来。我们不断地体会美的含义，创造美的形式。诗歌、音乐、绘画、建筑都是人类伟大的创造，但这种种美的形式都绝非流于形式的，它们反映出人类心灵的成长和文明的进步。

美对人们是多么的重要啊，它能够感化人们的心灵，让他们体会高尚的快乐。正是世界上许多美好的事物在人的童年留下了深刻的印记，人才能够愉快地成长，才能够在这个纷繁复杂的世界保持本色。父母们尤其应该注意这一点，童年的记忆会影响孩子的一生，所以家里的各种摆设、各种家具都应该小心布置，它们很容易在孩子的心中留下一生的痕迹。所以，他们应该注意从小就在孩子的心中播下美的种子，让他们感受美、体会美，让他们欣赏美丽的事物。一张名画，一首名曲，都可能为孩子们开启通向美的道路。

其实每个人自从生下来的那一时刻开始，都在寻找着周围的美，世界上其实充满了美好的事物，但可惜的是，绝大多数的人还不懂得如何去分辨美。所以，世界上并不是缺少美，而是缺少善于发现美的眼睛。

三个男孩同时爱上了一个美丽的姑娘，他们都很优秀，女孩一时难以做出选择，于是，她安排了一次郊游。

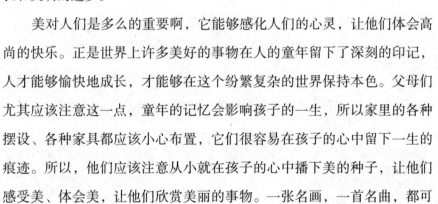

但力行好事，休问穷通——充实自我，完美人生

正走着，迎面一条小河隔断了去路，河面上的小桥不知什么时候被水冲走了，这时河边还有一对等待过河的老夫妇。

第一个男孩说："我来背你过河吧。"说着，就挽起裤腿，准备下河。女孩轻轻摇了摇头。

第二个男孩说："我们绕过去吧。"他伸手指了指远方的路。女孩还是摇了摇头。

第三个男孩说："我们再去找根木头担上去，这样他们也就能过河了。"他一边说着，一边抬眼看了看身旁的两位老人。

女孩笑了，他们开始忙了起来，找到一根木头，搭好了一座小桥，将老夫妇扶过了桥，他们重新开始了新的旅程。

过后，女孩与第三个男孩相爱了。

第三个男孩没有做什么惊天动地的事情，就这么一句话，打动了姑娘的心，获得了爱情，因为这句话里包含了更多的爱心，也显示出男孩的智慧，使女孩看到了男孩美丽的心灵世界。

心灵的美丽，是最崇高的美丽，其实是每个人都可以获得的。即使是那些天生一副丑陋面孔的人，也可以通过陶冶他们的情操，培养他们心灵和灵魂上的美丽，而不是那种外表肤浅的美丽。

第七章

人有悲欢离合，月有阴晴圆缺——胸怀旷达，洒脱人生

世间道路坎坷曲折，人生之路也不会一帆风顺，有得就有失，面对得失人们总是患得患失，在得与失的选择中彷徨不已。有人说，生活需要智慧，是的，面对生活中得失带来的困扰，真正明智的做法就是要学会旷达和洒脱。胸怀旷达，洒脱人生，这就是一种大智慧。

1. 粗衣淡饭，赢取暖和饱

——知足才能常乐

【出处】

曹组《相思会》

【原文】

人无百年人，刚作千年调。待把门关铁铸，鬼见失笑。多愁早老。惹尽闲烦恼。我醒也，枉劳心，谩计较。

粗衣淡饭，赢取暖和饱。住个宅儿，只要不大不小。常教洁净，不种闲花草。据见定、乐平生，便是神仙了。

【译文】

人活一生不满百岁，都是匆匆过客，何苦要把自己搞得心力交瘁，烦恼无边呢？人活着不需要费尽心机追求锦衣玉食，只要有粗衣淡饭能够解决温饱就够了；也不需要拼命地去追求高大宽敞的房屋，只要有一间不大不小干净整洁的屋子能够遮风避雨也足够了。一切东西都是生不带来、死不带去的，何苦让欲望把自己压得喘不过气来呢！人世间如果有谁能懂得知足常乐这个道理就赛过神仙了。

【赏析】

这首词告诉我们知足常乐是一种心境、一种感悟，更是人生之真理，生存之智慧。

知足常乐是一种处世哲学。人若想常乐，莫过于知足，倘若欲望无限，将很难满足，很难体味人生的许多乐趣，甚至还可能会铤而走险，走上违背法律的不归路，甚至还可能为欲望所累，丧失生命。知足常乐，不要奢望太多，欲望太多，否则生命就会难以承受其重，人生也会过于臃肿，难以前行，一切都会变成身上的"负累"，让你终生无法轻

人有悲欢离合，月有阴晴圆缺——胸怀旷达，洒脱人生

松。想要更多的财富，获得更好的生活，这都是无可厚非的想法，我们可以为此努力，但时刻要记住财富、权力与快乐并不成正比。唯有知足才是获得快乐的绝妙法宝。

知足常乐，没有过多的非分之想，就没有必要仰人鼻息，看人脸色，就没有必要去摧眉折腰、卑躬屈膝。知足常乐，对事情达观释然，坦然面对，使你摆脱烦恼和压力，发现心灵的轻松与快乐，使你看到一个美好和谐的世界。懂知足，自然也能获得常乐。

懂得知足方能常乐，就好像纪晓岚老师陈白崖所写的一副对联："事能知足心常惬，人到无求品自高。"人的欲望是无止境的，过分膨胀的欲望只会让心灵疲惫痛苦，因为生命难以承受其重。

有这样一个故事。

国王为了感谢多年来忠心耿耿服侍他的仆人，说："你尽管向前跑，只要在日落之前绕一圈回来，围到的土地全部送给你。"

仆人欣喜万分，不停地往前跑，简直像一头发了疯的野兽。就在太阳往西沉的那一刹那，他终于绕完一大圈返回原地，不过，他却因此而累死了。

国王悲伤地将他埋了，最终他真正获得的土地，也只有葬身之地的七尺罢了。

人们总想多得一些，结果往往不知不觉地连自己也失掉了。

林语堂告诉我们：知足常乐的秘诀是懂得如何享用你所拥有的，并割舍不实际的欲念。可多数人却是拥有后并不知珍惜，反而想要的更多。

很小的时候就听过这样一个寓言故事。

一天，一个老头在森林里砍柴。他抡起斧子正准备砍一棵树，突然从树上飞出一只金嘴巴的小鸟。

小鸟对老头说："你为什么要砍倒这棵树呀？"

“家里没柴烧。”

“你不要砍倒它。回家去吧，明天你家里会有许多柴的。”说完，小鸟就飞走了。

老头空手回到家，他对老伴说：“上床睡觉吧，明天家里会有许多柴的。”

第二天，老伴发现院子里堆了一大堆柴，就叫老头道：“快来看，快来看，谁在我们家院子里堆了这么一大堆柴。”

老头把遇到金嘴巴鸟的经过告诉了老伴，老伴说：“柴是有了，可是我们却没有吃的。你去找金嘴巴鸟，让它给我们点吃的。”

老头又回到森林里的那棵树下。这时，金嘴巴鸟飞来了，它问：“你想要什么呀？”

老头回答说：“我的老伴让我来对你说，我们家没有吃的了。”

“回去吧，明天你们会有许多吃的东西的。”金嘴巴鸟说完又飞走了。

老头回到家，对老伴说：“上床睡觉吧，明天家里会有许多食物的。”

第二天，他们果真发现家里出现了许多肉、鱼、甜食、水果、葡萄酒和他们想要的其他食物。他们饱餐了一顿后，老伴对老头说：“快去找金嘴巴鸟，让它送我们一个商店，商店里要有许许多多的东西，这样，往后我们的日子就舒服了。”

老头又来到了森林里的那棵树下。金嘴巴鸟飞来问他：“你还想要什么？”

“我的老伴让我来找你，她请你送给我们一个商店，商店里应有尽有。她说，这样我们就可以舒舒服服地过日子了。”

“回去吧，明天你们会有一个商店的。”金嘴巴鸟说。

老头回到家把经过告诉了老伴。

第二天他们醒来后，简直都不敢相信自己的眼睛了。家里到处都是好东西：布匹、纽扣、锅、戒指、镜子……应有尽有。老伴仔细地清理了这些东西以后，又对老头说："再去找金嘴巴鸟，让它把我变成王后，把你变成国王。"

　　老头回到森林里，他找到了金嘴巴鸟，对它说："我的老伴让我来找你，让你把她变成王后，把我变成国王。"

　　金嘴巴鸟冷漠地望了一下老头，说："回去吧，明天早上你会变成国王，你的老伴会变成王后的。"

　　老头回到家，把金嘴巴鸟的话告诉了老伴。

　　第二天早上醒来，他们发现自己穿的是绫罗绸缎，吃的也是山珍海味，周围还有一大帮的侍臣奴仆。

　　可是，老伴对此仍不满足，她对老头说："去，找金嘴巴鸟去，让它把魔力给我，让它来宫殿，每天早上为我跳舞唱歌。"

　　老头只好又去森林里找金嘴巴鸟，他用了很长时间，最后总算又找到了它，老头说："金嘴巴鸟，我的老伴想让你把魔力给她，她还让你每天早上去为她跳舞唱歌。"金嘴巴鸟愤怒地盯着老头，它说："回去等着吧！"

　　老头回到家，他们等待着。

　　第二天起床后，他们发现自己被变成了两个又丑又小的矮人。

　　人有想拥有的念头不是错，但这世间美好的东西实在是太多了，我们总希望拥有尽可能多的东西，殊不知在你贪婪的占有中，你的心灵也被腐蚀掉了。其实，我们拥有生命和快乐已是最大的拥有，又何必贪求太多呢？贪婪的最后结果只能是一无所有。

　　欲望越多，痛苦也越多。人心不足蛇吞象，想想蛇吞象的样子，会是一种什么感受——咽不进，吐不出，要多别扭有多别扭。什么都想得到，最后可能一无所有，反而一辈子将自身置于忙忙碌碌、钩心斗角之

中。这样活着，未免太累！《论语》里说颜回"一箪食，一瓢饮，在陋巷，人不堪其忧，回也不改其乐"。如果少一些欲望，是不是也会少一些痛苦呢？

这世间，美好的东西数不胜数，我们总希望得到更多，让好东西为自己所拥有。

人生如白驹过隙般短暂，生命在拥有和失去之间悄悄地流逝了。如果你失去了太阳，你还有星光；失去了金钱，你会得到亲情；当生命也离开你的时候，你还会拥有大地的亲吻。

拥有时加倍珍惜，失去了，就全当是接受生命的考验，全当是坎坷人生的奋斗诺言。拥有诚实就会丢弃虚伪，拥有充实就会丢弃无聊，拥有踏实就会丢弃虚浮。

2. 人间有味是清欢

——清心忘我，身放闲处

【出处】

苏轼《浣溪沙·细雨斜风作晓寒》

【原文】

细雨斜风作晓寒，淡烟疏柳媚晴滩。入淮清洛渐漫漫。

雪沫乳花浮午盏，蓼茸蒿笋试春盘。人间有味是清欢。

【译文】

冬天早晨细雨斜风天气微寒，淡淡的烟雾和稀疏的杨柳使初晴后的沙滩更妩媚。洛涧入淮后水势一片茫茫。

乳色鲜白的好茶伴着新鲜如翡翠般的春蔬，这野餐的味道着实不错。而人间真正有滋味的还是清淡的欢愉。

【赏析】

苏轼就是在这首词中找到了生活的诗意，找到了人生快乐的真谛，体味到人间最有滋味、最简单而有味的人生宴席。

清欢是人类心灵的纯净一隅，是超越物质享受的精神境界。清欢不讲物质条件，只讲究心灵的平静体味。

生活在满眼是钢筋混凝土的城市丛林里，听不见鸟语、吃不到未被污染的果蔬，但只要有一颗未被尘世污垢蒙蔽的心灵，有一颗敏感的心灵，你可能就会在上班的林荫路上发现阳光的缝隙，在下班拥挤的人潮中瞥见那一抹天边的晚霞，就会体味幸福的清欢滋味。

清欢是对人生、对生活的品味与享受，是对生活的热爱，是对生命情趣的珍惜，是在执着与放逐间体味人生的诗意。

《小窗幽记》中有这样一段话：

"清闲无事，坐卧随心，虽粗衣淡饭，但觉一尘不淡；忧患缠身，繁扰奔忙，虽锦衣厚味，亦觉万状苦愁。"这段话所说的是，人生要有一种宁静致远的追求。清闲自在，喜欢坐就坐，喜欢躺就躺，随心所欲，在这种状态下，虽然穿的是粗衣，吃的是淡饭，但仍然会觉得心情平静，不会被一些日常凡俗之事所侵扰；相反，那些患得患失、忧患和烦恼缠身的人，成天奔忙着一些烦忧之事，这些人虽然穿的是华丽的衣服，吃的是山珍海味，也会觉得心中痛苦万分。

清闲自在，坐卧随心，也就是"清心"。从心理学上说，清心就是一种没有"心机"的心理状态。它是与"有心"的生活态度相对的。清心就是不动情绪，不执着，恬淡而自得，根据自己的本真去待人处事。

因此，清心从一定意义上说，又是一种生活之道。清心中孕育着童真，清心中孕育着活力，清心中孕育着快乐。

读宋词
品人生

《菜根谭》云："此身常放在闲处，荣辱得失谁能差遣我？此心常安在静中，是非利害谁能瞒昧我？"意思是说，只要自己的身心处于安闲的环境中，就不会在意荣华富贵与成败得失；只要自己的心灵保持安宁和平静，人世的是非与曲直都不能瞒过自己。

老子主张"无知无欲""为无为，则无不治"。世人也常把"无为"挂在嘴边，实际上是做不到的。但一个人处在忙碌之时，置身功名富贵之中，的确需要静下心来修省一番，闲下身子安逸一下。这时如果能达到佛家所谓"六根静净、四大皆空"的境界，就会把人间的荣辱得失、是非利害视同乌有。这利于帮助自我调节，防止陷入功名富贵的迷潭。在洪应明看来，佛家所谓的"六根清净、四大皆空"也就是指人生要豁达淡泊，降低欲望，看清生活中的是非利害与荣辱得失，而体验更多生活的快乐。洪应明也多次提到，人需要静观世事，做到身在局中，心在局外，这样就会客观地对待生活，不为外物所累，人间的种种现象也才能尽收眼底。

我国国学大师林语堂曾经讲过这样一个故事：

有一对年轻的美国夫妇，利用假期外出旅游。他们从纽约南行，来到一处幽静的丘陵地带，发现在这人烟稀少的小山旁边，有一个小木屋。

夫妻二人走到小木屋前，看见门前坐着一位老人。年轻丈夫上前一步问道：

"老人家，你住在这人迹罕至的地方不觉得孤单吗？"

"你说孤单？不！绝不孤单！"老人回答道。停顿了一会儿，老人接着说：

"我凝望那边的青山时，青山给予我力量；我凝望山谷时，那一片片植物的叶子，包藏着生命的无数秘密；我凝望蓝色的天空，看见那云彩变化成各式各样的城堡；我听到溪水的淙淙声，就像有人在向我作心灵的倾诉；我的狗把头靠在我的膝上，我从它的眼神里看到了淳朴的忠诚。每当夕阳西下的时候，我看见孩子们回到家中，尽管他们的衣服很脏，头发也是蓬乱的，但是，他们的嘴角上却挂着微笑；此时，当孩子们亲切地叫我一声'爸爸'，我的心就会像喝了甘泉一样甜美。当我闭目养神的时候，我会觉得有一双温柔的手放在我的肩头，那是我太太的手；碰到困难和忧虑的时候，这双手总是支持着我。我知道，上帝总是仁慈的。"

老人见年轻夫妇没有作声，于是又强调了一句："你说孤单？不，不孤单！"

这位老人的生活看起来是平淡的。然而在这个世界上，每个人都可以说是凡夫俗子，他们总期盼着过一些平淡的日子。平淡，不是没有欲望。属于我的，自然要取；不属于我的，即使是千金、万金也不为其动。这就是平淡。安定于平淡的生活，并能以平淡的态度对待生活中的繁华和诱惑，让自己的灵魂安然自处，这样的人，于自己，就像云彩一样的飘逸；于他人，就像湖泊一样的宁静。这就是一种清心的境界。

其实，这位老人正是达到了清心的境界，因此，他能清闲自在、坐卧随心，从平凡的生活之中，体悟到了生活的情趣，领略到了生活的快乐。

人在宁静之中心绪像秋水一样清澈，可以见到心性的本来面貌。在安闲中气度从容不迫，可以认识心性的本原之所在。在淡泊中意念情趣谦和愉悦，可以得到心性的真正体味。

3. 功名浪语

——摆脱名利的束缚

【出处】

晁补之《摸鱼儿·东皋寓居》

【原文】

买陂塘、旋栽杨柳，依稀淮岸江浦。东皋嘉雨新痕涨，沙觜鹭来鸥聚。堪爱处最好是、一川夜月光流渚。无人独舞。任翠幄张天，柔茵藉地，酒尽未能去。

青绫被，莫忆金闺故步。儒冠曾把身误。弓刀千骑成何事，荒了邵平瓜圃。君试觑。满青镜、星星鬓影今如许。功名浪语。便似得班超，封侯万里，归计恐迟暮。

【译文】

买到池塘，在岸边栽上杨柳，看上去好似淮岸江边，风光极为秀美。刚下过雨，鹭、鸥在池塘中间的沙洲上聚集，很是好看。而最好看的是一川溪水映着明月，点点银光照着水上沙洲。四周无人，翩然独舞，自斟自饮。头上是浓绿的树幕，脚底有如茵的柔草，酒喝光了还不忍离开。

不要留恋过去的仕宦生涯，读书做官是耽误了自己。自己也曾做过地方官，但仍一事无成，反而因做官而使田园荒芜。您不妨看看，从镜子里可发现鬓发已经白了不少。所谓"功名"，不过是一句空话。连班超那样立功于万里之外，被封为定远侯，但归故乡时已经年岁老大，也是太晚了。

【赏析】

这首《摸鱼儿》词不仅描写了东山"归去来园"的园中景色，还叹恨自己为功名而耽误了隐居生涯。其主旨是表示对官场生活的厌弃，对

人有悲欢离合，月有阴晴圆缺——胸怀旷达，洒脱人生

美好田园生活的向往。

作者对于"功名浪语""儒冠曾把身误",有着切身的感受,并非一般的激愤之词。所以,是不能把这首词简单地归结为"有强烈的消极退隐思想"之列的。

此词一反传统词家所谓"词须宛转绵丽"的常规,慷慨磊落,直抒胸臆,辞气充沛,感情爽豁,词境开阔,颇富豁达清旷的情趣。

人活世上,没有人能摆脱名利的纠缠与吸引。

利欲熏心、争名逐利,把名利看得高于一切,就会迷失自我。对于名利,本应采取淡泊的态度,但古往今来,不知多少人为其所苦。

司马迁曾在《史记》中说"天下熙熙,皆为利来;天下攘攘,皆为利往"。我们知道想要摆脱名利的束缚是不可能的,但是却能修炼出淡泊名利的心态。

其实,淡泊名利就是保持自我的本真,宠辱不惊,不卑不亢地活着。

名声和荣誉,是世人求之不得的东西,所以有沽名钓誉之徒,投机取巧,弄虚作假。这些不入流的品行为君子所不耻,他们不仅淡泊名利,有时还要采用自取其辱的方法,或为了明哲保身,或为了国家利益。他们这么做的时候,要抛却别人所在意的社会性评价,与众人的自夸反其道而行之,这就不仅仅需要勇气,更是一种智慧了。

《菜根谭》中说:"富贵名誉,自道德来者,如山村中花,自是舒徐繁衍;自功业来者,如盆槛中花,便有迁徙兴废;若以权力得者,如瓶钵中花,其根不植,其萎可立而待矣。"这段话的意思是:一个人的荣华富贵,如果是因为施行仁义道德而得来的,就会像生长在大自然中的花一样,不断繁衍生息,没有绝期;如果是从建立的功业中得来的,就会像栽在花钵中的花一样,因移动或环境变化而凋谢;若是靠权力霸占或谋私所得,那这富贵荣华就会像插在花瓶中的花,因为缺乏生长的土壤,马上就会枯萎。这就告诉我们,没有道德修养,仅靠功名、机遇

或者是非法手段求得的富贵名誉，不仅不能长久，还可能会带来灾难。只有那些德行高尚的人，才能领悟个中道理，保住一生平安。

唐朝郭子仪爵封汾阳王，王府建在首都长安的亲仁里。汾阳王府自落成后，每天都是府门大开，任凭人们自由进进出出，而郭子仪不允许其府中的人对此加以干涉。有一天，郭子仪帐下的一名将官要调到外地任职，来王府辞行。他知道郭子仪府中自无禁忌，就一直走进了内宅。恰巧，他看见郭子仪的夫人和他的爱女正在梳妆打扮，而王爷郭子仪正在一旁侍奉她们，她们一会儿要王爷递手巾，一会儿要他去端水，使唤王爷就好像奴仆一样。这位将官当时不敢讥笑郭子仪，回家后，他禁不住讲给他的家人听，于是一传十，十传百，没几天，整个京城的人们都把这件事当成笑话来谈论。郭子仪听了并不在意，他的几个儿子听了反倒觉得太丢王爷的面子。他们决定对他们的父亲提出建议。他们相约一起来找父亲，要他下令，像别的王府一样，关起大门，不让闲杂人等出入。郭子仪听了哈哈一笑，几个儿子哭着跪下来求他，一个儿子说："父王您功业显赫，普天下的人都尊敬您，可是您自己却不尊重自己，不管什么人，您都让他们随意进入内宅。孩儿们认为，即使商朝的贤相伊尹、汉朝的大将霍光也无法做到您这样。"

郭子仪听了这些话，收敛了笑容，对他的儿子们语重心长地说："我敞开府门，任人进出，不是为了追求浮名虚誉，而是为了自保，为了保全我们全家人的性命。"

儿子们感到十分惊讶，忙问这其中的道理。郭子仪叹了一口气，说道："你们光看到郭家显赫的声势，而没有看到这名声有丧失的危险。我爵封汾阳王，往前走，再没有更大的富贵可求了。月盈而蚀，盛极而衰，这是必然的道理。所以，人们常说要急流勇退。可是眼下朝廷尚要用我，怎肯让我归隐；再说，即使归隐，也找不到一块能够容纳我郭府一千余口人的隐居地呀。可以说，我现在是进不得也退不得。在这种情况下，如果我们紧闭大门，不与外面来往，只要有一个人与我郭家有仇怨，诬陷我们对朝廷怀有二心，就必然会有落井下石、妨害贤能的小人从中添油加醋、制造冤案，那时，我们郭家的九族老小都要死无葬身之地了。"郭子仪之所以让府门敞开，是因为他深知官场的险恶，正因为他具有长远的政治眼光又有一定的德行修养，能够忍受各种复杂的政治环境，必要时牺牲掉局部利益，确保了全家安乐。

还是洪应明老先生说得对："势利纷华，不近者为洁，近之而不染者为尤洁；智械机巧，不知者高，知之而不用者为尤高。"这话的意思就是：面对诱人的荣华富贵和炙手的权势、名利，能够毫不为之动心的人，其品格是高洁的，而接近了富贵和权势名利却不沾染一丝奢靡之习气的，这种品格就更为高洁了。不知道投机取巧玩弄权术的手段的人，固然是清高的，知道了却不去采用它，这种人无疑是最清高的。这就是说，面对荣华富贵，但不被这些东西迷惑，能洁身自好的人，就不会受到玷辱，就能平安无事。

在名利场上获得一定权势、地位的人，若想固守自己的一方净土，求得一生的平安，则应当注重德行，注意顺乎自然，决不可强求。

4. 当时共我赏花人，点检如今无一半

——活在当下最重要

【出处】

晏殊《木兰花·池塘水绿风微暖》

【原文】

池塘水绿风微暖，记得玉真初见面。重头歌韵响铮琮，入破舞腰红

乱旋。

玉钩阑下香阶畔，醉后不知斜日晚。当时共我赏花人，点检如今无一半。

【译文】

园里池塘泛着碧波，微风送着轻暖；曾记得在这里和那位如玉的美人初次相会。宴席上她唱着前后阕重叠的歌词，歌声如鸣玉一般。随后，她随着入破的急促曲拍，舞动腰肢，红裙飞旋，使人应接不暇。

如今在这白玉帘钩和栅门下面，散发着落花余香的台阶旁边，我喝得酩酊大醉，不知不觉日已西斜，天色渐晚。当时和我一起欣赏美人歌舞的人们，如今详查，大多数早已离世。

【赏析】

《木兰花·池塘水绿风微暖》是宋代文学家晏殊的词作。这首词写作者在池塘旧地回忆往昔初识佳人的情景。开头两句与结尾两句为今日情事，中间四句为忆旧。绿水池塘，微风送暖，牵动词人对往昔的回忆。当时词人与玉真初次相见，歌舞之情难禁，掐指细数当时与之一起在这儿赏花行乐的人，如今旧友零落过半，自己唯借酒消愁。结句由虚入实，感情沉着，情韵杳渺。表现出词人博爱的胸襟，透露出对人生无常的伤感。

《列子·天瑞》中提到："古者谓死人为归人。夫言死人为归人，则生人为行人矣。行而不知归，失家者也。"这是说生命随时都要回归，走向它必然的归宿，谁都难以预料明天将会发生什么。

故交零落，人生无常，死亡是谁也无法阻挡或者改变的结局。所谓"人生天地间，忽如远行客"大概就是这个意思。

曹操曾大唱："对酒当歌，人生几何？"陶渊明哀叹："人生无根蒂，飘如陌上尘"。苏轼说："人生如梦，一尊还酹江月。"曹植说："人生处一世，去若朝露晞。"人生无常，也不过一场梦罢了……

人有悲欢离合，月有阴晴圆缺——胸怀旷达，洒脱人生

年年岁岁花相似，岁岁年年人不同。人生只道是寻常，"活在当下"最重要。

那么，什么叫作"当下"呢？简单地说，"当下"就是指你现在正在做的事、生活的地理环境和人文环境。"活在当下"，就是要求人们把生活中所关注的焦点，集中在现在所处的人、事、物上面，全心全意地去接纳它们，认认真真地去品味它们，客观大度地去体验它们。

作家安吉丽思曾经写过一本《活在当下》的书，她在书中说："当你存心去找快乐的时候，往往找不到，唯有让自己活在'现在'，全神贯注于周围的事物，快乐便会不请自来。"

安吉丽思列举她个人的亲身感受说，她这一生，都在努力掌握和控制身边的每一件事，尽力去完成自己制定的每一个目标。她是一个充满自信心的人，她打心眼里相信，一个人努力争取得愈多，那么他的快乐也会愈多。可是，结果却大相径庭。她发现，她的努力正是阻止她获得快乐的最大障碍。而快乐这件"东西"，才真正是她努力想得到的东西。

经过反思，安吉丽思得出了这样一个结论：人生的意义，或许只不过是嗅一嗅身旁每一朵绮丽的鲜花，享受人生征途上所收获的点点滴滴而已。因为，对于有限的生命来说，昨天毕竟已成为历史，明日如何尚且不大可知，唯有"现在"才是上天赐予我们的最好的礼物。

台湾资深新闻工作者王梅在《快乐做自己》一书中，曾经这样提醒人们"每天都活在当下"，书中这样写道：

"假使，你的生命只剩下一天，明天就要结束，你今天想做什么？狠狠大吃一顿？彻夜不眠与爱人厮守？还是一个人躲起来大哭一场？

当生命走向尽头的时候，你问自己一个问题：你对这一生觉得了无遗憾吗？你认为想做的事你都做了吗？你有没有好好笑过、真正快乐过？

读宋词品人生

想想看，你这一生是怎么过的：年轻的时候，拼了命想挤进一流的大学；随后，你巴不得赶快毕业找一份好工作；接着，你迫不及待地结婚、生小孩；然后，你又整天盼望小孩快点长大，好减轻你的负担；后来，小孩长大了，你又恨不得赶快退休；最后，你真的退休了，不过，你也老得几乎走不动了……你突然发现，刚好可以停下来好好喘口气，可是，生命就这样要结束了？

其实，这不就是大多数人的写照吗？他们劳碌了一生，时时刻刻为生命担忧，为未来做准备，一心一意计划着以后发生的事，却忘了把眼光放在"现在"，等到时间一分一秒地溜过，才恍然大悟'时不与我'。"

的确，我们的眼、手，我们的整个心灵和身体，都生活在"现在"，并且也只能生活在"现在"。正因为如此，我们又为什么要一遍又一遍地去回顾往事、忧虑未来呢？

实际上，过去不论多么值得留恋或是多么让你悔恨，那也只是一种心理反应，"过去"已经过去，已经不再存在了；而"未来"还尚未到来，也是不存在的，也无须一遍又一遍地忧虑。再说，未来是现在的延伸和发展，关注于现在，把握好现在，也就是关注并把握了未来。

有个小和尚，每天早上负责清扫寺院里的落叶。清晨起床扫落叶实在是一件苦差事，尤其在秋冬之际，每一次起风时，树叶总随风飞舞。每天早上都需要花费许多时间才能清扫完，这让小和尚头痛不已。他一直想要找个好办法让自己轻松些。

后来有个和尚跟他说："你在明天打扫之前先用力摇树，把落叶统统摇下来，后天就可以不用扫落叶了。"小和尚觉得这是个好办法，于是隔天他起了个大早，使劲地猛摇树，这样他就可以把今天跟明天的落叶一次扫干净了。一整天小和尚都非常开心。

第二天，小和尚到院子里一看，他不禁傻眼了。院子里如往日一样满地落叶。这时老和尚走了过来，对小和尚说："傻孩子，无论你今天怎么用力，明天落叶还是会飘下来。"

小和尚终于明白了，世上有很多事是无法提前的，唯有认真地活在当下，才是最真实的人生态度。对此，你可能会说："这有什么难的？我不是一直都活着并与它们为伍吗？"话是不错，问题是，你是不是一直活得很匆忙，不论是吃饭、走路、睡觉、娱乐，你总是没什么耐性，急着想赶赴下一个目标？因为，你觉得还有更伟大的目标正等着你去完成，你不能把多余的时间浪费在"现在"这些事情上面。

不只是你，大多数的人都无法专注于"现在"，他们总是若有所思，心不在焉，想着明天、明年甚至下半辈子的事。有人说"我明年要赚得更多"，有人说"我以后要换更大的房子"，有人说"我打算找更好的工作"。后来，钱真的赚得更多，房子也换得更大，职位也连升好几级，可是，他们并没有变得更快乐，甚至还是觉得不满足："唉！我应该再多赚一点！职位更高一点，想办法过得更舒适一点！"

这就是没有"活在当下"，就算得到再多，也不会觉得快乐，不仅现在不够，以后永远也不会嫌够。这是忘了真正的满足不是在"以后"，而是在"此时此刻"，事实上那些想追求的美好事物，不必费心等到以后，现在便已拥有。或许人生的意义，不过是嗅嗅身旁每一朵绮丽的花，享受一路走来的点点滴滴而已。毕竟，昨日已成历史，明日尚不可知，只有"现在"才是上天赐予我们最好的礼物。

5. 浮生长恨欢娱少，肯爱千金轻一笑

——别为金钱丢掉快乐

【出处】

宋祁《玉楼春·春景》

【原文】

东城渐觉风光好。縠皱波纹迎客棹。绿杨烟外晓寒轻，红杏枝头春意闹。

浮生长恨欢娱少。肯爱千金轻一笑。为君持酒劝斜阳，且向花间留晚照。

【译文】

漫步东城感受到风光越来越好，船儿行驶在波纹骤起的水面上。拂晓的轻寒笼罩着如烟的杨柳，唯见那红艳艳的杏花簇绽枝头。

人生总是怨恨苦恼太多欢娱少，谁惜千金却轻视美人迷人一笑？为君手持酒盏劝说金色的斜阳，且为聚会向花间多留一抹晚霞。

【赏析】

《玉楼春·春景》是宋代词人宋祁的词作。此词赞颂明媚的春光，表达了及时行乐的情趣。上阕描绘春日绚丽的景色。"东城"句，总说春光渐好；"縠皱"句专写春水之轻柔；"绿杨烟"与"红杏枝"相互映衬，层次疏密有致；"晓寒轻"与"春意闹"互为渲染，表现出春天生机勃勃的景象。下阕直抒惜春寻乐的情怀。"浮生"二字，点出珍惜年华之意；"为君"二句，明为怅怨，实是依恋春光，情极浓丽。全词收放自如，井井有条，用语华丽而不轻佻，言情直率而不扭捏，着墨不多而描景生动，把对时光的留恋、对美好人生的珍惜写得韵味十足，是当时誉满词坛的名作。

人生的压力、郁闷和不快乐并不是因为拥有的太少，只是欲望太多，总想得到更多的物质财富和享受，所以内心永远在疲惫的追逐中憔悴沉重。

即使费尽心力得到了想要的，新的欲望又会接踵而至。于是，还来不及休息，就开始了新的追逐……

心灵没有了闲暇安逸，快乐当然就不再光顾。

不要为金钱丢掉快乐，物质财富的确能给心灵带来一时的快乐，但这物质繁荣的时代，也剥夺了人们快乐的美好时光。

俗话说："人为财死，鸟为食亡。"钱财确实给人带来了不少快乐，但也给人带来不少烦恼。记得有首歌的歌词是："钱啊！大姑娘为你走错了路，小伙子为你累弯了腰，钱啊！你是杀人不见血的刀。"

对于有些人来说，把钱财看得太重，自己无钱财时眼红别人，不择手段千方百计地得到钱财，自己拥有钱财时又非常吝啬，亲兄弟之间甚至于对父母也是分厘必争，对这些人来说钱财不仅是烦恼，而且能使其丧命。当然不会给他们带来快乐。

邹韬奋（1895—1944年），中国现代新闻记者、政论家和出版家。1926年，他在上海主编《生活》周刊。

1931年，有位读者写信给《生活》周刊，揭露国民政府交通部部长王伯群贪污腐化，穷奢极侈，吃喝嫖赌，无恶不作。信中还揭露，王伯群利用贪污的金钱和手中的权势，诱逼大学一名女生做他的小老婆，而举办奢华的婚礼不亚于蒋介石和宋子文。主编邹韬奋看完信十分气愤，他提笔一口气写了一篇编者按，指出高级官员如此腐败，实为国家的罪人，人民的公敌。

稿子正在排印时，王伯群闻知此事，急忙派了两名心腹，携10万巨款直奔《生活》周刊报社。来人见了邹韬奋，假仁假义地说："王部长一向关心报界诸人，最近拨下巨款，慰劳上海各大小报馆的编辑、记

者。王部长说《生活》周刊是份非常好的刊物，他几乎每期必读。所以，专门嘱咐我们，送给《生活》周刊的慰劳经费要特别多些，以补助你们经费不足，请邹先生笑纳。"说毕，捧上10万元。

邹韬奋拒绝道："我们《生活》周刊一向自力更生，从不接受任何津贴补助，请带回去还给王部长吧！"来人见这招无效，急忙改口道："这笔钱不算津贴补助。如果邹先生认为名不正的话，我们就将这笔款作为股金对《生活》周刊投资好了。请邹先生一定收下，我们也好回去交差。"

邹韬奋见他们还要死缠，便冷冷地说："王部长既然如此慷慨，那就请你们二位将这笔款捐赠给苏北地区几百万饥寒交迫的灾民吧！"两个人见邹韬奋态度坚决，不为这10万元所动，只好悻悻退出。

"人为财死，鸟为食亡"，看来这话只有一半是正确的，动物无信仰，无操守，为食而亡，不计利害。人则不同，唯财是贪，唯色是渔，此种人动物性没有脱尽，君子爱财，取之有道，不义之财不取，那样的人，就脱离了低级的动物性了。

大作家易卜生对金钱的认识可谓精辟。他指出："钱能买来食物，却买不来食欲；钱能买来药品，却买不来健康；钱能招来熟人，却招不来朋友；钱能带来奉承，却带不来信赖；钱能使你开心，却不能使你幸福。"有一句西方谚语也道："金钱是走遍天下的通行证——除了到天堂之路；金钱也能买到任何东西——除了幸福。"是的，金钱可以换来舒适的生活，却很难换到幸福。我们不可把单纯的物质享受、口腹之欲的满足同幸福混为一谈。我们很难说历史上那些帝王、位极人臣者以及家资巨万者比一般老百姓拥有更多的幸福。吃得久了，山珍海味也味同嚼蜡；女人多了，也只是情欲的满足。历史上有一个著名的命题，即：有枪杆子保护的人和手拿锄头的人谁更安全，谁更有安全感，谁更满足？答案是手拿锄头的人。当一个人不得不为过多的金钱而提心吊胆，

人有悲欢离合，月有阴晴圆缺——胸怀旷达，洒脱人生

要以枪杆子来保护自己的人身安全时，这个人就陷入了无穷无尽的恐惧和烦恼之中。那么，我们便不难理解"钱多了不是好事"的古训。

明代魏大中在42岁时中了进士，随即被授予官职，不久便感到意思萧然，准备归隐。他想起贫困时期同慈母娇妻爱子享受天伦之乐，想起与师友赓歌互答的欢乐场面，慨然叹道："试问位高金多者还识此乐否？"

历史上有那么多达观的人放弃荣华富贵而甘愿过恬淡的生活，甚至退隐山林，无拘无束，他们才是人生真谛的领悟者。

在我们的现实生活中，也需要有放得下的清醒。其实，在物欲横流的今天，摆在每个人面前的诱惑实在太多，这就需要保持清醒的头脑，勇于放得下。如果抓住想要的东西不放，甚至贪得无厌，就会带来无尽的压力，痛苦不安，甚至毁灭自己……

古语说："宠辱不惊，看庭前花开花落；去留无意，望天上云卷云舒。"这句话就道出了"放得下"的快乐，而作为现代人，我们为何不像他们一样，学会"放得下"来给自己增加点心理弹性，如此就会在生活中少一份烦恼，多一份快乐。

我们常说一个人要拿得起，放得下。而在付诸行动时，"拿得起"容易，"放得下"难。所谓"放得下"，是指心理状态，就是遇到"千斤重担压心头"时能卸掉心埋上的重压，轻松自如。

6. 无可奈何花落去，似曾相识燕归来

——得失无语才是人生

【出处】

晏殊《浣溪沙·一曲新词酒一杯》

【原文】

一曲新词酒一杯，去年天气旧亭台。夕阳西下几时回？

无可奈何花落去，似曾相识燕归来。小园香径独徘徊。

【译文】

填曲新词品尝一杯美酒，时令气候亭台池榭依旧，西下的夕阳几时才能回转？无可奈何中百花再残落，似曾相识的春燕又归来，独自在花香小径里徘徊。

【赏析】

《浣溪沙·一曲新词酒一杯》是晏殊词中最为脍炙人口的篇章。全词抒发了悼惜残春之情，表达了时光易逝，难以追挽的伤感。词中似乎于无意间描写司空见惯的现象，却富有哲理，启迪人们从更高层次思索宇宙人生问题。词中涉及时间永恒而人生有限这样深广的意念，却表现得十分含蓄。

此词虽含伤春惜时之意，却实为感慨抒怀之情，悼惜残春，感伤年华的飞逝，又暗寓怀人之意。词之上片绾合今昔，叠印时空，重在思昔；下片则巧借眼前景物，重在伤今。全词语言圆转流利，通俗晓畅，清丽自然，意蕴深沉，启人神志，耐人寻味。词中对宇宙人生的深思，给人以哲理性的启迪和美的艺术享受。"无可奈何花落去，似曾相识燕归来"两句历来为人称道。

在人生的境遇里，不管你愿意不愿意，得失都要伴随你一生。人

第七章

人有悲欢离合，月有阴晴圆缺——胸怀旷达，洒脱人生

213

生就是一个不断得失的过程。失之东隅，收之桑榆，得失相依，有失就有得。

当你失去了明媚的阳光，你却得到了皎洁的月光；当你失去了文学家浪漫的憧憬，你却得到了科学家缜密的头脑。

"塞翁失马，焉知非福？"失去未必就是一种无法超越的灾难，因为，生命中并没有绝对的失去，失去其实是另一种形式的得到。而人生也总是在得失之间获得平衡。

一个人坐在轮船的甲板上看报纸，突然一阵大风把他新买的帽子刮落大海中，只见他用手摸了一下头，看看正在飘落的帽子，又继续看起报纸来。另一个人大惑不解："先生，你的帽子被刮入大海了！""知道了，谢谢！"他仍然继续读报。"可那帽子值几十美元呢！""是的，我正在考虑怎样省钱再买一顶呢！帽子丢了，我很心疼，可它还能回来吗？"说完那人又继续看起报纸来。的确，失去的已经失去，既然已经无法挽回，又何必大惊小怪或耿耿于怀呢？

在高速行驶的火车上，一个老人不小心把刚买的新鞋从窗口掉下了一只，周围的人倍感惋惜。不料那老人又立即把第二只鞋也从窗口扔了下去，这更让人大吃一惊。"是这样！"老人解释道，"这一只鞋无论多么昂贵，对我而言都已经没有用了。如果有谁能捡到一双鞋子，说不定还能穿呢！"显然，老人的行为已经有了价值判断：与其抱残守缺，不如果断放弃。有时事物的价值不在于是谁占有，而是在于如何占有。

许多人都有过丢失重要或心爱之物的经历。比如不小心丢失了刚发的工资，最喜爱的自行车被盗了，相处了好几年的恋人拂袖而去了等等，这些大都会在我们的心理上投下阴影，有时我们甚至因此而备受折磨。究其原因，就是我们没有调整心态去面对失去，没有从心理上承认失去，只沉湎于已不存在的东西，而没有想到去创造新的东西。人们安慰丢东西的人时常会说："旧的不去，新的不来。"其实事实正是如

此，与其为失去的自行车懊恼，不如考虑怎样才能再买一辆新的；与其因恋人的离开痛不欲生，不如振作起来，重新开始，去赢得新的爱情……

有两个朋友曾结伴出门旅游，在即将返回的时候他们发现钱包不见了。其中一个人把自己去过的地方寻了个遍，询问了许多人，还到派出所报了案，结果一无所获。而另一个朋友在发现丢了钱包之后，不是一味地懊悔，而是积极想办法，考虑如何才能挣到回家的路费。他走进一家饭店，向老板讲明了自己的情况后，用给饭店洗菜的办法为自己和同行的朋友挣得回家的路费。直到现在，一提起这件事他也总是说："旅游的时间那么短，有趣的事那么多，为了丢失钱包而一直烦恼下去很不值得。"人生有许多事情要做，为什么要为一时的失去而一直伤心呢？

每个人都有失去的经历，但对其所持的心态却不同。有的人总是向别人反复表明他失去的东西有多么好，有多么的珍贵，这是很没必要的。但是有些人却表现不同，比如，他们在失去了原有的工作之后，不是一味地伤感，而是主动寻找新的工作；他们相信，失去并不意味着失败，失去后还可以重新拥有。而这才是成功者应具备的心态。

普希金的抒情诗《假如生活欺骗了你》最后有两句话是："一切都是暂时，一切都会消逝；让失去的变得可爱。"显然，有时失去不是忧伤，而是一种美丽；失去不一定是损失，也可能是奉献。只要我们用积极进取的心态面对，失去也会变得可爱！

人生绝不仅仅是一种作为生物的存活，它是一些莫测的变幻，也是一股不息的奔流，而在此过程中我们接受"失去"并不意味着永远的失去，我们将获得别样的拥有。

人的一生，有得有失，有盈有亏。整个人生就是一个不断的得而复失、失而复得的过程。

在一生中，我们将逐渐地失去年轻，失去健康，失去少年的轻狂，失去可以把握一切的气势，失去做梦的勇气，其实，也在失去做梦的资

第七章

人有悲欢离合，月有阴晴圆缺——胸怀旷达，洒脱人生

215

本。随着年龄的增大，我们还要面临失去工作，失去身边的朋友、熟人，到最后，我们要失去整个熟悉的世界，步入天堂。因此，我们一定要学会接受"失去"。

一位旅客去三峡旅游，站在船尾观赏两岸景色时，不小心将手提包掉落在江中，包中有不少钞票，他当即不假思索地跃身投水捞包。结果虽然包抓到手中，可人再也没有出来。这位旅客如果学会接受失去，也不至于失去生命。

人赤条条地来到这个世界，又手握空拳地离去。人的一生不可能永久地拥有，一个人获得生命后，先是童年，接着是青年、壮年、老年。然而这一切又都在不断地失去，在你得到的同时，你其实也在失去。所以说人生获得的本身也是一种失去。人生在世，有得有失，有盈有亏。有人说得好，你得到了名人的声誉或高贵的权力，同时就失去了做普通人的自由；你得到了巨额财产，同时就失去了淡泊清贫的欢愉；你得到了事业成功的满足，同时就失去了眼前奋斗的目标。我们每个人如果认真地思考一下自己的得与失，就会发现，在得到的过程中也在不同程度地经历着失去。整个人生就是一个不断的得而复失、失而复得的过程。一个不懂得什么时候该失去什么的人，是愚蠢可悲的人。同时谁违背这个过程，谁就会像贪婪的蛇，累倒在地，爬不起来。

俄国伟大诗人普希金在一首诗中写道："一切都是暂时，一切都会消逝；让失去的变得可爱。"居里夫人的一次"幸运失去"就是最好的说明。1883年，天真烂漫的玛丽亚（居里夫人）中学毕业后，因家境贫寒无钱去巴黎上大学，只好到一个乡绅家里去当家庭教师。她与乡绅的大儿子卡西密尔相爱，在他俩计划结婚时，却遭到卡西密尔父母的反对。这两位老人深知玛丽亚生性聪明，品德端正，但是，贫穷的女教师怎么能与自己家庭的钱财和身份相匹配？父亲大发雷霆，母亲几乎晕了过去，卡西密尔屈从了父母的意愿。

失恋的痛苦折磨着玛丽亚，她曾有过"告别尘世"的念头。但玛丽亚毕竟不是平凡的女人，她除了个人的爱恋，还爱科学和自己的亲人。于是，她放下个人情感得失，刻苦自学，并帮助当地贫苦农民的孩子学习。几年后，她又与卡西密尔进行了最后一次谈话，卡西密尔还是那样优柔寡断，她终于砍断了这根爱恋的绳索，去巴黎求学。这一次"幸运的失恋"，就是一次失去。如果没有这次失去，她的历史将会是另一种写法，世界上就会少了一位伟大的女科学家。

　　学会习惯于"失去"，往往能从"失去"中"获得"。得其精髓者，人生则少有挫折，多有收获；人会从幼稚走向成熟，从贪婪走向博大。

　　对善于享受愉悦心情的人来说，人生的艺术只在于进退适时，取舍得当。因为生活本身即是一种悖论：一方面，它让我们依恋生活的馈赠；另一方面，又注定要我们与这些礼物最终分离。正如先师们所说：人生在世，紧握着拳而来，平摊两手而去。

　　执着地对待生活，紧紧地把握生活，但又不能抓得过死，松不开手。人生这枚硬币，其反面正是那悖论的另一要旨：我们必须接受"失去"，学会怎样放手。

7. 占得人间一味愚

——大智若愚是一种人生境界

【出处】

苏轼《南乡子·自述》

【原文】

凉簟碧纱厨。一枕清风昼睡馀。睡听晚衙无一事，徐徐。读尽床头

人有悲欢离合，月有阴晴圆缺——胸怀旷达，洒脱人生

几卷书。

搔首赋归欤。自觉功名懒更疏。若问使君才与术，何如。占得人间一味愚。

【译文】

簟席生凉，碧纱橱帐，白日里闲眠醒来，枕边轻风拂过。躺在床上听闻昨晚的衙门里没什么公事，慢慢地，把床头的几卷书给看完了。

抓着脑袋吟诵起归隐的诗句来，自己感到对功名利禄已经没多少兴趣。假如有人问起我的能耐如何，只不过是一个"愚"字罢了。

【赏析】

当别人问及"使君"的才学时，苏轼才能通达、释然而略带自嘲地说自己是"占得人间一味愚"。言外之意，在他看来，是否有才学并不重要，但自己到现在才看破功名，这才是真的"一味愚"。整个下片议论，表面上看都是自嘲，在贬低自己，实际却是在表达一种摆脱尘世功名束缚的愿望，同时也是在庆幸自己已经慢慢摆脱了这些束缚。

古语云：大智若愚，大巧若拙。这句话的意思大概是拥有大智慧的人往往都表现得很愚钝，身手很灵敏的人往往都表现得很笨拙。其实，这是一种境界。人生中适当的"傻"是一种美德，也是一种智慧。

真正的聪明人往往是揣着明白装糊涂，给人的印象是表面混沌无知、糊里糊涂，实则冰雪聪明，心里透亮。

春秋时期，楚王请了很多臣子们来喝酒吃饭，席间歌舞妙曼，美酒佳肴，烛光摇曳。同时，楚王还命令两位他最宠爱的美人许姬和麦姬轮流向各位敬酒。

忽然一阵狂风刮来，吹灭了所有的蜡烛，漆黑一片，席上一位官员乘机揩油亲泽，摸了许姬的玉手。许姬一甩手，扯了他的帽带，匆匆回到座位上并在楚王耳边悄声说："刚才有人乘机调戏我，我扯断了他的帽带，你赶快叫人点起蜡烛来，看谁没有帽带，就知道是谁了。"

楚王听了，连忙命令手下先不要点燃蜡烛，却大声向各位臣子说："我今天晚上，一定要与各位一醉方休，来，大家都把帽子脱了痛快饮一场。"

众人都没有戴帽子，也就看不出是谁的帽带断了。

后来，楚王攻打郑国，有一健将独自率领几百人，为三军开路，斩将过关，直通郑国的首都，而此人就是当年揩许姬油的那一位。他因楚王施恩于他，而发誓毕生效忠于楚王。

楚王具备豁达、宽容大度的素质。当时面对有人调戏自己的妃子，却做出了令那位调戏者也没有想到的决定。楚王当时之所以能够顺利地平定内乱，夺取霸业，后来成为春秋"五霸"之一，这与他的宽容大度、小事糊涂、善于笼络部属密不可分。

大智若愚实在是一种人生的最高修养，也是一种做人的谋略。

所谓愚，是指有意糊涂。该糊涂的时候，就不要顾忌自己的面子、自己的学识、自己的地位、自己的权势，一定要糊涂。而该聪明、清醒的时候，则一定要聪明。由聪明而转糊涂，由糊涂而转聪明，则必左右逢源，不为烦恼所扰，不为人事所累，这样的人总有更多成功的机会。

曹操焚烧他的下属私通袁绍书信的故事，在中国历史上就是非常有名的一个"糊涂事"。公元200年，袁绍在官渡决战曹操，被打得大败。曹操在收缴袁绍往来书信中，得到自己军中有些将领写给袁绍的信。在别人看来，这正是一个清理内部不稳定因素的最佳时机。但是如果查出了这一点，对曹操的事业来说却没有任何的好处。袁绍被击败了，那些不稳定的因素也已经断掉了想法和希望。而此时的曹操正处于开始阶段，很是需要人手。

如果要查的话，肯定会引起这些人的惊慌和恐惧，内部会更加的不稳定。所以，曹操在这个问题上表现得非常的"糊涂"，他把收缴来的

人有悲欢离合，月有阴晴圆缺——胸怀旷达，洒脱人生

信全部都付之一炬，说："当绍之强，孤犹不能自保，况众人乎！"对心意不稳定的人，表示理解。事实证明，不知道不需要知道的事，下属会因此而感受到你的信任，原本摇摆不定的人很可能因受到信任而忠心耿耿，一心一意为你的事业服务。

在现实生活中，有时也需要装傻，这并不是说你要对所有的事情视而不见，而是说对于那些你难以预料后果的事情如果没有能力解决，该糊涂的时候还是要糊涂的。装糊涂甚至是一种需要，不光你需要装糊涂，就是别人也希望你装糊涂，在一些与你干系不大的事情上住嘴。这样你自己平安无事，别人也开心，因为毕竟没有几个人愿意别人干涉自己的事情。当然，装糊涂也是有界限的，在大是大非上，我们当然要坚定立场，所谓小事糊涂大事不糊涂，才是糊涂的真境界。

装傻是一种人生境界，并不是人人都能达到的。当你具备了相当的品性，有了一定的修养，才能达到那种境界。装傻不等于真傻，有很多外表看上去聪明得很，做事也很精明的人实际上是真傻，因为他已把自己的优劣长短暴露得一览无余。很多装傻的人实际上是极聪明的，尽管他们比那些公认的聪明者要高明很多，但他们深知不必要的锋芒毕露有害无益，因此才装起糊涂来。

常言说"聪明难，糊涂更难"，是说我们在处理事情的时候要保持清醒的头脑很难，但要在适当的时候糊涂更加难。因此，装傻不仅是一种艺术，更是一种真正的人生大智慧，是真正的聪明。

8. 刚者不坚牢，柔者难摧挫

——柔弱胜刚强

【出处】

辛弃疾《卜算子·齿落》

【原文】

刚者不坚牢，柔者难摧挫。不信张开口了看，舌在牙先堕。

已阙两边厢，又豁中间个。说与儿曹莫笑翁，狗窦从君过。

【译文】

坚硬的事物容易折断，而看起来柔软的事物往往生命力顽强。如果不相信就张开嘴看看，舌头完好无损牙齿却已脱落。

两边的槽牙已经掉光，中间的切齿也开了个大洞。孩子们不要笑我稀落的牙齿似狗洞，这洞可以供你们进出耍着玩呀！

【赏析】

柔弱胜刚强，辛弃疾此词就告诉我们这样一个人生智慧。他说，刚正者不坚固，柔软者易存，就像口中坚硬无比的牙齿反而容易掉落，而柔滑的舌头却长存一样，刚强未必是强，而柔弱未必是弱。老子也说过："舌之存也，岂非以其柔耶？"舌在而齿亡，刚摧而柔存，说明刚强终不胜柔弱。

春秋末期，郑国有一位叫子产的宰相。他执政的特点是刚柔并济，即在高压和怀柔两种政策中采取最适当的做法，把国家治理得国富民强。郑国是一个小国，想要在大国的觊觎之下力图生存，强化国力是当务之急，子产一方面提倡振兴农业，另一方面要确保军事费用，于是决定征收新税。由此民怨沸腾，有人甚至扬言要杀死他，朝中大臣们也有不少人出来反对，而子产却不让步，力排众议，实施既定政策。他说：

人有悲欢离合，月有阴晴圆缺——胸怀旷达，洒脱人生

"为了国家利益，即使牺牲个人也在所不惜，我听说为善必须有始有终，如果虎头蛇尾，那么千辛万苦所做的一切都会付诸流水，我决心贯彻始终，绝不能因为百姓的责难而改变初衷。"

过了几年，农村的振兴计划初见成效，农民的生活水平日益提高，这时当年责备子产的国民，也转而歌颂他的政绩，不因百姓和大臣的非难而低头，能够对自己的政策贯彻到底。这就是子产"刚"的一面。身为领导，有时就是要能够力排众议，坚持己见，方能获得成功，那些处事优柔寡断，毫无主见的人，永远不会成为强者。

子产"柔"的一面体现在其教育政策上。当时各地普遍设有称为"乡校"的学校，以此培养知识分子。但是乡校往往为那些对政治不满的人所利用，当作政治活动场所，若任其发展下去，可能会对统治造成威胁。有一些人提出关闭乡校的意见。

子产反驳说："其实不需要关闭乡校，众人在结束了一天的工作之后，聚集在那里批评政治，我们可以把他们的意见当作为政的参考，得到好评的政策便继续实行，若得到批评则加以改良，他们可以说是我们的老师啊！如果施以强压，也许会暂时抑止他们的言论，但那正如堵塞河川一样，虽然暂时堵住了，不久更大的洪水一定会滚滚而来，冲坏堤堰。若到了这步田地，那就真的无法挽救了。与其如此，反不如在平时慢慢疏通洪水，引导出一条水道，不是更合适吗？"由此可见，子产"软"的政策就是宽容政策，允许别人发表不同意见，作为自己的借鉴，有则改之，无则加勉，这才是胸怀宽广的处世之道。

"怀柔"是留刺策略中的更高招数。比起"削刺"，它不但省力省事，而且也使所收用的"刺"更加忠实可靠。因为一旦收为己有，用起来就会更加顺手，仿佛这条荆棘上的刺本来就是属于自己的武器。

建武元年（25年），刘秀在荥阳称帝时，只拥有黄河以北的部分土地，攻占的多是些中小城市。刘秀有远大的政治抱负，不满足于一隅偏

安。即位不久，他亲率大军由黄河北岸的怀县（今河南武陟县附近）出发，沿河而上，包围了黄河南岸的洛阳。刘秀坐镇与洛阳一河之隔的河阳（今河南孟州市西），指挥围攻洛阳的战斗。

洛阳地处中原，在西汉时期就在政治上和经济上有着重要地位，是兵家必争之地；洛阳守将朱鲔，原是绿林起义军的将军，更始帝刘玄称帝时，拜其为大司马。此时刘玄已投降赤眉军，但朱鲔仍然坚守此地。洛阳城高墙坚，粮草充足，加上朱鲔固守，刘秀大军围攻三个月终不能破城，不免心中着急。到了十月，刘秀正为洛阳久攻不下而烦躁，突然想起了大将岑彭。岑彭在王莽新朝时，是棘阳县令，刘演攻克宛城时被俘。当时刘玄主张杀掉他，被刘縯说情救下。后一直在刘縯手下。不久，刘縯被刘玄杀害，岑彭就当了朱鲔的校尉，曾在战斗中杀死王莽的扬州牧李圣，占领了淮阴（今江苏淮阴区）城，被朱鲔推荐为淮阴都尉，因此，岑彭和朱鲔之间有过一段交情。

刘秀将岑彭召来皇帝行辕，派他去劝降朱鲔。

岑彭欣然接受了任务。他来到洛阳城下，"高声叫道：请禀告朱将军，故人岑彭求见！"守城小将立即通报了朱鲔。朱鲔心想，岑彭现为刘秀大将，这时候到此，莫非是劝降吗？便身着战袍，站在城头之上。二人互道别情以后，岑彭接着说："过去，我有幸追随麾下，又承蒙将军提拔，常思报恩。如今赤眉已下长安，更始帝刘玄败亡。光武皇帝陛下受天之命，平定燕赵，尽有幽燕，百姓归心，有识之士纷纷来投。今陛下兵临洛阳城下，正是将军建功之时。天下重归于汉乃大势所趋，将军为什么还坚守这座孤城呢？"朱鲔俯下身，十分恳切地说："足下所说的道理，我自然领悟。只是三年前大司徒刘縯被害时我也曾参与谋划；后来刘玄遣萧王（刘秀）北伐，我又出面谏止。所以对于萧王而言，我是个有罪的人，萧王怎么会宽恕我呢？"

岑彭返回河阳，把朱鲔的顾虑告诉刘秀。刘秀听后笑了笑说："欲建大事者，岂能记人小怨？朱将军若肯献城来降，官爵均可保留，何谈诛罚？"然后，刘秀又手指黄河诚恳地说："我以河水为誓，决不食言！"岑彭上马重回城下，把刘秀的话转告朱鲔，朱鲔从城上垂下一条绳索，说："你讲的若是真话，就请顺此绳爬上城来。"岑彭毫不迟疑地抓住绳子，才爬了一段，朱鲔就在城上说："足下勿登，我信服就是！容我准备一下。"

五天以后，朱鲔对守城的部下说："我先去探望虚实，你等仍旧守城，如我不归，尔等率军南下，投奔郾王尹尊。"尹尊是刘玄所封的郾王。同时受封的还有朱鲔，但朱鲔反对刘玄封异姓王，自己曾拒而不受，才改为大司马，可见朱鲔对汉朝是十分忠诚的。他安排好之后，单骑来至汉营，先见岑彭，并自缚其身，由岑彭带至刘秀行辕。刘秀正坐在榻上，见二人来到，急忙起身迎接，并亲去其缚，朱鲔跪在地上，说道："臣知有罪，望陛下宽恕。"刘秀忙把朱鲔扶起，并为他掸去膝上的尘土，宽容地说道："为主尽忠，何罪之有？请将军勿这样说，今能与将军共同匡复汉室，真是社稷之幸，天下之幸。"

刘秀忙命准备酒宴，赐朱鲔同饮。席间，谈笑甚欢，不知不觉中，朱鲔的顾虑全部消除了。宴罢，刘秀命令岑彭"送朱将军过河，然后请朱将军自归洛阳"。朱鲔回到洛阳，与诸将言刘秀不记旧怨，宽厚大度，是位圣明的英主。诸将都十分高兴。第二天，朱鲔率全体守城将士向刘秀投降，被刘秀封为平狄将军、扶汉侯。

刘秀曾说："我治理天下，想行以柔术。"他是这么说的，也是这么做的。他对下属很少刑杀立威。至于部属的一些小过失，刘秀就更能抱宽容态度，不予计较。即使对有深仇大恨的人，仇家一旦改过自新，刘秀也照样不计前嫌予以重用，而且论功行赏。之所以在众多竞争对手中夺得天下，中兴汉室，这与刘秀的怀柔策略有着很大的关系。

刘秀的这种"怀柔"确实高明，不但不削刺，而且还护刺，给他们

封赏，宽恕罪责。这其实也正是"收刺、用刺"的上好之策。得道者多助，天下英雄都投奔到他麾下为他所用，得天下自然在情理之中。

实际上，上司为了安抚下属，也需要表现出让步的姿态，尤其在地位还不巩固的时候，更需要恩结下属，封官许愿。这当然有些无奈的成分，是软弱的表现，但为了笼络人心，取得成功，哪怕并不心甘情愿，也只好打肿脸充胖子摆出"赏赐"的面孔。

汉高祖四年，韩信派人对汉王说："齐国伪诈多变，是个反复无常的国家，请汉王答应我为假王，这样（更有力量和名义）来镇抚它。"谁都明白，这是韩信凭借自己的功劳和地位来要挟汉王，所以汉王一听，暴跳如雷，骂道："我被围困在这儿，日夜都盼望你来，你却想要造反吗？"张良和陈平与汉王贴耳小声说："汉正当不利的时候，怎么能禁止韩信自称为王？不如就此立他为王，使他自守。不然的话就要发生变乱，后果不堪设想。"汉王醒悟过来，又骂道："大丈夫定诸侯，应当做真王，为什么要称假王呢？"于是就立韩信当了齐王。

2000多年后的今天，我们每次读到这段故事都忍俊不禁，这幽默的故事，给当时严峻的时代增加了一点儿喜剧成分。刘邦的无赖小儿面孔暴露无遗，而韩信不久被杀，还说了一段"飞鸟尽，良弓藏；狡兔死，走狗烹"的话，话是不错，但他自己做得也有些过分呢！猜疑、反感的种子恐怕早已埋下了。刘邦封韩信为齐王，本非真心，是形势所迫的权宜之计，最终定了天下，无后顾之忧时，却伸出利爪，掐断了韩信的喉咙。

刚强的东西容易拆毁，柔软的东西反倒难以摧毁；最能持久的东西不是刚强者，而往往是柔弱者，它是能驾驭天下最刚强的东西。

人有悲欢离合，月有阴晴圆缺——胸怀旷达，洒脱人生

第八章

人生如逆旅，我亦是行人——时光易逝，珍惜人生

人生就是一场修行，就是一场艰难的旅程，每个人都只是一个匆匆的过客，或走或停，就这样慢慢走完人生征途。人生短暂，时光易逝。时间是组成生命的材料，浪费时间就是对生命的亵渎。只有珍惜时间，才是对生命的最大信仰，才是生命的主宰！

1. 一场愁梦酒醒时，斜阳却照深深院

——一寸光阴一寸金

【出处】

晏殊《踏莎行·小径红稀》

【原文】

小径红稀，芳郊绿遍。高台树色阴阴见。春风不解禁杨花，蒙蒙乱扑行人面。

翠叶藏莺，朱帘隔燕。炉香静逐游丝转。一场愁梦酒醒时，斜阳却照深深院。

【译文】

小路旁的花儿日渐稀少，郊野却是绿意盎然，高高的楼台在苍翠茂密的树丛中若隐若现。春风不懂得去管束杨花柳絮，好似那蒙蒙细雨乱扑人面。

黄莺躲藏在翠绿的树叶里，红色的帘子将飞燕阻隔在外，炉香静静燃烧，香烟像游动的青丝般缓缓上升。醉酒后从一场愁梦醒来时，夕阳正斜照着幽深的庭院。

【赏析】

此词写暮春闲愁。上阕写郊外暮春景色，蕴含淡淡的闲愁，将大自然春之气息表现得淋漓尽致，下阕写身边的春景，进一步对愁怨做铺垫，表达了词人面对时光匆匆逝去的无奈和哀伤。

时间是一条无始无终的河流，而人类不过是这时间河中的一朵浪花。在时间的河流中，个人的生命是短暂的，甚至你还没有醒过神来，生命就快要结束了。时间就是生命，人就是活在有限的时间里。所以，你必须智慧地面对自己的时间。

时间河流中的生存智慧就是管好自己的时间，节约时间，每天都要

人生如逆旅，我亦是行人——时光易逝，珍惜人生

有一个合理的安排，不要让时间浪费掉，珍惜时间就是珍惜你的生命。

"光阴似箭，日月如梭""黄金难买光阴，一世如白驹过隙""时间就是金钱，时间就是生命"……这些警句都是告诫人们要珍惜时间。

法国思想家伏尔泰，曾经出了一个有趣的谜语："世界上哪样东西是最长的又是最短的，最快的又是最慢的，最能分割的又是最广大的，最不受重视的又是最受惋惜的；没有它，什么事情都做不成；它使一切渺小的东西归于消灭，使一切伟大的东西生命不绝？"

这是什么呢？这就是时间。高尔基的回答同样充满辩证法：

"世界上最快而又最慢，最长而又最短，最平凡而又最珍贵，最容易被忽视而又最令人后悔的就是时间。"

时间有长短、快慢、平凡与珍贵的区分吗？

有，也没有。

说有，是因为，对个人生命时间而言，时间是有区别的。

说没有，是因为，时间是不变的，无始无终，是没有区别的。

我们每个人都生活在时间里，区别就在于每个人使用时间的方法不同，因而，价值和意义就不同。所以，每个人都想在自己有限的时间里，实现人生无限的梦想。

汉代有一首题目为《长歌行》的乐府诗，这样写道：

百川东到海，何时复西归？

少壮不努力，老大徒伤悲。

可见古代人对生命时间就有清醒的认识。其实，人一生下来，就应该对自己的生命时间做出安排。在他少不更事的时候，这种安排要由家长来进行，一旦他长大成人，就要对自己负责，就要安排自己的生命时间，以保证实现自己的人生目的。

安排好自己的时间，就要按照时间的安排去实践，去实现人生的价值。

时间就是在实践过程中一点一点失去的，在你的生活中，时间就像

布袋子里的水，存不住的，不知不觉就漏光了。

管好自己的时间，就是不要让时间溜走。

面对看不见、摸不着、触不到的匆匆时光，我们已经习以为常！当我们不经意地、若无其事地生活时，时光却在我们洗手时、吃饭时、沉默时义无反顾地从水盆里、饭碗里、双眼前溜走！当我们企图挽留它时，它却轻悄地、伶俐地过去！没有半点的踪迹，没有丝毫的留恋，没有丁点的不舍！原来，我们对待时光的遗弃竟然这样束手无策！

古往今来，人人都知道时间是宝贵的。有了时间才可以学习、工作，才可以增长知识，创造财富。但"在逃去如飞的日子里"，我们最终的归宿都只能是"赤裸裸来到这世界，转眼间，也将赤裸裸地回去"，到底在这期间能"留着些什么痕迹"，难道真的要"白白走这一遭"吗？这是每个人在生命的尽头蓦然回首时都情不自禁地思索的问题！但匆匆人生，没有预演，也没有重演！我们不可能有机会算计好我们整个生命的历程，我们无法预知未来会发生什么事情！

时间老人给每个人的时间都是一样的，而每个人安排时间的方法却是截然不同的。有的人顾此失彼地活着，老在停滞不前地哀悼无所建树的昨天，结果只能蹉跎岁月；有的人东拼西凑地活着，做一天和尚撞一天钟；有的人大智若愚地活着，总结好昨天，做好今天，把握好明天……正确安排时间的人必将生活得充实幸福，浪费时间的人则会碌碌无为、后悔莫及。

过去的让它过去，消失的让它消失，只是从现在开始，不能再让灵魂在匆匆的时光河流里作虚无的徘徊。把握好生命的每一分钟，只要不空虚，永远不后悔，任何珍惜时间的事情都可以让生命之花绽放出夺目的色彩并散发出令人眩晕的芬芳。珍惜时间就是珍惜生命！

古人云：一寸光阴一寸金。人的一生说长也长，说短也很短。对于碌碌无为混日子的人的确是长，因为过的每一天似乎都没有意义。而对

人生如逆旅，我亦是行人——时光易逝，珍惜人生

拼搏向上的有志者，那生命的每一分钟都是如此的宝贵。人的时间是有限度的，要创造成功的人生，就要对自己的生命时间，从青少年到老年有一个整体的安排和规划，有步骤地实现人生的构想。

2. 又不道，流年暗中偷换

——浪费时间就是在浪费生命

【出处】

苏轼《洞仙歌·冰肌玉骨》

【原文】

冰肌玉骨，自清凉无汗。水殿风来暗香满。绣帘开，一点明月窥人；人未寝，倚枕钗横鬓乱。

起来携素手，庭户无声，时见疏星度河汉。试问夜如何？夜已三更，金波淡，玉绳低转。但屈指西风几时来，又不道，流年暗中偷换。

【译文】

冰一样的肌肤，玉一盘的身骨，自然是十分清凉没有一丝汗渍。宫殿里清风徐来暗香弥漫。绣帘撩开明月一点偷窥佳人，佳人斜倚在枕边还没有入眠，黄金钗横着堕着鬓发乱蓬蓬。

他起来携着她的小手，漫步在寂静的庭院当中，时而可见细数流星渡过银河。试问夜已多深？三更已经过去，月光暗淡，玉绳星随着北斗低旋。屈指掐算什么时候送来寒冷，不知不觉似水流年悄然逝去。

【赏析】

《洞仙歌·冰肌玉骨》是宋代文学家苏轼的词作。此词以丰富的想象，再现了五代时期后蜀国君孟昶和他的贵妃花蕊夫人夏夜在摩诃

池上消夏的情形，突出了花蕊夫人美好的精神境界，抒发了作者惜时的感慨。

生命是用时间来计算的，珍爱生命就要珍惜时间；反之，浪费时间就是在浪费生命，在工作当中浪费时间，实际也是在浪费生命。

在管理者的眼中，时间就是资本，利用好时间，就可获得不断增值的时间效应，而浪费时间，也是在浪费不断增值、数量可观的时间资本。作为一个职场人士的年轻人，应该好好利用每一分钟的价值。凡是在工作中表现出色、得到老板赏识的年轻人，都懂得抓住工作时间的分分秒秒，只有这样，他们才能在同样多的时间内，比别人做更多的事情，做那些分外的事，从而取得更多的业绩，得到升迁。

一个部门经理在介绍自己的成功经验时说："时间是挤出来的，你不去挤它就不会出来。时间赋予每个人的都是24小时，你不善于挤，就会跟许多平庸的职业人士一样，忙忙碌碌却又只是庸庸碌碌地度过一生。"

梦丽在一家律师事务所工作，她平均每年负责处理的案件达130宗，而且她的大部分时间都是在飞机上度过的，那么她怎么能有那么多时间来处理如此多的事情呢？其实她有一个非常好的习惯，那就是在飞机上给客户们写邮件，经常与客户们保持良好的关系。一次，一位同机的旅客跟她攀谈起来："在机上的近2个小时里，我看到你一直在写邮件，你一定会深受老板器重的。" 梦丽笑着说："我已经是副所长了，我只是不想让时间白白浪费而已。"

成功的年轻职业人士就是珍惜每一分钟、有效利用每一分钟的人，他们使每一分钟都具有价值。

我们都知道，麦当劳是享誉世界的快餐品牌，它几乎遍布世界各地。而麦当劳的每一位员工都清楚地知道高效率对他们的重要性。在麦当劳，有着几个金科玉律般的数字，是每一位员工都要认真对待的，那

人生如逆旅，我亦是行人——时光易逝，珍惜人生

233

就是：60秒、30分钟、4摄氏度！

60秒是说从顾客付钱到下单，再到顾客拿到食物，整个过程必须在60秒内完成。

30分钟是指每隔30分钟要对店内进行一次全面的清扫，让室内环境时刻保持着清洁。

4摄氏度是指可乐要始终维持在4摄氏度，以保证最佳口感，也就是说可乐要在第一时间送到顾客手中。

这几个数字深入到麦当劳的每一位员工心目中，让他们时刻牢记时间的重要性。正因为如此，麦当劳才能够以便捷高效的服务征服全世界。你要想有强烈的时间观念，就要把上下班时间当作是不可逾越的警戒线，不能随意违反公司规定迟到早退。

有一本商业杂志曾经采访过众多的知名企业家，当问到他们的成功秘诀时，很多人都提到了合理利用时间。有一位企业家认为：很多人在抱怨他们没有足够的时间处理工作，其实这意味着他们应该更好地规划和利用时间。

要想在职场中做出业绩、取得成功，就要学会珍惜时间，合理规划和利用每一分钟，这样的年轻人是高效率的，也是管理者所器重的人，他们迟早会取得事业的成功。

做一个职业人士，不仅要善于抓住点点滴滴的时间进行工作，还应该懂得合理规划时间。年轻人可以从以下几个方面驾驭时间，提高工作效率：

（1）善于集中时间。

千万不要平均分配时间，应该把你有限的时间集中到处理最重要的事情上，不可以每一样工作都去做，要机智而勇敢地拒绝不必要的事和不重要的事。

一件事情发生时就要问："这件事情值不值得去做？"千万不能什

么事都做，更不可以因为反正我没闲着，没有偷懒，就心安理得。

（2）要善于把握时间。

每一个机会都是引起事情转折的关键时刻，有效地抓住时机可以牵一发而动全局，用最小的代价取得最大的成功，促使事物的转变，推动事情向前发展。

如果没有抓住时机，常常会使已经快到手的结果付诸东流，导致"一招不慎，全局皆输"的严重后果。因此，取得成功的人必须要审时度势，捕捉时机，把握关键，做到恰到"火候"，赢得机会。

（3）要善于协调两种时间。

对于一个取得成功的人来说，存在着两种时间：一种是可以由自己控制的时间，叫作"自由时间"；另外一种是属于对他人他事的反应时间，不由自己支配，叫作"应对时间"。

这两种时间都是客观存在的，都是必要的。没有"自由时间"，完完全全处于被动、应付状态，不会自己支配时间，就不是一名成功的时间管理者。

可是，要想绝对控制自己的时间在客观上也是不可能的。想把"应对时间"变为"自由时间"，实际上也就侵犯了别人的时间，这是因为每一个人的完全自由必然会造成他人的不自由。

（4）要善于利用零散时间。

时间不可能集中，常常出现许多零碎的时间。要珍惜并且充分利用大大小小的零散时间，把零散时间去做零碎的工作，从而最大限度地提高工作效率。

（5）善于运用会议时间。

召开会议是为了沟通信息、讨论问题、安排工作、协调意见、做出决定。很好地运用会议的时间，就会提高工作效率，节约大家的时间；运用得不好，则会降低工作效率，浪费大家的时间。

人生如逆旅，我亦是行人——时光易逝，珍惜人生

时间对每一个人都是均等的，成功与否，关键就在于你怎么利用每天的24小时。会用的，时间就会为你服务；不会用的，你就为时间服务。

3. 无可奈何花落去，似曾相识燕归来

——珍视自己的生命

【出处】

晏殊《浣溪沙·一曲新词酒一杯》

【原文】

一曲新词酒一杯，去年天气旧亭台。夕阳西下几时回？

无可奈何花落去，似曾相识燕归来。小园香径独徘徊。

【译文】

听一支新曲喝一杯美酒，还是去年的天气旧日的亭台，西落的夕阳何时才能回来？

花儿总要凋落让人无可奈何，似曾相识的春燕又归来，独自在花香小径里徘徊。

【赏析】

这是晏殊词中最为脍炙人口的篇章，表达了作者伤春惜时之意。"夕阳西下几时回？"夕阳西下，是眼前景。但词人由此触发的，却是对美好景物情事的流连，对时光流逝的怅惘，以及对美好事物重现的微茫的希望。这是即景兴感，但所感者实际上却不限于眼前的情事，而是扩展到整个人生，其中不仅有感性活动，而且包含着理性的思考。夕阳西下，是无法阻止的，只能寄希望于它的东升再现，而时光的流逝、人

事的变更，却再也无法重复。"无可奈何花落去，似曾相识燕归来。"花的凋落，春的消逝，时光的流逝，都是不可抗拒的自然规律，虽然惋惜流连也无济于事，所以说"无可奈何"，这一句承上"夕阳西下"；然而这暮春天气中，所感受到的并不只是无可奈何的凋衰消逝，而是还有令人欣慰的重现，那翩翩归来的燕子不就像是去年曾在此处安巢的旧时相识吗？这一句应上"几时回"。花落、燕归虽也是眼前景，但一经与"无可奈何""似曾相识"相联系，它们的内涵便变得非常广泛，意境非常深刻，带有美好事物的象征意味。惋惜与欣慰的交织中，蕴含着某种生活哲理：一切必然要消逝的美好事物都无法阻止其消逝，但消逝的同时仍然有美好事物的再现，生活不会因消逝而变得一片虚无。

每个人的生命只有一次，而且无法选择。造物主又总是与人开玩笑，让你的生命有这样那样的缺陷，或是长相，或是个性，或是智力，或是运气，全都美中不足，都藏着旦夕祸福。

古代元曲大师钟嗣成在《自序丑斋》中就这样自贬自嘲自谴，说自己的长相是："争奈灰容土貌，缺齿重额，更兼着细眼单眉……自知就里，清晨倦把青鸾对，恨杀爷娘不争气，有一日黄榜招收丑陋的，准拟奇魁。"长得丑陋，便恨爹恨娘，自己瞧不起自己，懒得梳妆打扮，失去了生活的趣味，一生就被自己葬送了。

有一位现代"丑女"也曾经历过这样一段日子后重新审视自己，改变了态度，热爱自己的生命，恢复了人性的自觉。她说："青春时期我也因为无知，为自己的丑陋自卑了好几年，但没有任何用处，长时间因为丑而郁闷，丝毫不能改变现状，而且还在一张本来就丑的脸上陡然多添了精神层面的压抑。……尔后年龄愈大，面相愈发奇丑无比，客观规律不以个人的意志为转移，也就索性彻底放任自流了，干脆丑出一份个性来。"

这个"索性"才让她从自卑心理中走了出来，不再为天生的缺陷所

人生如逆旅，我亦是行人——时光易逝，珍惜人生

累，发挥自己生命的长处，获得了人生自信。她这样说自己：

"或许是别人眼中的小丑，但我并不示人以忧伤的面孔。我自信有世上至善的心灵，对人慷慨而且真诚。只要人们要，只要我有，我都不曾吝惜。

我的世界有花有果，有香有色，有笑有泪，不是一片荒野，我拥有千百个热情的笑容。

我很丑，可是我幸福快乐，丑就是我的旗帜。"

丑女的变化从热爱自己的生命开始，实现了由自卑到自信的人生升华，完成了精神美容。

其实，不管美丑，生命来到世上都是平等的，都可以实现成功。热爱自己的生命首先就要克服自卑自贱的心理，树立自信心。

我们必须明白，生命不可能尽善尽美，不足与缺陷是自然存在的，接受这个现实，我们就能以平常心态对待自己，就不会自惭形秽，自我贬低。知道世界名丑珍妮花·狄安其罗吗？她面部畸形，曲鼻子，只有一只耳朵，但她有内在美，因而很多漂亮英俊的年轻男人都争相向她发出约会邀请。

为什么她能获得人生成功？就是因为她决不因为自身有缺陷而自卑，并能发挥出她生命内在的美。

相反，一位名叫雪莉的年轻女人，长得非常漂亮，但却非常自卑，总觉得自己有某些地方不如别人。虽然很多男人都追求她，但是一经接触之后却不欢而散。因为自卑，她总爱说一些否定自己的话。她根本不相信有谁会爱她，因为她自己就觉得自己不值得被爱，这样的人生又怎么会成功呢？

热爱自己的生命就会树立一份坚强的自信。自信心是人生成功的重要基础。

一位高中毕业生到广州去应聘一份记账的工作。他出生在会计家

庭，父亲从小就教他算账、记账，他却没有自信，招聘人问他会不会记实物流水账时，他怯懦地说："我不会，我没做过。"很显然，他不可能争取到这个岗位。

有自信就能应对各种困难，在任何情况下，都能调动智慧去克服面临的难题；没有自信，就会在困难面前认输，败下阵来。

日本的小泽征尔有一次去欧洲参加音乐指挥家大赛，决赛时，他被安排在最后一位。小泽征尔拿到评委交给的乐谱后，稍作准备，便全神贯注地指挥起来。突然，他发现乐曲中出现了一点不和谐。至此，他认为乐谱确实有问题。可是，在场的作曲家和评委会的权威人士都郑重声明：乐谱不会有问题，是他的错觉。面对几百名国际音乐界的权威人士，他难免会对自己的判断产生犹豫，甚至动摇。但是，他考虑再三，坚信自己的判断是正确的。于是他斩钉截铁地大声说："不，一定是乐谱错了。"评委席上的那些评委们立即站了起来，向他报以热烈的掌声，祝贺他在比赛中夺魁。

原来这是评委们存心设下的一个圈套，以试验指挥家们在发现错误而权威人士不承认的情况下，是否能坚持自己的正确判断。因为只有具备这种素质的人，才能真正称得上世界一流的音乐指挥家。三名选手中，只有小泽征尔相信自己的判断，而大胆地否定了权威们的意见，因而获得了这次世界音乐指挥家优秀奖。

缺乏自信的人在权威面前只会俯首称臣，怀疑自己，只是相信权威，只有自信心极强的人才能坚持自己的看法对权威提出质疑。小泽征尔就是凭借自信而取胜的。

热爱自己的生命就是要相信自己生命的价值，相信自己会获得成功。有了这一点就有了成功的机会。

热爱自己的生命就要为自己的生命设置一个可能达到的目标，使生命产生应有的价值和意义。

人生如逆旅，我亦是行人——时光易逝，珍惜人生

生命来到世上不管大小都有一个目标，这个目标的设置是你热爱自己生命的理由。如果每天"饱食终日，无所用心"，那么与行尸走肉何异，自己对自己的生命都会感到厌倦的。

有了目标，生命才能够承受难以想象的考验与打击。

韩信年轻时，一群无赖地痞故意刁难他，让他从人家的胯下爬过去。面对这种羞辱，韩信没有恼羞成怒，而是顺从地爬了过去，仍然走他的路。

为什么韩信能忍受这种奇耻大辱呢？因为他心中有更高、更大、更宏伟的目标。

在我们现实生活中，这样的小事每天都会发生，没有远大目标的人就会为这种小事赤膊上阵，斤斤计较，决一雌雄，这是凡夫俗子的荣辱观，不是成功人士所应尊奉的。

有了目标，生命就有了前进的方向，就有动力，你会觉得日子过得很充实，你每天都很快乐，因而你就会更加热爱自己的生命。

热爱自己的生命就要付诸实际行动。热爱自己的生命是你走向生活的第一课，热爱自己的生命，你才会懂得热爱他人的生命。而且，这种热爱之情不应是埋在心里、停留在口头上，而是要变为行动，实实在在地在某些方面成为现实。具体应该怎么做呢？我们不妨列举几条，以供参考。

（1）每天照照镜子，看看自己的神态是否快乐，以一份整洁优美的仪容面对生活。

（2）注意衣着服饰。穿衣不必追求奢华，但求整齐、洁净、合适、得体。

（3）微笑面对每一天。

（4）只可交友，不可树敌。

（5）按计划完成每天的工作，不要拖延，不要明日复明日。

读宋词 品人生

（6）把工作台整理得井井有条，不要像杂货库一样乱堆一起。

（7）每天坚持一个小时的身体锻炼，或打球，或散步，或打太极拳。

（8）每天和家里人交流感情。

（9）定期和朋友聚一聚，交谈各种问题，互通信息。

（10）助人为乐，广行善事。

能这么做，就证明你是真正的热爱自己的生命，真正的热爱生活。

人要热爱自己的生命，及时采撷生命的乐趣，犹如采撷那一朵朵夏日娇艳的玫瑰。尽管活着吧，任你活满了多少个年岁，你总会从自己的生命获取利益的。只要每天想象这是你最后的一天，你就会发现明天越发值得期待。

4. 莫等闲，白了少年头，空悲切

——抓住时间，利用时间

【出处】

岳飞《满江红·怒发冲冠》

【原文】

怒发冲冠，凭栏处，潇潇雨歇。抬望眼，仰天长啸，壮怀激烈。三十功名尘与土，八千里路云和月。莫等闲，白了少年头，空悲切。

靖康耻，犹未雪，臣子恨，何时灭？驾长车，踏破贺兰山缺。壮志饥餐胡虏肉，笑谈渴饮匈奴血。待从头，收拾旧山河，朝天阙！

【译文】

气得头发竖起，以至于将帽子顶起，登高倚栏杆，一场潇潇细雨刚刚停歇。抬头眼望四周辽阔一片，仰天长声啸叹，一片报国之心充满心怀。三十多年来虽已建立一些功名，但如同尘土微不足道，南北转战八千里，经过多少风云人生。不要虚度年华，花白了少年黑发，只有独自悔恨悲悲切切。

靖康年的奇耻，尚未洗雪。臣子愤恨，何时才能泯灭？我要驾着战车向贺兰山进攻，连贺兰山也要踏为平地。我满怀壮志，打仗饿了就吃敌人的肉，谈笑渴了就喝敌人的鲜血。我要从头再来，收复旧日河山，朝拜故都京阙。

【赏析】

"莫等闲，白了少年头，空悲切"，这与"少壮不努力，老大徒伤悲"的意思相同，反映了作者珍惜时间、积极进取的精神。

时间摸不着，看不到，你可以随意浪费时间，但同时你也会得到更多的惩罚。年年岁岁花相似，岁岁年年人不同，希望我们每个人都能记住：莫等闲，白了少年头！

时间是个贼，它偷光你所有的纯真梦想和希望，它猖狂地抢走你的青春，你不能反抗不能申诉，只能眼睁睁地看着它带着本属于你的东西一秒一秒地远离你，而你无论怎样奔跑都只能与你当初拥有的一切距离越来越远。

当你每天回到家的时候，你总觉得若有所失，你丢了什么？你发现你什么也没有丢，你四下里检查，什么东西都在。其实，你确实丢了东西，你丢了生命的一部分：时间。

是谁偷走了你的生命？你不知不觉间，就失去了青春，失去了活力，失去了成功的机会。你突然发现，你已是耄耋之年。

时间是个贼，它偷走了你的年华，偷走了你的梦想，偷走了你可能拥有的一切。这时候，你才恍然大悟，没有抓住时间这个贼，你就什么也没有得到。

两个猎人一同打猎。天空中一群大雁飞来，二人急忙张弓搭箭，准备把它们射落下来。

忽然，一个猎人说：

"哦呀，伙计，你看这群大雁好肥呀，打下来煮着吃，滋味一定不错。"

另一个猎人听了，把举着弓箭的手放下来，说："不，还是烤来吃好，烤雁又香、又酥。"

两个人各持各的理，争吵起来。后来请人来评判，才找到一个解决的办法：把大雁一半煮来吃，一半烤来吃。停止争吵后，这才重新张弓搭箭，再去射雁。可是，那群大雁早已凌空远翔，不知去向了。

这两个猎人，到手的大雁也没吃成。他们犯了什么错误？

没有提防时间这个贼。是时间偷走了猎人嘴皮下的大雁。

谁抓住了时间这个贼，谁就抓住了生命中的一切。

你要想获得生命的成功，你就必须保持百倍的警惕，不要让时间偷走了你的生命。你一定要努力，抓住了时间，你的生命就延长了，你就可能获得成功。

诸葛亮一出祁山之初，连取三郡，屡败曹真，关中震动。魏明帝曹睿御驾亲征，率军从都城洛阳出发到西京长安坐镇，起用司马懿为平西都督，命令他调集南阳诸路人马，速到长安会合，被魏明帝革职而在宛城闲住的司马懿接到诏书，立即调集军队准备赶赴长安。忽然，金城太守申耽派人告知司马懿：孟达正在谋反。孟达原为刘备部将，因未发兵支援在荆州受困的关羽，害怕刘备治罪而降魏，领新城太守，镇守新城、金城、上庸等处。魏文帝曹丕死后，孟达深感自己不受曹睿重视，加之"朝中多人嫉妒"，便打算乘诸葛亮北伐累胜之机，起新城、金城、上庸三处兵马降蜀反魏，径取洛阳，与诸葛亮取长安的大军两相配合，以图克复中原。司马懿得到这一紧急情报，当即决定就近征讨孟

人生如逆旅，我亦是行人——时光易逝，珍惜人生

达。长子司马师建议急写表章火速申奏皇帝，司马懿说："若等圣旨，往复一月之间，事无及矣。"于是自作主张，一面派参军梁畿连夜赶往新城，传命孟达做好与司马懿同赴长安的准备，以稳住这个准备造反的将领，使其不做防备，一面传令全军向新城进发，"一日要行三日之路，如迟立斩！"梁畿先行，司马懿随后发兵，秘密倍道而进。孟达听信了先期到新城的梁畿的话，以为司马懿已去了长安，丝毫未加防范，正暗自得意"吾大事成矣"的时候，司马懿大军突然出现在城下，在作为内应的申耽等人的配合下，以迅雷不及掩耳之势一举平定了这场叛乱。

常有人抱怨总被时间追着跑，工作生活难两全，其实，只要懂得"排"时间和"偷"时间的窍门，鱼与熊掌，可以兼得。

时间好像用之不竭，昨天和今天没什么大的区别，今天和明天也没有不一样，一年四季，春夏秋冬年复一年，任我们挥霍。当我们个子长高了，慢慢又变矮了，头发由黑变白了，才觉年华已逝，才发现人生有如此多的遗憾。但是过去的时间却再也找不回来了。

成功的秘诀就是管好自己的时间，不管是你的学习时间、工作时间还是休闲时间，每天都要有一个合理的安排，这样你的时间就不会白白溜走。

凡是事业上有成就的人，都很重视时间的利用。如果你想创造成功人生，事业上有所作为，你就必须在平时训练自己利用时间，追求时间的习惯。

怎样才能抓住时间这个贼呢？以下是几种有效的方法：

第一，把你的生活规划起来，制定一个生活、工作、学习、休闲时间表。

第二，按照时间表开始生活。

第三，培养决断力，下决心采取"从现在开始做"的态度，对待每

一件事情。

第四，写下已经拖延很久的事情，定下补做的时间。

第五，不要给时间留下空白。

如果你能照着这样做，你就能逮住时间，你就会非常惊讶地发现，你实际上可以做很多事情，而过去竟然常常说：我没有时间。原来时间被偷走了，你没有发现。把每天的时间都进行登记管理，按照生活的习惯做出合理的安排，那么，你就不会浪费自己的生命，就会在有限的时间里完成自己想做的事情，你就能获得成功。

5. 如此春来春又去，白了人头
——不放弃一分一秒的时间

【出处】

欧阳修《浪淘沙·今日北池游》

【原文】

今日北池游。漾漾轻舟。波光潋滟柳条柔。如此春来春又去，白了人头。

好妓好歌喉。不醉难休。劝君满满酌金瓯。纵使花时常病酒，也是风流。

【译文】

今日同朋友一起来到北潭游耍，水波荡漾着小船。波光潋滟，柳条轻柔。就这样春来了又去了，人也白了两鬓发。

朋友啊，看看那漂亮的歌妓，听听她们美妙的歌喉，大家一起拿起酒杯吧，今天不醉不休。劝这位友人斟满那一杯酒，即使在花间我们饮

人生如逆旅，我亦是行人——时光易逝，珍惜人生

多了酒，但那是别样的风流。

【赏析】

"如此春来春又去，白了人头"二句，感叹春来春去，美好年华逝去，白了人头。因为年华易逝，所以我们要珍惜一分一秒的时间。

著名的物理学家爱因斯坦认为，人与人之间的最大区别就在于如何利用时间。我们出生时，世界送给我们最好的礼物就是时间。不论对穷人还是富人，这份礼物是如此公平：一天24小时，我们每一个人都用它来投资经营自己的生命。有的人很会经营，可以把一分钟变成两分钟，一小时变成两小时，24小时变成48小时……他用上天赐予的时间做了很多的事，最终换来了成功。其实，这世界上的伟人、元首、科学家、发明家、文学家等等，其最成功之处就是成功地运用时间，他们都是运用时间的高手。

每个人从生到死的时间都是差不多的，但是，在相同的时间里，有些人能够做很多事情，效率很高，而有些人却只能做极少的事情，没有效率。就好像有的人拥有的时间长，而有些人拥有的时间短。其实时间的长短，是由人怎样利用决定的，在同样的时间里，有的人做的事多，有的人做的事少，这样时间就有了长短的区别。

但是，无论是总统、企业家，或是工人、乞丐，每个人的一天都只有24小时，这是上苍对人类最公平的地方。虽然如此，但就有人有本事把一天的24小时变成48小时来用。这不是神话，而是事实。

在古代埃及有一个美凯利诺斯法老，他是一个非常善良的人，也是一个非常相信神的人。可是，有一天，从布兴市来了一个人，说他还有六年的寿命，第七年就会死。于是，他就去质问神灵，得到明确的答复后，他就下令制造了许多烛灯，每天晚上就点起灯来，饮酒作乐，打算把黑夜变成白天，把六年的时间变成十二年，以此来度过人生。

现代人追求时间，就是追求效益，追求在有效的时间内做更多的事

情，从而使自己的人生丰富多彩，能够充分实现人生价值。

有这样一位成功人士，他每天早上5点起床，先做早操，然后吃早点、看报纸，接着开车去上班，车上听的不是路况报道，而是语言录音带，有时也听演讲录音带。由于早出门，因此不会塞车，到达办公室差不多7点半，他又用7点半到9点这段时间把其他报纸看完，并且做了剪报，然后，准备一天上班所要的资料。中午他在饭后小睡30分钟，下午继续工作，到了下班时间，他会利用一个多小时看书，在7点左右回家，因为那时不堵车，半小时可回到家吃晚饭。在车上，他仍然听录音带或演讲录音带。吃过饭后，看一下晚报，和太太小孩聊一聊，便溜进书房看书、做笔记，一直到11点上床睡觉。

他和别人不一样，因为他的一天有48小时，也就是说他一天做的事情是别人花两天才能做完的。很显然，他的成就超过了他的同龄人。其实他也没什么法宝，他只是不让时间白白地流逝罢了。而要让时间流逝是很容易的，发个呆，看个电视，打个游戏，一个晚上很容易就打发了。

如果天天如此，一年、两年很容易就过去了，你的成就和别人一比，就有了明显差距。

因此你也有必要把一天变成48小时，让你的每一分钟、每一秒钟发挥最大的效益。其实这并不难，合理规划时间并且认真地去实践就行了。

学校上课都有课程表，其实这就是最基本的时间规划，你也可参考这种方式，把自己一天当中什么时间要做什么事列成一张表，并且每天按表作息。一开始你会很不习惯，又因为没有人监督，所以你很有可能会偷懒，如果你偷懒，那么你就失败了，所以你必须坚持，再透不过气也不可松懈。过一段时间后，应付成为习惯，然后你的时间会"繁殖"，一天变成36小时、48小时，甚至更多，也就是，你的时间效益提

第八章

人生如逆旅，我亦是行人——时光易逝，珍惜人生

247

高了。

如果你想创造成功人生，在事业上有所作为，你就必须年轻时训练自己利用时间，追求时间的效用，把24小时变成48小时。时间的延长，也意味着生命的延长。别人两辈子才能做你一辈子的事情。

这世界上有许多人不懂得珍惜时间，不懂得珍惜现在所拥有的一分一秒。事实上，时间是一分一秒积累的。一位名人曾说过："我是把别人喝咖啡的时间都用在工作上的。"可见他对零星时间的珍惜。一个人若要在学识上有所造诣，在事业上有所成就，没有这种惜时如金的精神，没有时不我待的紧迫感，是决然不成的。记住，真正成功的人的时间从来都是用秒来计算的。

放弃了一秒的时间，你就会不知不觉放弃一分钟的时间；放弃了一分钟的时间，你就会觉得放弃一小时的时间并不是多么不可原谅的事情；于是，在一点一滴的放弃中，你便放弃了许多生命中的精彩片段。

6. 旧游无处不堪寻。无寻处，惟有少年心

——时间一去不复返

【出处】

章良能《小重山·柳暗花明春事深》

【原文】

柳暗花明春事深。小阑红芍药，已抽簪。雨馀风软碎鸣禽。迟迟日，犹带一分阴。

往事莫沉吟。身闲时序好，且登临。旧游无处不堪寻。无寻处，惟

有少年心。

【译文】

柳色春花明丽清新，春意已深。小花栏里的红芍药，已经露出了尖尖的小小花苞，如同美人头上的美丽饰物。雨后的春风，更显得温柔轻盈，到处响着各种鸟雀婉转的迎接春天的歌声。太阳缓缓升起，晴空中尚有一点乌云。

以往的事情，再也不必回顾思索。趁着美好的春景，赶快去大好河山好好游览。旧日游玩过的迹印，如今处处都可找寻。但无处可寻的，就是一颗少年时的心。

【赏析】

年光流逝，故地重游之时，在一切都可以复寻、都依稀如往日的情况下，突出地感到失去了少年时的那种心境，词人自不能免于沉吟乃至惆怅。但少年时代是人生最富有朝气、也最为欢乐的时代，那种或是拏云般的少年之志，或是充满着幸福憧憬的少年式的幻想，在人一生中只须稍一回首，总要使自己受到某种激发鼓舞。人生老大，深情地回首往昔，想重寻那一颗少年心，这里又不能说不带有某种少年情绪的余波和回旋，乃至对于老大之后，失去少年心境的不甘、不满。"回来吧，少年心！"

昨天的事情已经过去了，不管成功还是失败，统统忘掉。从昨天的记忆里走出来，你才有新生。时间是世人的君主，是他们的父母，也是他们的坟墓。今日，你如何利用你的时间是很重要的，因为时间是一去而不复返的。

当你在玩或忙于追求有价值的目标时，你会觉得时间飞逝。但如果你只是在熬时间，那是很痛苦的事。

"一日之计在于晨"。当我们早起时，尤其是经过一晚酣睡后，情况大不一样。早起给我们时间以企盼的心情来迎接一整天，发动我们内在的力量，使我们能迎接眼前的挑战。昨天在你的睡梦中结束了，所有的不快和担心也随之而结束。今天是新的一天，你可以写下新的一页，只要你肯试。

人生是有限的，但人们在有限的人生里究竟把多少时间用在了现在，用在了明明白白的眼下之所为？在时间的长河里，昨天已经过去了，明天还没有来，只有今天属于自己，属于已经兑现了的"现在"，但很多时候，人们却把时间用在思前想后，用在沉湎旧事、旧情、旧物，用在悔恨往事中某些失误，或者用在对以后岁月的空想，而这一切都是没有用处的，都是对时间的浪费。为了已经过去了的事情忏悔、愁闷、叹息毫无价值，这样做不但浪费了你的时间，浪费了你的情感，也浪费了你的精力，浪费了你宝贵的一切。

在世界历史中，再没有别的日子比"今日"更伟大的了。"今日"是各时代文化的总和。"今日"是一个宝库。在这宝库中，蕴藏着过去各时代的精华。各个发明家、发现家、思想家，都曾将他们努力的成果，奉献给"今日"。

今日的物理、化学、电器、光学等等科学的发明与应用，已把人类从过去简陋的物质环境中挽救出来。今日的文明，已把人类从过去的不安与束缚的环境中解放出来。今日一个平常人可以享受的安乐，简直可以超过一世纪以前的帝王。

有些人往往有"生不逢时"的感叹。以为过去的时代都是黄金时代，只有现在的时代是不好的。这真是大错特错了。凡是构成"现在"世界的一分子的，必须真正地生活于"现在"的世界中。我们必须去接触、参加"现在"生活的洪流，必须纵身投入"现在"的文化巨浪。我们不应该生活在"昨日"或"明日"的世界中，把许多精力耗费在追怀过去与幻想未来之中。

一个人能够生活于"现实"之中，而又能充分去利用"现实"，他

要比那些只会瞻前顾后的人，有用得多；他的生活也会更加成功、更加完美。

活在现在，你千万不要幻想于下个月中，丧失了这个月中能得到的一切。不要因为你对于下一月、下一年有所计划、有所憧憬，遂虚度、糟蹋了这一月、这一年。不要因为目光注视着天上的星光而看不见你周围的美景，踩坏你脚下的玫瑰花朵。

你应当下定决心，去努力改善你现在所住的茅屋，使它成为世界上快乐、甜蜜的处所。至于你幻梦中的亭台楼阁、高楼大厦，在没有实现之前，还是请你迁就些，把你的心神仍旧贯注在你现有的茅屋中。这并不是不让你为明天打算，不憧憬未来。这只是说，我们不应当将目光过度地集中于"明天"，不应当过度地沉迷于我们"将来"的梦中，反而丧失"今日"，丧失它的一切欢愉与机会。

人们常有这样一种心理，想脱离他现有不快的地位与职务，在渺茫的未来中，寻得快乐与幸福。其实这是错误的见解，试问有谁可以担保，一脱离了现有的地位，就可得到幸福呢？有谁可以担保，今日不笑的人，明日一定会笑呢？假使我们有创造与享乐的本能，而不去使用，怎知这种本能，不在日后失去作用？

我们应该紧紧抓住"今日"！

享誉世界的我国书画家齐白石先生，90多岁时仍然每天坚持作画，"不叫一日闲过"。有一次，齐白石过生日，他是一代宗师，学生、朋友非常多，许多人都来祝寿，从早到晚客人不断，先生未能作画。第二天一大早，先生就起来了，他顾不上吃饭，走进画室，一张又一张地画起来，连画5张，完成了自己规定的今天的"作业"。在家人反复催促下吃过饭他又继续画起来，家人说"您已经画了5张，怎么又画上了？""昨天生日，客人多，没作画，今天多画几张，以补昨天的'闲过'呀。"说完又认真地画起来。齐白石老先生就是这样抓紧每一个

人生如逆旅，我亦是行人——时光易逝，珍惜人生

"今天"，正因为这样，才有他充实而光辉的一生。

　　抓住现在的时光，这是你能够有所作为的唯一时刻。不要因为介意昨天的事，而毁了你今天的努力。假如我们不能充分利用今日而虚度时间，那么它将一去不返。

　　所谓"今日"，正是"昨日"计划中的"明日"，而这个宝贵的"今日"，不久将消失到遥远的地方。对于我们每个人来讲，得以生存的只有现在——过去早已消失，而未来尚未来临。一位名人说过，昨天，是张作废的支票；明天，是尚未兑现的期票；只有今天，才是现金，才有流通性、才有价值。因此，只有今天才是我们唯一可以利用的时间。

　　人们把今天比为现金，只有现金才能购物。昨天已成为历史，明天尚未到来，仍属幻想。只有现在掌握在你手中，只有现在才能做自己想做的一切。人生拼搏的机会是不多的，为此，有机堪搏直须搏，莫待无机空徘徊。时间的特点是：既不能逆转，也不能贮存，是种不能再生的特殊资源。岳飞说得好："莫等闲，白了少年头，空悲切。"我们要珍惜时间，从今天开始，从现在做起——记住! 现在做起! ——现在!

7. 为君持酒劝斜阳，且向花间留晚照

——掌握好自己的时间

【出处】

宋祁《玉楼春·春景》

【原文】

东城渐觉风光好。縠皱波纹迎客棹。绿杨烟外晓寒轻，红杏枝头春

意闹。

浮生长恨欢娱少。肯爱千金轻一笑。为君持酒劝斜阳，且向花间留晚照。

【译文】

信步东城感到春光越来越好，皱纱般的水波上船儿慢摇。条条绿柳在霞光晨雾中轻摆曼舞，粉红的杏花开满枝头春意妖娆。

总是抱怨人生短暂欢娱太少，怎肯为吝惜千金而轻视欢笑？让我为你举起酒杯奉劝斜阳，请留下来把晚花照耀。

【赏析】

本词歌咏春天，洋溢着珍惜青春和热爱生活的情感。"浮生长恨欢娱少，肯爱千金轻一笑"二句，是从功名、利禄这两个方面来衬托春天的可爱与可贵。词人身居要职，官务缠身，很少有时间或机会从春天里寻取人生的乐趣，故引以为"浮生"之"长恨"。于是，就有了宁弃"千金"而不愿放过从春光中获取短暂"一笑"的感慨。既然春天如此可贵可爱，词人禁不住"为君持酒劝斜阳"，明确提出"且向花间留晚照"的强烈要求。这要求是"无理"的，因此也是不可能的，却能够充分地表现出词人对春天的珍视，对光阴的爱惜。

一个人的成就是一点一滴积累起来的，是充分利用时间的结果。时间的碎片散落在我们生命的周围，有心的人就会拾起这些碎片，将这些碎片编织成伟大的蓝图。可以说，生存的智慧就在于从时间的碎片里创造生命的辉煌。

从某种意义上来讲，生命的价值就体现在人们所谓的零碎的时间中。能够掌握好自己时间的人，也就能掌握自己的前途。

时间是由那些最小的单位构成的，那一秒一秒的时间就是你生命的碎片，需要你不断地收集，最后才能形成一个整体生命。如果不注意收集时间的碎片，那么，你就不会拥有完整的生命，你也就不会取得任何成功。

我们每天的生活和工作中都有很多零碎的时间，如有人约你一起吃饭而迟到，于是你只能等待；或者你如期到修车厂去，而车子无法按约定时间交付；又或者你在银行排队，而队伍向前移动的速度很慢……千万不要把这些零碎的时间白白耗掉，完全可以利用这些时间来做一些平常来不及做的事情。

卡尔·华尔德曾经是爱尔斯金（美国近代诗人、小说家和出色的钢琴家）的钢琴教师。有一天，他给爱尔斯金教课的时候，忽然问他："你每天要练习多少时间钢琴？"

爱尔斯金说："大约每天三四小时。"

"你每次练习，时间都很长吗？是不是有个把钟头的时间？"

"我想这样才好。"

"不，不要这样！"卡尔说，"你将来长大以后，每天不会有长时间的空闲的。你可以养成习惯，一有空闲就几分钟、几分钟地练习。比如在你上学以前，或在午饭以后，或在工作的休息余闲，5分钟、5分钟地去练习。把练习的时间分散在一天里面，如此则弹钢琴就成了你日常生活中的一部分了。"

14岁的爱尔斯金对卡尔的忠告未加注意，但后来回想起来真是至理名言，其后他从中得到了不可限量的益处。

当爱尔斯金在哥伦比亚大学教书的时候，他想兼职从事创作。可是上课、看卷子、开会等事情把他白天和晚上的时间完全占满了。差不多有两个年头，他一字不曾动笔，他总是借口"没有时间"。后来，他突然想起了卡尔·华尔德先生告诉他的话。到了下一个星期，他就按卡尔的话试验起来。只要有5分钟左右的空闲时间，他就坐下来写作，哪怕100字或短短的几行。

出乎意料，在那个星期的终了，爱尔斯金竟写出了相当长的稿子。

后来，他用同样积少成多的方法创作长篇小说。爱尔斯金的授课工作虽一天比一天繁重，但是每天仍有许多可供利用的短短余闲。他创作的同时还练习钢琴，这每天小小的间歇时间，足够他从事创作与弹琴两项工作。

大凡做事有理想的人，大都能做到非常合理地利用时间，让时间的消耗降低到最低限度。《有效的管理者》一书的作者杜拉克说："认识时间，是每个人只要肯做就能做到的，这是每一个人能够走向成功的有效的必由之路。"

从每天的空闲时间中争取一个小时可以将一个普通人变成一个科学家；从每天的空闲时间中争取一个小时，这样坚持10年，可以将一个无知的人变成一个博学之才；从每天的空闲时间中争取一个小时，可以挣足够的钱；从每天的空闲时间中争取一个小时，一个孩子可以仔细阅读20页书，一年就可以读7000页，或者18本厚书；从每天的空闲时间中争取一个小时，就可以将一个小混混变成一个对社会有贡献的人；从每天的空闲时间中争取一个小时，也许会——不，肯定会——将一个毫无名气的人变成一个家喻户晓的大人物，将一个毫无用处的人变成一个造福子孙后代的人。再想想，如果一天省下2个、4个、6个小时（这些都是年轻人经常浪费掉的），那么，我们会创造出多么惊人的奇迹啊！

每个人都应养成习惯，把空闲时间利用起来，做些有意义而且自己又觉得很有意思的事。如果你在空闲时间内学习、研究，那么这个习惯将改变你自己、改变你的家庭。

人生如逆旅，我亦是行人——时光易逝，珍惜人生